जमुना के तीर

जमुना के तीर

महाश्वेता देवी

अनुवाद

सुशील गुप्ता

वाणी प्रकाशन

वाणी प्रकाशन
4695, 21-ए, दरियागंज, नयी दिल्ली 110 002

शाखा

अशोक राजपथ, पटना 800 004

फ़ोन : +91 11 23273167 फ़ैक्स : +91 11 23275710

www.vaniprakashan.in
vaniprakashan@gmail.com
sales@vaniprakashan.in

JAMUNA KE TEER
by Mahashweta Devi
Translated by Sushil Gupta

ISBN : 978-93-86799-57-9
Novel

प्रथम संस्करण

मूल्य : ₹ 195

सिटी प्रेस, दिल्ली-110 095 में मुद्रित

वाणी प्रकाशन का लोगो मक़बूल फ़िदा हुसेन की कूची से

सूत्रधार का बयान

यह कहानी लिपिबद्ध करने से पहले शिव बाबू के बारे में निवेदन करूँ। उन्हीं की अनुमति से यह प्रसंग लिखना सम्भव हुआ।

डोवर लेन संगीत सम्मेलन से शिव बाबू घर लौटे, रात चार बजे। बालीगंज सर्कुलर रोड के मैदान में उस वक़्त नीला कुहासा बिखरा हुआ था। पूरब का आकाश फीका हो आया था। ऐसा उपयुक्त समय, फिर भी राग जोगिया का सितारी आलाप उनसे सहन नहीं हुआ। उनसे सुना नहीं गया। वे निकल आये।

घर लौटकर, सुबह-सुबह ही उन्होंने मुझे बुला भेजा।

उन्होंने कहा, "समय आ गया। अब, लिखें।"

इससे पहले, जब भी मैंने उनसे कहा, "ऐसा एक अनन्य जीवन, अगर लिपिबद्ध किया जाये तो अच्छा हो न!"

हर बार उन्होंने जवाब दिया, "अभी समय नहीं आया।"

उसके बाद, उन्हीं की इच्छा-मुताबिक मैंने रिकॉर्ड लगा दिया। आनन्द मिश्र का गाया हुआ एकमात्र रिकॉर्ड—"मोने रेखो, सखा, ए सुखेर दिन...।" (याद रखना सखा, सुख के दिन...)

एकमात्र रिकॉर्ड...वह भी, बांग्ला में गाया हुआ? मेरा विस्मय भाँपकर शिवबाबू ने कहा, "यह भी नहीं होता। उन दिनों रिवाज़ नहीं था। सिर्फ़ मेरी दीदी के अनुरोध पर गाया हुआ है...।"

इतना कहते-कहते वे थम गये।

शाम हो आयी थी।

सभी चिराग़ आजकल रौशन नहीं होते। कुल एक अदद चिराग में जितनी दूर नज़र आता था, ऐसा लगा कि श्रीनटपुर की कोठी में मानो बहुत अधिक अँधेरा हो। दीवार पर इस छोर से उस छोर तक टँगी जापानी स्क्रीन—चेरी फूल के पेड़ तले खड़ी, सूरज की ओर सिर उठाये, अन्धी प्रार्थना में लीन हो। दरवाज़े-दरवाज़े पर पुतुल-प्रहरी पर्त-दर-पर्त धूल लपेटे खड़े हों। विष्णुपुर के चिकने नक्काशीदार पंक्ति से दीवारें ढकी हुईं—ये सबकुछ उस धुँधले अँधेरे में मानो भुतहे नज़र आ रहे थे। परिवेश मानो बातें करना चाहता हो।

उस मुखर ख़ामोशी में वही अनन्य सुन्दर आवाज़, जोगिया राग गाती रही—

यदि नहीं रहूँ साथ, रतजगे की रात
फिर भी रहेगा दीप्ति प्रदीप, उस सुख-निशीथ,
प्रातः हँसेगा रवि
याद रखना ये सुख के दिन
क्या भूलोगे सभी?

पुराने ग्रामोफोन पर वह आवाज़ कैसी तो अशरीरी लग रही थी। हाथी-दाँत के सोफे पर लेटे हुए वृद्ध शिवबाबू का ध्यान भंग किये बिना ही, मैं कमरे से बाहर निकल आया। मुझे किसी अंग्रेजी कविता के उस नायक की याद हो आयी। मन- ही-मन अतीत की स्मृतियों में डूबे-डूबे उसे लगता है कि जैसे वह किसी परित्यक्त नाटक-घर में घूम-फिर रहा है। वहाँ कोई बाती नहीं है, माला सूख चुकी है। कोई आदमी भी नहीं है। सिर्फ़ स्मृतियों का बोझ भर है और एक निद्राहीन इन्सान। उसे लगा, कविता में उल्लिखित नाटक-घर की तरह, एक-एक नाटक-घर हर किसी के अन्तस में होता है। बीच-बीच में वहाँ लौटने के अलावा और कोई उपाय नहीं।

यानी आज समय आ गया है। शिव बाबू अपना घर बेचकर मसूरी चले

गये हैं, अब नहीं लौटेंगे। उस दिन जिन सब इन्सानों के जीवन के तार आपस में उलझकर विभिन्न सुरों का आवर्त रच गये थे, उनमें से अब कोई भी नहीं रहा। राजकन्या इन्दुमती अर्से पहले यह संसार छोड़कर उस पार चली गयी। बच रही बहार! कुल तीस-बत्तीस वर्षों के व्यवधान में ही बाहर का नाम, लोगों की स्मृति से धुल-पुँछ चुका है, अगर यह कहा जाये तो ग़लत नहीं होगा। हाँ, उसकी ख़ूबसूरती का ज़िक्र आज भी किसी-किसी की जुबान पर आ जाता है। बहार सिर्फ़ रूपसी ही नहीं थी, उसमें ऐसे यौवन का प्रसाद भी था जिसने उसे प्राणवन्त बना दिया था। इसीलिए उसका गाना भी खास जीवन्त हो उठता था। सन् 1924 में, श्रीनगर के राजबाड़ी में, इन्दुमती के विवाह के जलसे में जिन लोगों ने बहार बाई का गाना सुना था, उनमें से पता नहीं आज, कौन, कहाँ है?

बहार के बारे में शिव बाबू ने कहा था—

"अपना ही प्रेम तरुवर बढ़ा,
कारण कुछ नहीं भेला
शाखा-पल्लव, कुसुम बयापल,
सौरभ दस दिशि गेला।"

"यानी बहार का रूप, यौवन और लास्य एकान्त ही स्वभावगत था। हीरे की तरह अपने स्वभावगत नियम से ही वह विद्युतप्रभ दीप्ति विकीर्ण करती थी। इन्सान चूँकि यह समझता नहीं था; इसलिए इतनी निन्दा-प्रशंसा करता था।" यह कहते हुए, शिव बाबू ने अपनी तरफ़ से जुमला जोड़ा, "उसके बारे में मेरी एकमात्र स्मृति को अगर जुबान खोलनी पड़े तो मैं कहूँगा—'एकाकिनी शोकाकुला, अशोक-कानन में अश्रु बहाती राघव-बाँछा।' इस वाक्य में जिस गहरी वेदना का मूर्त नारी-रूप का ख़याल आता है, वह वैसी ही थी। मैंने उसे किसी और तरह से नहीं देखा था।"

बहार के बारे में शिव बाबू की तरह ही मेरी धारणा भी परम श्रद्धा-समुज्ज्वल थी। वह भी आनन्द को याद करके।

जब मैं यह कहानी लिखने बैठा तो एक बार श्रीनटपुर की राजबाड़ी, खुद अपनी आँखों से देखने गया। जो कोठी आनन्द के जीवन के बारह वर्षों के सुख-दुःख, हँसने-रोने की साक्षी थी। इसी बीच किसी मारवाड़ी कम्पनी का प्लेकार्ड भी, सामने लग चुका था। ठेकेदार चक्कर लगा रहे थे। इस कोठी को तोड़-फोड़कर, इसकी जगह बिल्कुल नये डिज़ाइन की एक दस-मंज़िला इमारत खड़ी होनेवाली थी। शहर कलकत्ता धीरे-धीरे अपना चेहरा बदल रहा था।

और काशी में नेमिचन्द की गली में स्थित वह कोठी?

नये मालिक से मैंने ऊपर के कमरे एक बार दिखाने का अनुरोध किया।

उसने कहा, “तीन कमरे तोड़कर मैंने एक हॉल बना लिया और वहाँ छापाखाना बिठा दिया है। अब क्या देखोगे, बाबू?”

बात सच थी। मुझसे कोई जवाब देते नहीं बना। मैं चला आया। वैसे मेरे देखने-न देखने के साथ तो इस कहानी का कोई सम्बन्ध नहीं है। इस कहानी में मेरी कोई भूमिका नहीं है। मैं तो सिर्फ़ सूत्रधार हूँ।

एक

कहानी की शुरूआत भी बनारस से ही शुरू हुई थी। वह सन् 1911 या 1912 होगा। हरिद्वार और ऋषिकेश घूमकर, दयाल दास मित्र, जब कलकत्ता लौट रहे थे, तब बीच में वे काशी उतर गये। सूर्य बाबू के आतिथ्य में वे हरीश घाट पर ठहर गये। गोदौलिया में गणेशराम-भूपतराम के यहाँ धूमधाम से एक महफ़िल भी सम्पन्न हो गयी।

गणेशरामजी ने उनसे कहा, "दयाल बाबू! अगर संयोग हुआ तो मैं आपको एक अद्भुत चीज़ सुनाऊँगा, लेकिन मौका मिलना चाहिए।"

दयालदास उत्सुक हो उठे। गणेशराम उनके गुरुजी के भाई थे। शौकीन इन्सान। संगीत के बेहद अनुरागी भक्त! वे दोनों शैशव के दोस्त थे। वे दोनों एक ही स्कूल में पढ़ते थे। स्कूल से भागकर दशाश्वमेध घाट पर आ बैठे और दोनों ने तय किया कि वे किसी संन्यासी का चेला बनकर हिमालय चले

जायेंगे। जवानी में गाना सुनने के लोभ में, बाईजी लोगों की महफ़िलों का पता लगाकर, वे दोनों साथ लौटते थे। तीस सालों की जान-पहचान थी। उन दोनों की दोस्ती सुख-दुःख, धूप-बारिश में ख़ूब-ख़ूब तप चुकी थी। पहले उच्छ्वास की आग अब शान्त हो चुकी थी। अब दोनों की दोस्ती काफ़ी मस्तीभरी और दीर्घस्थायी हो चुकी थी।

पुणे के उस लड़के ने कितना कमाल का गाया! 'बेगुणा, गुण गावे...'! गाने की भंगिमा भी बेहद मोहक!

ताँगे के घोड़ों की टापें, आधी रात के बनारस की पथरीली सड़क पर टक-टक बजती रहीं। दोनों ओर के पथरीले घर-मकान मानो ऊँघ रहे थे। काफ़ी ऊपर की ओर नज़र डालें, तो दोनों ओर के पथरीले घर-मकानों की छत पर पत्थर के पुल बनाकर, आपस में सम्पर्क स्थापित किया गया था। नीचे की तरफ़ अँधेरा! किसी-किसी मकान के चोर-महल की सीढ़ियाँ, सड़क से भी नीचे उतर गयी थीं। यह शहर क्या सो गया है? पुराना शहर! ढेरों पुराने पापों ने भी यहाँ घर बना लिया है। रात गहराते ही, वे सब बाहर निकल आते हैं और चलते-फिरते, घूमते-फिरते रहते हैं। इसलिए कानों को किसी-किसी घर की चोर-कोठरी से जुआरियों का हो-हल्ला सुनाई देता रहता है, कभी-कभी सुवेशी अमीरों की सतर्कता से चलने-फिरने पर भी नज़र पड़ जाती है। कभी-कभी किसी औरत के बारे में आपस में लड़ते-झगड़ते, गाड़ी पर लदे-फँदे झुंड भर लोग भी नज़र आते हैं। यह बूढ़ा शहर आँखें खोलकर देखता रहता है, कान लगाकर सुनता रहता है।

शिवाला घाट के करीब आकर दयालदास ने ताँगा छोड़ दिया। गंगा तट की शीतल-सर्द हवा बहकर, गली-सड़क तक आती रही। उस हवा के साथ हरिश्चन्द्र घाट से शव-दाह की तीखी दुर्गन्ध और नीम-फूलों की मीठी गन्ध एक साथ आकर बहती रही।

सूर्य बाबू की विशाल कोठी के सहारे चम्पा का पेड़ ऊपर की ओर उठा हुआ। साफ़-स्वच्छ बिछावन की बगल में रखी चौकी पर, काले पत्थर के कटोरों में, पानी में भीगे कुछेक चम्पा फूलों से वह ख़ुशबू आ रही थी। दयालदास चौकी लेकर खिड़की के करीब आ बैठे।

सहसा उस नैश-नीरवता को गुंजरित करते हुए, रुनझुनाते हुए किसी सुर की नन्हीं-सी लहर, बहकर इधर आ पड़ी। दयालदास जिज्ञासु हो उठे। धीरे-धीरे वह गाना स्पष्ट हो उठा। उसके मन के पर्दे पर भी मानो हरकत जाग उठी।

परिचित गाना, परिचित सुर!, 'ओ रंगवाले बलमा!' इसी काशी में ही, अख़्तरी बाई के यहाँ बैठकर किसी दिन उन्होंने यही गाना सुना था, लगभग दो वर्ष पहले। अपनी बूढ़ी उम्र में अपनी नातिन चतुरान को, मज़ाक-मज़ाक में मात देते हुए अख़्तरी ने कितना कमाल का गाया था।

अख़्तरी ने उनसे कहा था, "मास्टर बाबू! निहालचन्द की बागान-कोठी में, जब तुम्हारे वालिद को मैंने गाना सुनाया था, तब अख़्तरी को निहारते हुए लोग-बाग़, गाना सुनना भूल जाते थे। अब तो चेहरे पर घुन लग गया था, उम्र हो गयी है। इसलिए लोग बैठकर गाना ही सुनते हैं, रूप अब नहीं निहारते और सुनो, तान का करतब दिखाते हुए अगर कहीं भूल-चूक हो जाये और कान में बजे तो हँसकर उसे नज़रअन्दाज़ कर जाना।'

उन्होंने रुपये नहीं लिए, बल्कि शरबत और तम्बाकू पिलाकर उन्होंने विदा किया।

लेकिन....वही गाना इतनी रात गये, उसी अन्दाज़ में कौन गा रहा है? सुर और भीड़ का ऐसा अपूर्व करतब और गाने के बोल के सहारे, सुर के विहंग का ऐसा मनोरम, स्वच्छन्द विहार भला सम्भव कैसे है?

उनके अनजाने में ही, सूर्य बाबू जाने कब तो उनकी बगल में आ खड़े हुए। दयालदास की उन पर नज़र नहीं पड़ी।

सूर्य बाबू ने पूछा, "सुना?"

"हाँ, सुना। यह गा कौन रहा है, बताएँ तो?"

"कल मैं साक्षात् दर्शन कराऊँगा। उसका परिचय सुनोगे? चौदह वर्ष का लड़का है। माँ-बाप नहीं हैं। कहता तो है, वह आगरा का आदमी है। कुल मिलाकर बात यह है कि वह बिल्कुल सड़क का लड़का है। लेकिन जानते हो दयाल, ऐसी अद्‌भुत घटना मैंने कभी नहीं देखी। उसके पास न कोई साधन है, न शिक्षा! मिठाईवाले, जुए के अड्डेदार—इन लोगों के रहम पर उसे थोड़ा-बहुत आहार नसीब हो जाता है और घाट पर पड़ा रहता है। लेकिन रात के समय वह इसी तरह गाने गाता रहता है। पहली बार मैंने उसे अस्सी घाट पर देखा था। किसी मराठी सन्त का गाना सुनकर, उसे पूरी तरह कंठस्थ करके, वह घाट पर बैठा-बैठा गाता रहता है। उसका गाना सुनकर, मैंने उसे पैसे दिये। उसने कहा कि पैसों का वह क्या करेगा? उसे बड़ा चाव है कि वह रबड़ी खाये। दुकान तक ले जाकर मैंने उसे रबड़ी खिलायी। मैंने उससे कहा—"चल, तुझे किसी अच्छी जगह ले चलूँ। वहाँ तू रहना और गाना सीखना।" उसने

विश्वास नहीं किया। उसने बताया कि जाने कौन, ज्वाला प्रसाद, उससे गाने गवाकर ढेरों पैसों की कमाई की। अख़्तरी के मकान के सामने वह रोज़ जाता था, गाने सुनने के लोभ में! सो, एक दिन सड़क पर बैठे-बैठे ही, अख़्तरी के गाने गाकर उसने अख़्तरी को चकित कर दिया। उसे ऊपर बुलाकर, अख़्तरी ने उसे भर-भर हाथ रुपये दिये।

उस लड़के ने मेरा हाथ पकड़कर बताया कि सिर्फ़ कानों से सुनकर, उसने गाने चुरा लिए, यह देखकर अख़्तरी बेतरह डर गयी। उसे लगा कि वह लड़का या तो जुआचोर है या कोई विराट प्रतिभा! इसलिए वह अनुरोध कर रही है कि वह लड़का श्रवण का पल्ला छोड़कर वहाँ से चला जाये।

लड़के ने कहा, "बाबू! मैं गाना सुनता हूँ और वह गाना अपने आप मेरे गले में उतर आता है, यह बात बिना समझे ही बाईजी ने मुझे खदेड़ दिया। अब मैं तुमसे यह वादा कैसे करूँ कि मैं तुम्हारे घर जाऊँगा? अगर तुम भी दो दिनों बाद मुझे भगा दो तो?"

इधर वह लड़का जन्मजात वैरागी है। किसी भी वस्तु के प्रति उसका आकर्षण नहीं है। वह काशी के घाट-घाट पर घूमता रहता है, जुए के अड्डे पर बैठकर वह जुआरियों को गाना सुनाता रहता है! "अजब लड़का है! तुम्हीं बताओ, साधना बिना ऐसा गाना सुना है कहीं?"

"तुम मुझे उस लड़के को दिखा सकते हो, सूर्य?"

"बे-शक! कल सुबह ही किसी को भेज दूँगा। वह उसे घाट से पकड़ लायेगा।"

भोर होने के इन्तज़ार में दयालदास को नींद नहीं आयी। पिता के निधन के बाद, पिता के पद पर वे श्रीनटपुर की कोठी में शिक्षक नियुक्त थे। लाख चाहने पर भी संगीत सुनने का नशा, गाना गाने का पेशा नहीं बन पाया। इसके बावजूद वे संगीत-प्रेमी जीव थे। "इस क़िस्म की प्रतिभा, रास्ता-घाट पर बाईजी के मोहल्ले और जुआरियों के अड्डों पर गाना सुना-सुनाकर नष्ट हो जाये, यह क्या बर्दाश्त किया जा सकता है?"

वह लड़का सुबह-सवेरे ही चला आया। सरल, सुन्दर मुखश्री! साँवला रंग! बड़े-बड़े बाल। बदन पर मैला और फटा-पुराना जोधपुरी और डोरदार कुर्ता! वह संकोचभरी हँसी बिखेरते हुए फर्श पर ही बैठ गया।

"तुम्हारा नाम क्या है?"

"आनन्द!"

"माता-पिता कहाँ हैं?"

बच्चे ने ऊपर आसमान की तरफ़ हाथ उठा दिया।

"मेरे साथ चलोगे?"

"कहाँ?"

"कलकत्ता।"

"क्यों?"

"मैं तुम्हें गाना सिखाऊँगा, आनन्द! तुम्हारे लिए उस्ताद भी तय कर दूँगा।"

"वहाँ मैं गाना सुन सकूँगा?"

"हाँ, आनन्द!"

"कलकत्ता क्या बहुत बड़ी जगह है?"

"काशी से भी ज़्यादा बड़ी!"

आनन्द हँस पड़ा, "हाँ, जाऊँगा। लेकिन...रुपये-पैसे? मेरे पास तो कुछ भी नहीं है, बाबूजी! कल चतुरान बाईजी के घर में पूजा थी। उन्होंने मुझे कुर्ता बनवाने के लिए कपड़ा दिया था।"

"उस कपड़े का क्या हुआ?"

आनन्द ने सिर खुजलाते हुए जबाव दिया, "मिठाई की दुकान पर चार लोगों के साथ उधार पर मिठाई खाई थी। इसलिए छेदीलाल ने वह कपड़ा छीन लिया। उसने कहा—रहेगा तो रास्ता-घाट पर! चिकन का कुर्ता पहनकर क्या करेगा?"

मैंने भी कहा—"ठीक बात!"

इतना कहकर आनन्द हँस पड़ा।

उसने कहा, 'इसलिए अब मैं भी चालाक हो गया हूँ। क्या गणेशमहल, क्या सोनरापट्टी—हर जगह, मुझे गाना गाने के लिए ले जाते हैं। वहाँ मैं ख़ूब गाने गाता हूँ...दम निकल जाता है! दर्द होने लगता है। मैं कलेजा पकड़ लेता हूँ, फिर भी गाना मैं नहीं छोड़ता। लेकिन मैं रुपये-पैसे नहीं लेता, बाबूजी। मेरा कहना है—रुपया-पैसा बहुत बुरी चीज़ है। जाने कौन बदमाश पाँच रुपये के लिए पीठ पर चाकू मार देगा। बस मुझे पूरी-मलाई खिला दो।"

दयालदास को सूझ नहीं पड़ा कि वे क्या कहें।

वे उसे लेकर बाहर निकले। उसके लिए एक सेट कुर्ता और जोधपुरी... ख़रीदी। पाँव में जूते और सिर के लिए टोपी।

सूर्य बाबू ने कहा, "चिरकाल तुम यही सब पागलपन करते रहे। अच्छा, बताओ तो, इस लड़के को ले जाकर क्या करोगे?"

"पता नहीं, लेकिन मैं तो निमित्त मात्र हूँ। कलकत्ता ले जाकर मैं उसे ज़मीर ख़ाँ साहब को सौंप दूँगा। अब कौन कह सकता है कि शायद यही लड़का बड़ा होकर अपने उस्ताद का नाम रौशन करेगा?"

गाड़ी जब श्रीनटपुर की हवेली में दाखिल हुई, दरबान लोग दौड़कर आ पहुँचे।

गाड़ी का दरवाज़ा खोलते हुए उन्होंने कहा, "इस बार बहुत दिनों बाद आये, मास्टर बाबू!"

दूसरी मंज़िल की पश्चिममुखी बैठक में ख़ूबसूरत तख़्त पर आसीन थे—महाराजा योगीवर राय। उनकी एक तरफ़ उनका छोटा बेटा शिव बैठा हुआ था। दूसरी तरफ़ आठ वर्षीया बेटी इन्दु बैठी हुई, कहानियाँ सुन रही थी! वह सुसज्जित कमरा, मेज पर क्रोटन और गुलाब फूलों का गुलदस्ता, सौम्य-सुन्दरकान्ति गृहस्वामी और उनके दो बेटे-बेटी—सब कुछ मिलाकर ऐसा एक प्रशान्त सुन्दर परिवेश था कि वह तस्वीर आनन्द के मन में अर्से तक अंकित रही।

वह अभिभूत मुद्रा में एक किनारे खड़ा रहा। दयालदास के कहने पर उसने राजा साहब को प्रणाम भी किया था।

दयालदास राजा से बातचीत करने में व्यस्त हो गये।

वह बच्ची उसे बुलाकर अपने साथ ले गयी। बैठक से निकलकर, बोलती-बतियाती, कितने ही कमरे-बरामदे पार करके वह उसे एक छोटी-सी छत पर ले गयी। वहाँ काठ के डिब्बे में गुलाब खिले हुए थे। काँच के हौज में मछलियाँ किल्लोल कर रही थीं। जालीदार तोरण लवंगलता के खिले हुए फलों से भरे हुए थे।

उस बच्ची ने पूछा, "तुम्हारा नाम क्या है? सुन रही हूँ, तुम गाते हो?"

उसका सवाल समझने के बावजूद आनन्द कोई जवाब नहीं दे पाया।

बच्ची ने फिर कहा, "ओह! तुम बेचारे बांग्ला नहीं जानते न? मैं कौन हूँ, पता है?"

आनन्द ने सिर हिलाकर जताया, वह नहीं जानता।

"मैं हूँ, राजकुमारी इन्दुमती! बाबुल मुझे 'गिन्नी' बुलाते हैं। माँ मुझे 'मुनिया' कहती है। तुम मुझे 'इन्दु' ही पुकारना।"

" 'इन्दु...' आनन्द बुदबुदा उठा। उसे लगा यह नाम काफ़ी श्रुतिमधुर है।

उसे भी यह ख़्याल आया कि तीन दिनों पहले ही शिवाला घाट में जो लड़का, उस गूँगे भिखारी की बगल में सोया था, वह आनन्द नहीं था। तीन दिनों पहले की और बाद की दुनिया ही यूँ उलट नहीं सकती। ज़रूर एक सच है और दूसरा सपना!"

एक और सक्षात्कार की स्मृति उसके मन में बड़ी गहरी रेखा आँक गयी थी। दयालदास उसे बारानगर (श्रीनटपुर) की बागान-कोठी में ले गये।

घोड़ागाड़ी जब शहर छोड़कर, एकान्त, सूनी राह पर आ निकली तो दयाल ने कहा, "आनन्द, मैं तुम्हें हिन्दुस्तान के एक मशहूर उस्ताद के पास ले जा रहा हूँ। अगर तुम्हारा नसीब हुआ तो तुम उनके पास ही रह जाना।"

गेट तक नज़र नहीं आता था, ऐसा छाया-ढका परिवेश। ऊँची चहारदीवारी से घिरी विस्तीर्ण ज़मीन के बीचोंबीच, छोटा-सा दो मंज़िला घर! ऊपर-नीचे, दो हॉल कमरे! बगल में आमने-सामने दो और कमरे। छोटी-सी एक तलैया भी थी। बगल में फूलों के बाग़! बड़े-बड़े पेड़ ही अधिक थे—बरगद, अश्वत्थ, देवदार, नीम, यूकेलिप्टस, आँवले, शिरीष के पेड़! पेड़ों तले पक्की वेदी! यत्र-तत्र विक्षिप्त लोहे की कुर्सियाँ और बेंचें। दो माली घास छाँटने में ध्यानमग्न थे।

उस्ताद दृढ़ मुद्रा में बैठे हुए थे। शुक्ल केश, शुक्ल वेश। आँखों की दृष्टि भी क्षीण हो आयी थी। दयाल को देखते ही वे चकित निगाहों से देखते रहे। आनन्द ने ज़मीन पर लेटकर साष्टांग प्रणाम किया।

दयाल ने कहा, "उस्तादजी, काशी के घाट-घाट पर भटकता फिर रहा था! वैसे यह गुणी लड़का है। इसने गाना कहीं सीखा नहीं, सुरों का नाम तक नहीं जानता, फिर भी ताल-लय ठीक रखकर शुद्ध राग गाता है। सुनने भर से गाना सीख लेता है।"

उस्ताद के सामने, श्रद्धा से झुके-झुके उन्होंने और भी ढेरों बातें बतायीं। उस्तादजी सब सुनते-सुनते सिर हिलाते रहे। वे काफ़ी थके-थके लग रहे थे।

दयाल उठ खड़े हुए। कमरे में और भी जो लोग थे सब बाहर निकल गये। उस्तादजी ने आनन्द को अपने करीब बुलाया। आनन्द हाथ जोड़े, उनके करीब जा खड़ा हुआ।

उस्तादजी ने कहा, "और करीब आओ, बेटा।"

'बेटा' सम्बोधन सुनकर भी आनन्द के मन का डर नहीं मिटा। आनन्द

उनके और क़रीब आया। उसकी ढुड्डी उठाकर, उस्तादजी ने उसका चेहरा-मोहरा निहारा। उसे पोर-पोर पढ़ते हुए उसे निरखते-परखते उस्तादजी की आँखें भर आयीं।

उन्होंने कहा, "सुनो, अमर्यादा मत करना। बेईमानी करके चले मत जाना। सीखने से पहले ही बेचना शुरू मत करना।"

अभिभूत आनन्द ने सिर हिलाया। सहसा श्वेत कमीज़ के भीतर से माला निकालकर उस्तादजी ने उसे माथे से लगाया। स्वागतोक्ति की मुद्रा में कोई मन्त्रोच्चार किया।

उन्होंने कहा, "अपनी जवानी में मैंने एक और नौजवान में संगीत-सिद्धि की एक चिनगारी देखी थी। उस नौजवान ने अपने को जलाकर ख़ाक कर डाला और ख़ारिज हो गया! बेहद कम उम्र में! ऐसा लग रहा है कि ईश्वर ने उसी का कर्ज़ शोध करने का एक मौका मुझे दिया है। इसीलिए मेरे आख़िरी समय में तुम्हें मेरे पास भेज दिया। मैं तो मामूली बन्दा हूँ। अगर मेरे जरिये उनका कोई काम होता है तो होने दो। मैं बाधा नहीं दूँगा।"

अपने बाद के जीवन में आँधी-तूफान की तरह अद्भुत, नियमहीन रफ़्तार से घूमते-घूमते आनन्द ने उस्तादजी के चर्चित इन्सान का नाम भी सुना। उसने सुना कि वे मइहर के सुजा ख़ाँ थे। बेहद कम दिनों के लिए वे भारतीय संगीत-समाज में उज्ज्वल नक्षत्र होने की प्रतिरफ़ति लेकर उदित हुए और उल्का की तरह कक्ष-भ्रष्ट होकर जल-फुँककर खाक़ हो गये।

दो

अपने नये जीवन के अभ्यस्त होने में शुरू-शुरू में आनन्द को काफ़ी असुविधा हुई। ख़ाँ साहब के नियम अत्यन्त सख़्त थे। अत्यन्त भोर-भोर उठकर, वे ख़ुद भी रियाज़ के लिए बैठते थे। आनन्द को उनके साथ बैठना पड़ता था। धूप खिल आती थी, वक़्त चढ़ जाता था। आनन्द के कमरे के खिड़की-दरवाज़े बन्द। सूरज का उजाला तक अन्दर नहीं आता था। गाने का रियाज़ ख़त्म होते-होते दयालदास आ जाते थे। इस उम्र में लिखना-पढ़ना शुरू कराने में आनन्द ने यथेष्ट आपत्ति जतायी थी। अन्त में ख़ाँ साहब की मध्यस्थता में यह तय हुआ

कि गणित, भूगोल, इतिहास छोड़ दिया जाये, कमोबेश बँगला जानना ही काफ़ी है। वैसे दयालदास की अपनी एक निजी थ्योरी थी। उनका कहना था कि विश्व-संसार गणित के भरोसे ही चलता है। सूर्य-चन्द्र से शुरू करके, दुनिया में ऐसा कुछ भी नहीं है जिसमें अंक नहीं है। ख़ाँ साहब ख़ामोश प्रतिवाद के साथ उनकी बातें सुनते रहे।

बाद में बातचीत के दौरान उन्होंने महाराज से कहा, "बँगला पान चबा-चबाकर और सुँघनी सूँघ-सूँघकर दयालदास के दिमाग़ में भी सुँघनी घुस गयी है। वह कहता है, सब कुछ के भीतर गणित समाया हुआ है। अरे, सभी लोग क्या उसकी तरह मास्टर बनेंगे, जो गणित सीखें? मुझे भी मेरी अम्मी मक्तब में पहुँचा आती थीं। मैं भी मौलवी साहब को चकमा देकर भाग आता था। इससे मुझे कोई मुश्किल हुई?"

योगीश्वर हँस पड़े।

सभी लोगों के बीच महाराज भी किसी आम इन्सान की तरह ही इन्सान हैं, आनन्द को इसमें ज़रा भी सन्देह नहीं रहा। बीच-बीच में इन्दु और शिव को साथ लेकर टोकरी भर खाना वगैरह लादकर, टमटम हँकाकर, योगीश्वर यहाँ आ पहुँचते थे। वह दिन सबके लिए छुट्टी का दिन होता है। टमटम हँकाकर और भी बहुत से लोग आ जाते थे। यहाँ राँधने-पकाने, खाने-पीने का आयोजन होता था। बड़े-बुजुर्ग पोखर में बंशी फेंककर मछली पकड़ते थे। आनन्द, इन्दु और शिव को पेड़ से अमरूद तोड़कर देता था। उस समय योगीश्वर गुलेल से निशाना लगाने, जाल फेंककर मछली पकड़ने, कंकड़ से निशाना साधकर बेर तोड़ने में ग़ज़ब की पारदर्शिता दिखाते थे।

उन्होंने कहा, "तेरी तरह मैं भी सड़क-घाट का ही बच्चा था। वे लोग मुझे पकड़ लाये और गद्दी पर बिठा दिया, समझा?"

किसी-किसी दिन यह भी देखा गया कि वे पतंग और लट्ठा समेत शिव के साथ आ पहुँचे। उनके अनुरोध पर आनन्द को अचानक छुट्टी मिल जाती थी। उसके बाद डोर-पतंग लेकर आनन्द, शिव के साथ मैदान में दौड़ा-दौड़ी करता रहा। चीख-चीखकर गाना गाता रहा।

वे सब गाने, बरामदे में बैठे-बैठे ख़ाँ साहब ने भी सुना और उनकी भौंहे चढ़ गयीं।

उन्होंने पूछा, "बनारस की मंडी में क्या धूम मचा रहा है? सियार जैसा हुआँ-हुआँ करके चीख क्यों रहा है?"

लेकिन महाराज सस्नेह बढ़ावा देते हुए हँस दिये।

आनन्द को आवाज़ देकर अपने करीब बिठाकर उसने कहा, "चल बेटा, गाना सुना दे। तुझे जो छुट्टी दिला दी, उसकी बख्शिश।"

उनके चरणों तले बैठकर आनन्द गा उठा–

"शंकर-शिव-जटावासिनी जाह्नवी... ।"

किशोर कंठ की वह सुमधुर वन्दना सुनते-सुनते, योगीश्वर अनमने भाव से शिव के माथे पर हल्के-हल्के ठेका देते रहे।

घर लौटते हुए सरयू ने उन्हें उलाहना दिया, "शिव को तुम आनन्द के साथ यूँ हेलमेल बढ़ाने देते हो, इतनी अति क्या अच्छी है? हज़ार हो, उसकी जात, घर... ।"

"जात, घर...सब बहुत अच्छा है, सरयू! तुम नहीं समझते। मैं भी तो किसी वज्र-देहात का पुरोहित-बाह्मन का गरीब बेटा था, तब तो तुम लोगों को भी मुझसे हेलमेल नहीं रखना चाहिए, क्यों?"

इस बात के जवाब में सरयू ने अपनी हार क़बूल कर ली। योगीश्वर ने आनन्द को जो इतना सारा सहज अधिकार दिया था, उसकी भी वज़ह थी। वे ख़ुद भी गरीब घर के बेटे थे। राजा के दत्तक पुत्र बनकर इस राजबाड़ी में आये थे। बूढ़े बरगद की जटाओं से झूलकर पानी में कूद पड़ना, बड़े भइया के साथ बंशी और जाल लेकर, सूखे दलदली पनाले के किनारे समय गुज़ारना, माघ महीने की भोर-रात, शिशिर-भीगी घास पर पाँव रखकर सरस्वती पूजा के लिए फूल तोड़ना–इन सबको लेकर जो शैशव उनके लिए अति मधुर और अति प्रिय था, वह राजबाड़ी की चहारदीवारी के अन्दर उन्हें कभी नहीं मिला। पालकी पर सवार होकर, पाइक-प्यादों के साथ, रेशमी वस्त्र पहनकर, जो लड़का रोते-धोते राजा होने आया, उसकी मर्मवेदना की स्मृति, योगीश्वर आज भी नहीं भूल पाये। उन्हें आनन्द में अपने वही बाल-जीवन की तस्वीर नज़र आती है। बाहर जब पोखर के जल में बाँस-पेड़ों की छाया झिलमिल करती है, सुबह की धूप में नीला आकाश जब झक-झक करता है तब ज़ोर-जबर्दस्ती पढ़ाई तैयार करने का दुःख वे जानते थे। इसालिए वे आनन्द को प्रश्रय देते थे। उसकी भी कमउम्री के दिन कहीं बोझ न बन जाये, इस पर वे नज़र रखते थे। बीच-बीच में सिर्फ़ सरयू ही नहीं, ख़ाँ साहब भी एतराज उठाते थे।

तब योगीश्वर कहते थे, "ख़ाँ साहब, जो समूची दुनिया का मालिक होकर आया है, उसे आप कितना बाँधेंगे, बतायें? उसके जैसे जो सड़क-घाट के लोग

हैं, उन लोगों ने तो पूरी दुनिया को ही ख़रीद लिया है। चहारदीवारी के अन्दर सोना-लेटना कैसा अहसास देता है, वह इस जन्म में जानता ही नहीं, इसलिए मैं कहता हूँ कि बीच-बीच में उसे मुक्त कर दिया करें।"

जमीर ख़ाँ ने कहा, "मैं समझता हूँ लेकिन पता नहीं क्यों तो मुझे लगता है कि मुझे और वक़्त नहीं मिलेगा। आनन्द को मैंने उम्र के बिल्कुल आख़िरी दौर में पाया है। इस वक़्त मेरी हालत 'ज्योत बिना नैना' जैसी है। इसलिए मुझे लगता है कि मेरे पास जितनी विद्या है उसे दे डालूँ।" योगीश्वर, मेरे गुरुजी मुझसे कहा करते थे—"गुरु तो बहुतेरे मिलेंगे, योग्य शिष्य मिलना बेहद मुश्किल है। यह बात ध्रुव सत्य है। अब इस आख़िरी उम्र में, अगर मुझे आनन्द जैसा योग्य शिष्य मिल गया है, तो मेरे दिल में तरह-तरह का डर...?"

"डर? कैसा डर, ख़ाँ साहब?"

ख़ाँ साहब ने अपनी आवाज़ धीमी करके कहा, "डर किस बात का है, जानते हो? अपनी ज़िन्दगी में मैंने जितने सारे इन्सान देखे हैं, उनसे यही सीखा है कि एक-एक इन्सान अपनी तकदीर में बादल-वाताश के साथ पैदा हुआ है। उन लोगों की तकदीर ही उन लोगों को स्थिर नहीं रहने देती। ऐसे इन्सानों को प्यार तो बहुत मिलता है लेकिन वे लोग रख नहीं पाते। ये लोग हाथ आयी लक्ष्मी, फेंक देते हैं, योगीश्वर!" किसी दिशाहीन नसीब की तलाश में घूमते-फिरते हैं। मुझे बेहद डर लगता है योगीश्वर, उस लड़के में मुझे वह सबकुछ नज़र आता है, यह बात भी सच है। सभी क़िस्म के बन्धन को नकार देने का एक दुर्धर्ष ताकत है आनन्द में। इसके अलावा उसमें हज़ारों इच्छाएँ हैं। उसके मन में तरह-तरह की ख्वाहिशें जगती हैं, दुनियावाले अगर कहें कि वे सब ख्वाहिशें विचित्र हैं; अद्‌भुत हैं, तब वह क्या करेगा? महाराजा ने उसे दस रुपये, जो बख्शिश में दिये थे। उन रुपयों से उसने पंछी ख़रीदकर छोड़ दिया। वह पत्थर की बेंच पर औंधा लेटा-लेटा चींटियों की जीवन-यात्रा देखा करता है। कमल का फूल कब खिलेगा यह देखने के लिए वह मुँहअँधेरे ही जाकर पोखर किनारे बैठा रहता है। भगवान के दर्शन होंगे, इस प्रलोभन में भरमाकर, वह काफ़ी दिनों तक किसी साधु के पीछे-पीछे घूमता रहा। वह आदमी बागान-कोठी के बाहर लेटा हुआ था। जर्जर बूढ़ा। गेरुआ वसन जीर्ण! उसे देखकर, आनन्द के मन में भक्ति से अधिक कौतूहल जाग उठा। बनारस के जीवन में उसने अनेक साधु-संन्यासी देखे थे। उनमें से बहुतेरे व्यापारी के अलावा कुछ भी नहीं हैं, यह भी वह जानता था लेकिन उस बूढ़े व्यक्ति

की जुबान खुलवाना ही मुश्किल हो आया। एक तो वह जटाधारी बाबा था, उस पर से मौनी! मुमकिन है, वह साधु काफ़ी अद्भुत-अद्भुत क्षमताओं का अधिकारी हो। वह 'हाँ' को 'ना' बना सकता हो! उस्तादजी की कड़ी नज़र से छिप-छिपकर आनन्द ने उसे रोटी-दाल खिलायी। पूरी दोपहर भर वह साधुजी के गन्दे-शन्दे पाँव दबाता रहा। तीसरे दिन साधु बाबा प्रसन्न हुए। उन्होंने पूछा, "तुम्हारा नाम क्या है, बेटा?"

"आनन्द!"

साधुजी बेहद प्रसन्न हो आये।

उन्होंने कहा, "बड़ा सुन्दर नाम है!"

आनन्द का कौतूहल असीम था। साधुजी अमरनाथ से आये थे। सालभर में छः महीने जहाँ बर्फ जमी रहती है और सड़क बन्द रहती है। उसी बाबा अमरनाथ को साधुजी देख आये थे। यह बन्दा उतनी दूर के रास्तों पर गया था, यह जानकारी मिलते ही आनन्द के मन में उनके प्रति भक्ति जाग उठी।

साधुजी ने उसे बताया, "निर्जन में बैठकर, ध्यान करने से भगवान के दर्शन होते हैं।"

भगवान के बारे में वह काफ़ी जानकार लगा। साधुजी ने और भी कहा, "मेरी जितनी साधना थी, बहादुरी दिखाने के चक्कर में मैंने नष्ट कर डाला। चालीस वर्ष तक मैंने जो साधना की थी, कुल तीन महीने में उसे नष्ट कर दिया। अब नये सिरे से साधना कर रहा हूँ, समझे?" कहते-कहते साधु की आँखें भर आयीं।

उन्होंने अगला वाक्य जोड़ा, "कहाँ अमरनाथ, केदारेश्वर, ज्वालामुखी घूम-घूमकर साधु-संग कर-करके मैंने जितना कुछ पाया था बेटा, सब खो दिया। मेले में बैठकर एक लड़के की बीमारी ठीक की, उसे रोग-मुक्त किया। सबसे जय-जयकार किया। लोगों की भीड़ लग गयी। मैं खुद को भूल गया। उसके बाद...अपने ही अहंकार में मेरा पतन हो गया। मेरा सब कुछ खो गया।"

साधु का हताश चेहरा देखकर आनन्द को बेहद तकलीफ हुई।

साधु ने फिर कहा, "तुम्हारा मन चंचल नहीं करूँगा, बेटा! मैं चला जाऊँगा।"

"कहाँ जायेंगे?"

"जिधर नज़रें जायें।" अगले ही पल उन्होंने स्नेहभरे लहजे में कहा, "तुम गृही हो। तुम नहीं समझोगे कि तुम जैसे किशोर बालक की स्नेह-भक्ति, मेरे लिए ज़ंजीर जैसी है। मैं तो ज़जीर तोड़कर ही निकला हूँ। अब, दोबारा इसमें

क्यों फँसूँ? मैं चला जाऊँगा। तुम बेहद भले बच्चे हो, आनन्द! मैं आशीर्वाद करने का अधिकारी नहीं हूँ। मैं बस कामना करता हूँ कि तुम चिर दिन आनन्द में रहो। सदा काल आनन्द में जिओ। आनन्द में मगन रहो सदा काल।"

उसी शाम साधु चले गये। जाते-जाते आनन्द का मन भी हरण करके ले गये। शाम के वक़्त, कुहासा-ढके पथ पर, जीर्ण देह साधुजी को थकी-थकी मुद्रा में आगे बढ़ते देखकर आनन्द को इतना दुख हुआ कि उसका बयान नहीं किया जा सकता। वह तो उनके पीछे-पीछे ही चल देता। अगर उस्तादजी ख़ुद आकर उसे पकड़ नहीं लेते। उसका दुख समझकर ही उस्तादजी ने उससे कुछ नहीं कहा। हमदर्द की तरह उन्होंने उसकी पीठ सहलायी। घर आकर भी आनन्द को उदास देखकर उन्होंने उसे अपने पास बुलाया।

उन्होंने कहा, "बैठो!"

उस्ताद से ऐसा प्रत्यक्ष स्नेह-सम्भाषण सुनना भी एक तजुर्बा था। आनन्द विस्मित-विमूढ़-सा उनके करीब आया। उस्ताद ने एक पुराने संगमरमर के डिब्बे से अंगूर निकालकर उसे खाने को दिया।

उन्होंने कहा, "बैठो! एक किस्सा सुनो। तेरी ही उम्र में जब मैंने उस्ताद के चरण पकड़े, मुझमें भी सद्‌बुद्धि नहीं थी। घर के बजाय सड़क ही अच्छी लगती थी। अब देखो, जिसका, जो नसीब वह उसी तरह का आचरण करता है। उस शख़्स के नसीब में सड़क ही बदा है। इसलिए वह घूमते-भटकते बेमौत मर रहा है। तेरे नसीब में भी अगर राह ही लिखी है तो तू भी भटकेगा। लेकिन, सुन बच्चे, घूमना तो बादशाह की तरह घूमना, फकीर की तरह नहीं। दुनिया के लोग भी कहेंगे कि हाँ, ज़मीर ख़ाँ ने इस लड़के को तालीम जैसी तालीम दी थी। उसे इन्सान जैसा इन्सान बनाया। अरे, पगले! दुनिया में क्या सिर्फ़ तू ही खाने-सोने और घूमने आया है? ख़ुदा दे रहा है इसलिए तू खा रहा है। उनका नमक खाकर, उनका कोई एक काम तो कर। दुनिया में अपना नाम ज़ाहिर किये जा। तेरे पास कंठ है, तू गाये जा। साधना क्या सिर्फ़ भगवान की ही होती है? गायन भी भगवान की तरह ही साधना की चीज़ है। तू तो दुधमुँहा बालक है, साधक बैजू, सदारंग—इन लोगों का जीवन तू नहीं जानता। सुन, साधना कैसे की जाती है। मेरे उस्तादजी एक हाथ लम्बी और येऽऽ चौड़ी मोमबत्ती फर्श पर बैठा जाते। उस मोमबत्ती को जल-जलकर बुझने में पूरे चार घंटे लगते थे। जितनी देर बाती जलती रहती थी, मैं लगातार रियाज़ करता रहता था। आधी रात को उठ-उठकर रियाज़ करता था। और भी किस्से सुनेगा?"

आनन्द उनकी बातें सुनते-सुनते शान्त हो आया। उस रात आनन्द का बिस्तर उस्तादजी की बगल में ही लगाया गया। रात को नींद आने में काफ़ी देर हो गयी। नींद में भी उसे सिर्फ़ राह ही राह के सपने दिखाई देते रहे। सड़क पार सड़क! सड़कें चलती ही गयीं। कितनी सारी सड़कें हैं, कौन जाने! आनन्द जिस राह पर चल रहा है, उसकी एक ओर झाड़-पेडों का जंगल! दूसरी तरफ़ समुद्र। समुद्र की साँय-साँय पुकार सुनाई दे रही है। धुँधला अँधेरा। आनन्द चलता ही जा रहा है। कितनी दूर जाना होगा, कौन जाने! इधर उसके चेहरे-मोहरे पर समुद्री हवा झपट्टे मार रही है।

यह बात योगीन्द्र के कानों तक भी पहुँची। वैसे उन्होंने अपनी जुबान से उसे कुछ नहीं कहा। शिव के जन्मदिन पर वे उसे अपने साथ राजबाड़ी ले गये। आनन्द नये धोती-कुर्ता पहनकर राजबाड़ी गया था। उस शुभ-तिथि के उपलक्ष्य में अनाथाश्रम में फल-मिठाई भेजा गया। महाराज की तरफ़ से उपहारस्वरूप गुजरात से एक जोड़े श्वेत मोर राजबाड़ी के बागान में आये। कंगाली भोज चलता रहा। शाम को पटाखे चलाने के लिए, ढाका के कारीगर आनेवाले थे। शिव रेशमी कुर्ता-धोती पहने, माथे पर चन्दन का टीका लगाये घूम-फिर रहा था।

आनन्द दरवाज़े की एक ओर खड़ा-खड़ा यह सब देख रहा था। महाराज ने उसे आवाज़ देकर अपने पास बुलाया।

उन्होंने कहा, "चल, गाना गा, आनन्द।"

महल के पश्चिमी प्रान्त के उस कमरे में चन्दन-काठ और हाथी-दाँत का नक्काशीदार तख़्तपोश बिछा हुआ! हिरण के सींगों के ऊपर पीतल की जयपुरी ढक्कन जड़े मेज़ पर काँच के गुलाबदान में श्वेत गुलाब सजे हुए। बरामदे में ऑर्किड की क़तार पर माली ने पानी छिड़क दिया था। सफेद लेस के पर्दों से विचित्र-विचित्र कलापूर्ण आकृतियाँ बनाती हुई धूप, कमरे के अन्दर आकर हरी फर्श पर लोट रही थी। महाराज चौकी पर मुस्कराते हुए विराजमान थे। इन्दु हँसती-खिलखिलाती मुद्रा में, अपने पिता की गोद में करीब बैठी हुई थी। भाई के जन्मदिन पर उसने साड़ी पहनी थी। बालों में चौड़ी रिबन। दोनों कलाइयों में मोती की चूड़ियाँ। वह तिरछी भंगिमा में हँसती हुई आँखों से आनन्द को देख रही थी। आनन्द भी ईषत् मुस्करा उठा। उसके बाद उसने गाना छेड़ दिया—

यदि प्यार न करो,
मैं तो करूँगा प्यार जीवन भर!

यहाँ-वहाँ जहाँ भी रहूँ,
तुम बिन नहीं सुखी।
चाहो तो ले लो प्राण, जिलाओ तो तुम हो महान्!

कौन जाने इस गीत के साथ योगीश्वर के जीवन की कोई याद जुड़ी हुई थी। उनकी आँखें ममता से कोमल हो आयीं।

उन्होंने कहा, "कलकत्ते में रहते-रहते तू बंगाली हो गया, आनन्द? तू अपने पुराने गीत गा।"

"वही शंकर-शिव का गीत, आनन्द'दा!" इन्दु बोल उठी।

आनन्द ईषत् मुस्करा उठा।

अगले ही पल उसने मोहक-मोहक गम्भीर आवाज़ में गीत छेड़ दिया—

शंकर-शिव, भैरव आदि-अनादि देव जय!
गौरीपति महादेव जटा विभूषण जय!

गाते हुए उसे याद आया कि काशी में अस्सी घाट पर बैठे-बैठे महाराष्ट्री सन्तजी गा रहे हैं। आनन्द बैठा हुआ मुग्ध भाव से सुन रहा है। जाड़े की तीखी बयार में काँपते-काँपते, सीढ़ी की दोनों तरफ़ बैठे भिक्षुओं और संन्यासियों को दान देते-देते कोई अभिजात्य-वंशरिया महाराष्ट्री महिला, ऊपर आ रही थीं। उन्होंने आनन्द के हाथ पर भी एक इकन्नी रख दी। साधु के सामने उन्होंने एक डाला उतारा। उनके सर्वांग में हीरों के जेवर। वे स्पर्श बचाकर दान कर रही थीं। उनके अन्दर कैसा तो दम्भ का भाव था। गायक और श्रोता दोनों ने ही इस रसभंग से झुँझलाकर एक बार उन पर नज़र डाली। इसके साथ ही आनन्द को याद हो आया कि उन महिला की बगल में, पीतल की बड़ी-सी थाली में चावल और पैसे लेकर एक लड़की भी आयी थी। उम्र यही कोई तेरह वर्ष। विधवा के चिह्न-स्वरूप, बदन पर लाल रंग की रेशमी साड़ी, घुटे हुए सिर पर अवगुंठन! उसकी आँखों की दृष्टि में ऐसी कोई सरलता और वेदना की छाप थी, जो उस दिन भी आनन्द के मन को आहत कर गयी थी। स्मृतियों को छू-छूकर, रागश्रेष्ठ भैरव सुर में, शिव-स्तोत्र आनन्द के किशोर कंठ में बज उठा। योगीश्वर मुग्ध हो उठे।

उन्होंने पूछा, "बता, क्या इनाम लेगा?"

आनन्द और इन्दु आँखों-आँखों में हँसे।

योगीश्वर ने अपनी जेब से चाँदी का एक डिब्बा निकाला। डिब्बे के विभिन्न

खानों में इलायची और सुपारी सजी हुई। उन्होंने मुट्ठीभर निकालकर आनन्द के हाथ पर रख दिया। आनन्द उन्हें प्रणाम करके बाहर निकल आया। इन्दु उसे बुलाकर अपने साथ ले गयी।

"चलो, मेरी बगिया देखो!" उसने कहा।

पिछवाड़े की सीढ़ियों से उतरकर दोनों बगिया में चले आये। बगिया में यह पति-उपेक्षिता दुखिया रानी का महल था। उस तरफ़ तरह-तरह के देशी फूलों के पेड़-पौधे। यहाँ अन्तःपुरवासिनियों की पूजा-अर्चना चलती थी। काफ़ी सारा हिस्सा उपेक्षित पड़ा हुआ था। अर्जुन और बरगद के बड़े-बड़े पेड़ों की छाया के अँधेरे में, हरी-हरी घास पर इन्दु चलती गयी।

उसने कहा, "एक अद्‌भुत जगह खोज निकाली है मैंने, पता है? सिर्फ़ तुम्हें ही दिखाऊँगी।"

राजबाड़ी के शुरूआती युग में यहाँ शायद पक्की वेदी बनवायी गयी थी। अब अवहेलना और अनादर सहते-सहते उस वेदी का रंग सिवार जैसा हरा हो गया था। दोनों वहीं बैठ गये।

इन्दु ने सवाल किया, "सुना है कि तुम संन्यासी बनने जा रहे थे?"

"तुमसे किसने कहा?"

"मैंने सुना..."

"हाँ, बननेवाला तो था। तुम लोग क्या हमेशा-हमेशा के लिए अपने पास रहने दोगे भला?"

"तो साधु बन क्यों नहीं गये? अच्छा होता। ख़ूब अच्छा होता। बाबुल आदमी भेजकर तुम्हें घर लाते। तुम्हें सजा होती।"

दोनों ख़ामोश बैठे-बैठे, बरगद की जटा पकड़कर गिलहरी का चढ़ना-उतरना देखते रहे। अद्‌भुत, निर्जन और निःशब्द जगह।

इन्दु ने ही जुबान खोली, "यहाँ एक गुप्त गुफा है, पता है?" बरगद के पेड़ में एक पोकर था। इन्दु ने हाथ डालकर उसमें से मूँगफली निकाली। दोनों मूँगफली छील-छीलकर खाते रहे।

वैसे इन्दु के साथ आनन्द का यूँ खुल्लमखुल्ला मेल-जोल का ख़ाँ साहब हमेशा अनुमोदन नहीं करते थे।

उनका कहना था, "मालिक और सेवक में क्या कोई अन्तर नहीं रहेगा?" जो दीन-दुनिया के मालिक हैं उन्होंने ही यह फ़र्क़ रचकर इन्सानों की सृष्टि की है। आनन्द आज बालक है, इसलिए उसे कोई फ़र्क़ समझ में नहीं आ रहा

है। जब वह बड़ा होगा तो दुनिया उसकी आँखों में उँगली घुसेड़कर उसे यह फ़र्क़ समझा देगी। तब? तब क्या होगा?"

आनन्द को वे बेहद प्यार करते थे। उन्होंने उसे भावी जीवन के आँधी-तूफान के थपेड़ों से बचना सिखाया। उनकी बातें रूढ़ ज़रूर थीं, मगर आन्तरिक थीं। यही समझकर आनन्द भी ख़ामोश बना रहा। लेकिन सात दिन गुजरते-गुजरते महाराज की तरफ़ से सन्देशा आ पहुँचा। इस बार नौका से गंगा-विहार!

इसी तरह किशोर उम्र के तमाम दिन गुज़र गये। कैशोर्य से जवानी में पदार्पण के दिनों में, सुख-स्वप्न की तरह तप्त और रोमांचक! उन दिनों सहसा महसूस होता था कि आकाश-वाताश, अखिल जगत्, महान् प्रेम के तरंग-झूले में झूलता है। मन सीमाहीन, सुविशाल लगने लगता है। आनन्द के जीवन में यह समय आया और मानो किसी अनन्त मणि-कक्ष का ताला खोलकर, उसका हाथ थामकर उसे वहाँ आसीन कर गया। जवानी का राज-ऐश्वर्य ऐसा होता है कि इस समय भिखारी भी अपने को महाधनी समझ लेता है। उसके मन की भाषाहीन तरंग कंठ में सुर बनकर बज उठी।

एक सुबह, अपने शागिर्द के कंठ से 'पिया के मिलन की आस' गाना सुनकर ख़ाँ साहब ने विस्मय-विमुग्ध होकर उसकी तरफ़ देखा।

उन्होंने कहा, "शाबाश, बेटा! मेरी कल्पना में जोगिया राग का रंग गेरुआ था। लेकिन तुम्हारी आवाज में वह अन्तरंग-सुन्दर बुनावट सुनकर लगा कि जोगिया को शायद विविध रंगों में सजा दें तो वह मोतिया बन जाता है।"

ख़ाँ साहब की आवाज़ में आजकल सुर पहले की तरह नहीं खेलते। इसीलिए वे आनन्द पर परम निर्भरशील हो उठे थे। शाम को जब लैंडो-गाड़ी टुंग-टुंग घंटी बजाते हुए उनके घर के सामने आ खड़ी होती, तब वे राजबाड़ी की तरफ़ रवाना ज़रूर होते थे। लेकिन आजकल आनन्द उनकी बगल में होता था। शाम के वक़्त ख़ाँ साहब के बदन पर सफेद रंग के क़ीमती सिल्क का ढीलमढाल 'काबा' पड़ा होता था। पके हुए बालों के नीचे टुकड़ा भर बटी हुए रुई, कानों में ठुँसी होती थी, उससे इत्र की भुर-भुर खुशबू आती थी। आनन्द के चेहरे पर विलास की कोई छाप नहीं होती थी। कमर में ख़ूबसूरत ढंग से धोती लिपटी हुई और बदन पर मामूली-सा श्वेत कुर्ता! अबाध्य बालों को बमुश्किल उसने अपने काबू में किया था।

महाराज की बैठक में बत्तियाँ जलती हुईं। लैंडो जब कोठी के अन्दर दाखिल होती तो बैठक की रोशनी में आँखें चौंधिया जाती थीं। विशाल कमरे में एक तरफ़ मोटा-सा बिस्तर! दूसरी तरफ़ हाथी-दाँत का नक्काशीदार सोफा और चन्द नीची-नीची कुर्सियाँ! दीवार पर एक तरफ़ जापानी स्क्रीन! सूरज की तरफ़ मुँह किये कोई अन्धा प्रार्थनारत! उसका हाथ थामे हुए एक शिशु। उसके सिर पर झुक आयी थी, फूलों से लदी चेरी पेड़ की डाल! दूसरी तरफ़ विष्णुपुरी अति सुन्दर और सूक्ष्म नक्काशीदार तोरण की पाँत, पूरी दीवार पर सजी हुई! महफिल में एक तरफ़ तबला, पखावज, सारंगी और तानपूरा!

आनन्द उछल-उछलकर सीढ़ियाँ चढ़कर ऊपर आया। उसकी बगल में सटकर शिव भी उसके साथ सीढ़ियाँ चढ़ता रहा। इस बीच, आनन्द की जेब से ऐसी ढेर सारी चीज़ें शिव की जेब में चालान हो जाती थीं, जो उसके लिए निषिद्ध थीं। चनाचूर, बड़े बाज़ार का मिर्चवाला अचार, मटर-काबुली।

दयालदास को इन्दु और शिव की मास्टरी की नौकरी से छुट्टी मिल गयी थी। साथ ही गणित के प्रति उनकी सनक भी ख़त्म हो गयी। लेकिन महाराज ने उन्हें नया काम थमा दिया। कलकत्ते से जो ज्ञानी-गुणीजन आयें, उन्हें सादर आमन्त्रित करके राजबाड़ी में ले आना—यह भी दयालदास का काम बन गया। लेकिन उन महफिलों में ख़ाँ साहब आनन्द को क्यों नहीं गाने देते, इस बात को लेकर उनके मन में काफ़ी क्षोभ भी था।

ख़ाँ साहब ने कहा, “दो गवैइयों को आपस में भिड़ाकर, मज़ा लेना, यह तो होली में धमाल मचाने जैसा है, दयाल!”

लेकिन जब यही आक्षेप बाहर से भी आने लगे, तब एक दिन फिर मजलिस बैठी।

चैत का भरा-पूरा महीना। इस बार होली मार्च महीने के अन्त में पड़ी थी। अबीर-गुलाल फिर भी ख़त्म नहीं हुआ था। होली के रंग, अनगिनत धाराओं में पलाश, कृष्णचूड़ा और गुलमोहर की डालों पर बिखर गया था। सन् 1923 का कलकत्ता! दक्षिण के इस आभिजात्य अंचल की सड़कों के दोनों किनारों पर खड़े बड़े-बड़े पेड़ों पर पत्र-पुष्प का समारोह! दोपहर का खौलता हुआ ताप कम होते ही, माली, क्यारीदार पगडंडी को पानी से सींच जाता था। गर्म कोलतार पर पानी पड़ते ही धुआँ उठने लगता था। सूरज के ढुलकते-डूबते ही दक्षिणी समुद्र से ठंडी बयार की लहर उमड़ आती थी। शाम से लेकर रात तक बागान में यही पागलपन चलता रहता था। बेल-फूलों की माला और ठंडी बर्फ

बेचते हुए फेरीवाले आवाज़ें लगा-लगाकर चक्कर लगाते फिरते थे। कलकत्ता के वसन्त की शायद कोई तुलना नहीं थी। इस जमाने की सुबहें भी ख़ूबसूरत होती हैं। दोपहरी अजस्र स्वप्नों के जाल बुनती है। बकुल-गन्ध-मन्दिर परिवेश में जवान मर्द-औरतों का हृदय उद्वेलित कर जाता है।

ऐसे समय में, शुक्लपक्ष की एक शाम, राजबाड़ी में मजलिस जमी। पश्चिम के गाड़ी-बरामदे में फिटन, मोटर, लैंडो की क़तार लग गयी। अभ्यागत मेहमान पहले बगल के जापानी कमरे में दाखिल हुए! गाना सुनने का शाही मिजाज़ और उत्साह वहीं तैयार होना था।

पीछे के छोटे-से कमरे से होकर निर्जन बरामदा पार करके, काठ की सीढ़ियाँ चढ़कर आनन्द दक्षिण की छोटी छत पर चला आया। इन्दु भी मुस्कराते हुए आगे बढ़ आयी। आनन्द ने जुबान से कुछ नहीं कहा। वह आँखों में शरारत लिए इन्दु को निरखता रहा। आज इन्दु ने घरेलू ढंग से वसन्ती रंग की ताँत की नयी साड़ी पहनी थी और मूँगे का ब्लाउज़। बड़ा-सा जूड़ा बनाकर उस पर बेल-फूलों की माला लपेटी थी! शाम को वह नहायी थी। उसकी मन्द-मन्द, मधुर ख़ुशबू भी उसे घेरे हुए थी। पाँवों में ढकाई चप्पल!

"क्या देख रहे हो, बताओ तो?" मैंने पूछा।

"बताता हूँ रुक जा।" आनन्द एक निचली मुँडेर पर बैठ गया।

इस तरह का बागान, आजकल बिल्कुल ही परित्यक्त था। बकुल का एक विशाल पेड़ छत से लगा-लगा ऊपर की तरफ़ उठ गया। शुक्लपक्ष के टुकड़ा भर चाँद की मृदुल चाँदनी में आसमान स्वच्छ नज़र आ रहा था। दोनों ने एक-दूसरे की आँखों में विस्मय-विमुग्ध निगाहों से झाँका। इतने-इतने दिनों की जान-पहचान, फिर भी इन्दु को वह मानो नया-नया लगा। आनन्द की आँखों में भी उसे उसी विस्मय का अहसास हुआ। वह ईषत् मुस्करा उठी। उस मुस्कान में मानो लाज का फाग घुला-मिला हो। फाग का वह रंग हौले-हौले इन्दु के चेहरे पर बिखर गया। वाताश की उत्ताल लहर दोनों को घेरे हुए, मानो वनफूल की ख़ुशबू बिखेर गया। आनन्द की आँखों का कौतुक जाने कब तो गहरे विस्मय में रूपान्तरित हो आया। उसे ख़ुद भी ख़बर नहीं हुई। वे तमाम ख़ामोश पल मानो इस कदर मुखर होना चाहते थे कि आनन्द ख़ुद ही विभ्रान्त हो आया। अगले ही पल वह हँस पड़ा।

उसने जुबान खोली, "सच्ची, तुम बेहद ख़ूबसूरत लग रही हो। अरुण-किरण मलिन इन्दु कुमुद मुदित लाजे।"

आनन्द के मुँह से कविता सुनकर इन्दु हँस पड़ी।

आनन्द भी हँसा, "सोच क्या रही है? आजकल मैं ख़ूब कविताएँ पढ़ने लगा हूँ, मालूम?"

"अच्छा ही तो है..." इन्दु फिर हँसी, "मैंने तुझे क्यों बुलाया है, बता तो?"

"यही...अपनी तारीफ सुनने के लिए!"

"इश्श! तुझसे एक बात कहनी थी..."

"कौन-सी बात?"

"कल मैं पुरी जा रही हूँ, पता है?"

"अरे, क्यों?"

"तुम भी चल रहे हो..."

"किसने कहा?"

"बाबुल ने कहा। हम लोग पहले जा रहे हैं। तुम लोग बाद में आओगे। शिव के इम्तहान हो जाने के बाद! मैं, बाबुल, माँ—सब पहले चले जायेंगे। तुम आना ज़रूर, आनन्द'दा! भूल मत जाना।"

घड़ी ने आठ बजाया।

आनन्द चौंक उठा।

उसने कहा, "मैं चलता हूँ। तू गाना सुनेगी न? कहाँ बैठेगी?"

"बाबुल की स्टडी में! ज़रूर सुनूँगी।"

अगले ही पल वह करीब चली आयी और निःसंकोच भंगिमा में, भरपूर ममता से, आनन्द के हाथ पर अपना हाथ रख दिया।

"ख़ूब अच्छी तरह गाना, आनन्द'दा! डरने की क्या बात है?"

"तू भरोसा दे रही है न!" आनन्द ने उसका चेहरा गौर से पढ़ा। आँखों-आँखों में वह हँस पड़ा, "ज़रूर गाऊँगा।"

आनन्द नीचे चला आया। पीछे-पीछे इन्दु भी। तब तक महफिल जम चुकी थी। दयालदास बेहद निर्मम ढंग से सारंगी के कान मरोड़ रहे थे। आनन्द घुटने मोड़कर बैठ गया। गुरुजी की ओर झुककर उसने निर्देश सुना। वह बनारस का लड़का था। अपने स्थान की मर्यादा रखते हुए, वसन्त शुक्ल-रजनी में उसका होरी-ठुमरी गाने का मन हो आया। ईषत् भौंहें सिकोड़कर ज़मीर ख़ाँ ने सम्मति दे दी। आनन्द ख़ुश हो गया और उसने मुस्कराती आँखों से उनके प्रति कृतज्ञता जाहिर की। गुरु-शिष्य के बीच इस क़िस्म का भाषा-विनिमय

ख़ूब चलता था। ख़ाँ साहब के चेहरे-मोहरे और आँखों में स्नेहिल प्रश्रय का जो भाव उभरा, वह बेहद ख़ूबसूरत था।

तरुण गायक की आवाज़ गूँज उठी—

"ना मारो, ना मारो सैंया, गुलाल-पिचकारी, मोरे राजा..."

निराभरण ढाँचे की छलना में भाव व्यक्त होने लगे। फगुआ का गीत, फिर भी श्रोताओं के निविष्ट श्रवण में, अभी भी इसमें रंग-राग पकड़ में नहीं आया। यह सिर्फ़ किसी कातर नायिका की विनती थी—गुलाल-पिचकारी मत मारो, हे प्रिय, हे राजा! ध्रुपद की धीर-गम्भीर गति से गाने की स्थिर माधुरी फूट आयी। उसके बाद विस्तार शुरू हुआ। प्राणों की विशाल बाढ़ को संयत करके जैसे झरना लीला-चंचल भंगिमा में नटिनी के प्रति आत्मसमर्पण करने को आगे बढ़ता है, आनन्द के तरुण कंठ में भी वही शक्ति अनायास ही प्रस्फुटित हो उठी। शक्तिशाली गम्भीर कंठ! पद का आश्रय लेकर, पर्दे-पर्दे पर उसके स्वच्छन्द उतार-चढ़ाव की निर्झर लीला जीवन्त हो उठी। धीरे-धीरे गीत में गायक के मन का रंग खिल उठा। बाहर से अपने मन को समेटकर आनन्द किसी गोताखोर की तरह चित्त के अतल में मोती का सन्धान करने लगा। उसके अन्तर में फाग का रंग लग गया। फाग के उस रंग में उसका निष्पाप-शुभ्र मन एकदम से रंग गया। चूँकि उसके मन का पोर-पोर रंगों में डूब गया था, इसलिए आनन्द इस फाग का सन्धान अपने श्रोताओं को भी देना चाहता था। जवानी की उम्र में अनजाने में ही मन पर जो लग जाता है, बड़ा गोपनचारी होता है वह रंग, फिर भी अनभिज्ञ हृदय जाने कब तो लाले-लाल हो उठता है। आनन्द स्वयंसिद्ध ढंग से आत्मसचेतन नहीं था। आज शाम इन्दु की आँखों में उसने अपने को ही देखा था। उसके अपने अन्तस् में रूप-राग, आनन्द-वेदना का सागर लहरा उठा है—यह अहसास उसे बेहद भला लगा है। होरी-ठुमरी का काम ही है, कृष्ण-लीला की रस-माधुरी का श्रोताओं के मन में संचार करना। इसके लिए आनन्द के मन का उत्सव भी इस अस्थायी के आकार-प्रकार को नयी-नयी मणि-मंजूषाओं में सजा रहा था। परम विस्मय और आनन्द से श्रोता-मंडली मन्त्रमुग्ध हो उठी। सुर के फाग में मतवाला आनन्द, गाने के मुखड़े पर लौट आया—

"ना मारो गुलाल, मोरे राजा!"

ब्रजधाम का वसन्तोत्सव, कृष्ण और राधा को घेरे हुए, यौवन का अभिषेक, श्रोताओं के मन पर मानो तस्वीर की तरह अंकित होता रहा। गाने की गुहार

सुनकर श्रोता सिहर उठे। आनन्द के घुँघराले बाल उसके स्वेद-सिक्त ललाट पर लहराने लगे, चेहरे पर अन्तस् की प्रसन्नता झलक उठी। गाना ख़त्म हो जाने के बाद भी मानो ख़त्म न होना चाहता हो। श्रोताओं द्वारा बार-बार 'वाह-वाह' सुनकर ज़मीर ख़ाँ भी आँखों में आँसू भरे सलाम करते रहे, मानो गाना उन्होंने ही गाया हो। इधर आड़ में बैठी हुई इन्दु गाना सुनते-सुनते ख़ुशी, प्रेम और ममता में डूबकर मानो ऊब-डूब हो आयी।

दिन गुज़रते रहे। दिनों को सोने के पिंजरे में क़ैद नहीं रखा जा सकता। अगर ऐसा सम्भव होता तो आनन्द और इन्दु अनगिनत फ़रार दिनों के पाँवों में ज़ंजीर पहना देते। बचपन से जिसे इतने सहज भाव से उसने अपने करीब पाया, बड़े होने के साथ-साथ वह और अच्छी लगने लगेगी, यह तो जानी हुई बात है। लेकिन जानी हुई बात ही इतनी नयी कैसे हो उठी, यह सवाल उन दोनों के मन में कभी नहीं जागा। आनन्द बेहद उदासीन था और इन्दु बेहद सहज-सरल। दुनिया के बारे में दोनों ही अनभिज्ञ थे। जब उन दोनों की भेंट होती, उन्हें अच्छा लगता था। लेकिन पलभर का अ-दर्शन ही दिल में आग लगा देता हो, ऐसा कभी नहीं हुआ। चूँकि ऐसा नहीं होता, शायद इसलिए आनन्द या इन्दु को यह अहसास नहीं है कि उन दोनों की पारस्परिक हृदयानुभूति का नाम ही प्रेम है। आनन्द बेहद अशान्त, अस्थिर और उद्याम है और इन्दु मितभाषिणी, शान्त और गम्भीर!

जाने कितने सुहाने-प्यारे दिन आये और गुज़र गये। पुरी में, सागर तट की रेत पर वे दोनों अपना-अपना नाम लिख आये थे। अगले ही पल वह लिखावट सागर की लहरें निगल गयी थी। सागर की उत्ताल लहरों में दोनों जन ने काग़ज़ की नाव बहायी थी। बहती-उतरती वह नाव जाने कहाँ गुम हो गयी।

एक रात आनन्द को निशि ने आवाज़ दी थी। उस वक़्त काफ़ी रात हो चुकी थी। चाँद बीच आसमान तक आ पहुँचा था। आनन्द के कानों के जरिये, सागर का वह गीत, उसके अन्तस् में उतर आया था। नींद में ही उसे लग रहा था मानो हज़ार-हज़ार लहरें बड़े प्यार से उसे झूला झुला रही हों। ऐसे समय में आनन्द के मन ने कहा कि अब उसे जाना होगा। उसे लगा, हज़ार-हज़ार कंठों में जाने किसका तो गीत उसे सुनायी दे रहा है। अपने कमरे से निकलकर,

रेत पर उतरते ही उसकी बेसुधी मानो टूट गयी। नींद की बेसुधी तो टूट गयी, लेकिन आनन्द किसी और सपने में जाग उठा।

रात करीब दो बजे होंगे। श्रीनटपुर का ख़ूबसूरत एक-मंज़िला मकान, रेत की आड़ में थोड़ा-थोड़ा डूबा हुआ मानो गहरी नींद सो रहा हो। वैसे तो चाँद शहर में भी उगता है लेकिन आधी रात का चाँद देखना हो, तो इसी क़िस्म की पृष्ठभूमि में देखना चाहिए। आसमान में उगे हुए चाँद की महीन-सी रेखा चमक रही थी। सितारे मानो किसी विश्वशिल्पी के हाथों आँकी गयी अल्पना की तस्वीर बने समूचे आकाश में बिखरे हुए थे। सफेद रेत की बेलाभूमि पर घर-मकान यत्र-तत्र सोये पड़े थे। समुद्र कंगाल बनकर, लाखों-लाखों लहरें उठाकर मानो चाँद को बुला रहा हो। लहरों के ऊपरी सिरे पर मानो फासफोरस की रोशनी चमक रही हो। सागर-संगीत के अलावा और कोई आवाज़ नहीं सुनायी दे रही थी। विमुग्ध आनन्द आगे बढ़ता गया। ओस- कण अपने साथ शीतल-सर्द हवाएँ ला रहे थे, जो बरसात की बूँदों की तरह उसके चेहरे-आँखों को सहला रहे थे। समुद्र के साथ चाँद की दोस्ती के बारे में आनन्द ने सुना था, लेकिन इतना प्यार? सागर के सीने में इतना-इतना पानी, फिर भी उसमें किस क़दर प्यास? प्यासे प्रेमी की तरह सागर चाँद को आवाज़ें दिये जा रहा था। चाँद की ज्योति ज़रा-ज़रा करके उजलाती जा रही थी। फिर भी एकादशी के चाँद की हँसी बेहद करुण लग रही थी। चाँद मानो सागर से कह रहा हो—"अभी भी वक़्त नहीं हुआ। पूर्णिमा की तिथि में, मैं तुम्हें बुलाऊँगा और तुम फल-फूल उठोगे! लेकिन अभी तक वह समय नहीं आया। अभी मैं चला जाऊँगा। आज वह मुहूर्त्त नहीं है।"

समुद्र की वह आकुलता निहारते-निहारते आनन्द के मन में अद्‌भुत अनुभूति जाग उठी। मानो इस पार्थिव देह से परे, बहुत-बहुत दिनों से इन सबको वह जानता-पहचानता था। ऐसा भी एक दिन था जब वह सागर, लहर, हवा और रेत-कणों में घुला-मिला था। वह किस क़दर भरमाया हुआ था! सागर के गहन-गम्भीर प्रेम में उसे कितने ही गीत सुनायी दे रहे हैं। यह विपुल-अनादि संगीत किसने रचा था? आनन्द को सागर का नीला जल बेहद भयंकर और सुन्दर लगा। उसका मन हुआ कि वह दौड़कर जाये और कूद पड़े। सागर में विलीन हो जाये।

बादलों ने चाँद को ढक लिया। पलभर में ही सागर प्रलयंकर नज़र आने लगा। मानव-सत्ता तुच्छ होते-होते विलीन हो गयी।

अनजाने में ही आनन्द ने आगे बढ़ने को क़दम उठाया।

ऐसे में पीछे से जाने किन लोगों ने आकुल कंठ से उसे आवाज़ लगायी, "आनन्द! आनन्द! आनन्द!"

आनन्द ने अपने कानों पर हाथ रख लिया। वह सामने और पीछे की सभी आवाज़ों को बन्द कर देना चाहता था।

लोग हाथों में लालटेन लिए, दौड़कर उसके करीब आ पहुँचे। आनन्द के चेहरे पर तीखी रोशनी आ पड़ी। खाली बिस्तर और दरवाज़ा खुला हुआ देखकर वे लोग दौड़ पड़े थे।

लेकिन अगली सुबह, इन्दु ने उसे माफ़ नहीं किया।

चाय की मेज़ पर उसने जवाब-तलब किया, "तुम अकेले-अकेले क्यों चले गये थे? किसलिए? मरने का चाव हुआ था न? बताओ, क्यों गये थे?"

आनन्द ने जवाब दिया, "पागलपन, और क्या? गर्दन पर भूत सवार हो गया था। ला, चाय पिला।"

शिव बोल पड़ा, "मैं समझ गया। बाबुल से चैतन्यदेव की कहानी सुनकर, आनन्द'दा को महासमाधि पाने की चाह जाग उठी। क्यों, यही बात है न?"

आनन्द सवालिया निगाहों से सिर्फ़ देखता रहा।

योगीश्वर ने उसे समझाया था—"अन्त में श्री चैतन्य ने समुद्र में छलाँग लगा दी। उन्हें लगा यह समुद्र ही उनके कृष्ण हैं।"

बाद में, जगन्नाथ मन्दिर के सामने, चाँदी के देशी गहने देखते-देखते और तीर्थयात्रियों की भीड़ में बहाव के साथ चलते-चलते, आनन्द को योगीश्वर की बात का मतलब समझ में आया। साथ ही वह अपने को भी समझ पाया। देवता गौरांग के बारे में उसे कोई समझ नहीं थी। लेकिन समुद्र देखकर जिस इन्सान का हृदय पागल हो उठा था, आनन्द उसके प्रति श्रद्धा से भर उठा। समुद्र का खिंचाव बेहद प्रबल होता है। आत्महारा होकर ही उसमें छलाँग लगा देनी होती है।

अब तक आनन्द का मन शान्त, समाहित था, अवचेतन के अतल में सुषुप्त था। लेकिन तरुणाई में पहला क़दम रखते ही जैसे उसके मन की नींद टूटी। जिस इन्सान की रोशनी थामकर, अपने बारे में उसके मन में कौतूहल जाग उठा था, वह थी—इन्दु! साथ ही उसने एक तकाजा भी महसूस किया। जाने

क्यों तो उसे लगा कि इन्दु के साथ उसकी थोड़ी-बहुत समझ-बूझ ज़रूरी है। ज़रूरत का यह अहसास नितान्त ही व्यक्तिगत है! उसका निजी! इन्दु की तरफ़ से भी कहने को कोई बात हो सकती है यह बात आनन्द आज तक समझ नहीं पाया था। इन्दु का स्निग्ध-संयत और शान्त व्यक्तित्व हमेशा ही आनन्द के प्रति आत्मसमर्पण करता आया है।

इसके बावजूद आनन्द आज थोड़ी-बहुत समझ-बूझ की ज़रूरत महसूस करने लगा था। इन्दु जो उसके लिए धीरे-धीरे विशिष्ट हो उठी है, कम-से-कम यह बात उसे बताये बिना और कोई उपाय नहीं था। यह तकाजा भी उसका नितान्त अपना था। नदी जब बर्फ तले सोयी होती है, तब उसमें कोई गति नहीं होती, लेकिन जैसे ही धूप के ताप में बर्फ पिघल-पिघलकर जल-धार के रूप में उतरता है, नदी जाग उठती है। इसलिए वह तूफानी वेग से दौड़-दौड़कर आगे बढ़ने को आमादा हो उठती है! वह अपनी परिणति चाहती है।

आनन्द के सहसा जाग्रत मन में भी वैसी ही कोई ताकीद! इतने दिनों की अभ्यस्त उसकी दुनिया डाँवाडोल हो उठी। उसकी आँखों में इन्दु की हँसी, चितवन, बातें—सभी कुछ उसकी निगाहों में अमूल्य हो उठी थीं।

ख़ाँ साहब के निर्देश के मुताबिक आनन्द मोमबत्ती जलाकर काफ़ी रात तक साधना करता रहता था। उन सब एकान्त मुहूर्त्त में उसे लगता था—आलाप, विस्तार और तान के अलंकारों से वह जिसे सजाता था, वह मानो कुकमी रागिनी का अस्थायी नहीं है, वह इन्दु है। उसकी मर्मवाणी ही गीत बनकर झरती है। अपने गानों के सुरों में वह मानो इन्दु को ही और-और ख़ूबसूरत बना रहा था। उसके गाने जितने-जितने खुलते जा रहे हैं, इन्दु भी उतनी ही रूपसी होती जा रही है।

जो लोग चिन्तन या सोच के अभ्यस्त नहीं होते, कोई समस्या आ पड़ने पर वे लोग विपर्यस्त हो उठते हैं। वे लोग आँय-बाँय बातचीत करके, मामला मिटा लेने की कोशिश करते हैं। आनन्द की मनोदशा भी वैसी ही थी। अपने मन को लेकर इतना परेशान होने को वह राज़ी नहीं था। इसलिए उसे लगता था कि किसी तरह इन्दु को अपनी मनोदशा बता दे, तो वह काफ़ी कुछ हल्का हो जायेगा। आनन्द मौके की तलाश में था।

सहसा उसे मौका मिल भी गया।

हेमन्त की एक शाम महाराज इन्दु को लेकर बरानगर आ पहुँचे। उस्ताद और आनन्द की विदेश-यात्रा से पहले।

बारह वर्षीय बागान-कोठी का चेहर-मोहरा हल्का-सा पुराना भर पड़ा था। कुछ दिनों पहले के नन्हें-नन्हें चारा, अब सुन्दर-सतेज किशोर पेड़ में परिणत हो आये थे।

कोठी में दाखिल होकर महाराज ने गाड़ी रुकवायी और सीधे उस्तादजी के पास चले आये। इन्दु बागान की तरफ़ चली गयी।

शाम उतर आयी थी। पोखर के पास ऑर्किड-घर में बैठे-बैठे इन्दु अधीर हो उठी। आनन्द अभी तक नहीं आया था। अब उसे डर लगने लगा। जाली के सूराखों से वह बार-बार बाहर झाँक रही थी। बस, उसे इतनी-सी तसल्ली थी कि बाबुल, उस्तादजी से गपशप कर रहे थे। लेकिन आनन्द इतनी देर क्यों कर रहा है?

"क्या सोच रही हो?"

इन्दु चौंक उठी। दरवाज़े से टिका-टिका आनन्द निःशब्द कौतुक से मुस्करा रहा था। किशोर उम्र का वह सरल लावण्य जस-का-तस था। छरहरा-इकहरा चेहरा! उसकी चंचल निगाहों और बेकाबू बालों में अभी भी उसके अन्दर का खुराफाती बच्चे का परिचय अभी भी झाँक रहा था।

इन्दु ने हँसकर ही जवाब दिया, "सोच रही थी, आप कितनी देर लगा रहे हैं...?"

"यह आप-आप क्या है, इन्दु?"

"तुम भी मुझे भला कब 'तुम' कहते हो?"

"थोड़ा-थोड़ा डर तो लगता ही है। इस बार तुम दार्जिलिंग की सैर कर आयी। रानी माँ की बीमारी में, आठ महीने वहीं रह आयी। उसके बाद से ही सुन रहा हूँ कि तुम बड़ी हो गयी हो। तुम्हें अब 'तू' कहना नहीं चलेगा। यह बात, उस्तादजी ने कही, शिव ने कही, मास्टर बाबू ने भी कही। मैं तो सोच रहा था कि गाड़ी पर सवार होकर जो लड़की रोते-धोते चली जायेगी, वह होगी इन्दु!"

"और जब मैं वापस आ गयी हूँ, तब तुम क्या देख रहे हो?"

"राजकुमारी इन्दुमती देवी!"

"फिर?" इन्दु की भौंहें चढ़ गयीं, "मैंने तुमसे कहा है न कि नाम के पहले के तमाम शब्द, बात-बात में खींचकर मत लाया करो।"

"चलो, ठीक है! लेकिन तुम चाहे जो कहो, तुम ख़ासी बदल गयी हो।"

इन्दु ने कोई जवाब नहीं दिया। वह मन्द-मन्द मुस्कराती हुई, बस, उसे

देखती रही। लगभग अँधियारा कमरा। बदन पर रेशमी साड़ी, मोती की पट्टी! बालों की वेणियाँ! पाँवों में नागरा! इन्दु बेहद ख़ूबसूरत लग रही थी।

आनन्द ने कहा, "मैं ज़रा भी नहीं बदला। शिव ठीक ही कहता है।"

"क्या कहता है?"

"कहता है, देखो आनन्द'दा, दीदी चूँकि लड़की है इसलिए उसके साथ और तरह का बर्ताव होता है। उसका सब कुछ माफ़, ख़ासकर बाबुल के दरबार में। मेरी बारी, भोर-भोर 'पंचकन्या-स्मरेनित्य' दोहराते हुए नींद से उठने से लेकर, रात नौ बजे तक पढ़ाई-लिखाई, कुश्ती सीखना, तैरना, संस्कृत पढ़ना, शाम को टहलने जाना–पूरा दिन मानो नियम के दायरे में बँधा हुआ। देखना, जब मैं बड़ा हो जाऊँगा, भयंकर बदला लूँगा।"

दोनों ही हँस पड़े।

इन्दु ने कहा, "पिछले साल फेल हो गया, तभी से मास्टर बाबू ने छुट्टी लेना बन्द कर दिया है। इसीलिए अब तुम्हारे अलावा उसकी कोई गति नहीं है। बाबुल तो इसी वज़ह से कह भी रहे थे..."

"क्या कह रहे थे?"

"यही कि आनन्द के रहने की वजह से शिव को काफ़ी सुविधा हो गयी है। इसीलिए आनन्द को इस बार उस्तादजी के साथ भेज रहा हूँ। जाना बिल्कुल तय हो चुका है..."

"हाँ!"

"कितने दिनों के लिए?"

"सुना तो है, तीन महीनों के लिए।"

"यह कैसी बात हुई, भला बताओ तो? मैं भी आयी और तुम भी चले..."

"इससे क्या फ़र्क़ पड़ता है? तीन महीने देखते-ही-देखते कट जायेंगे..."

"जाने से पहले, एक दिन गाना-बजाना नहीं होगा?"

आनन्द ने कोई जवाब नहीं दिया।

इन्दु की तरफ़ देखते हुए उसने ईषत् भौंहे सिकोड़कर कुछ सोचा।

उसके बाद उसने परिहास-वर्जित आवाज़ में पुकारा, "इन्दु...!"

"क्या?" कहते-कहते इन्दु अचानक चुप हो गयी।

आनन्द की दृष्टि में जाने कैसे तो, बिल्कुल और तरह के भाव! ईषत् अपरिचित इन्सान की तरह दृष्टि! मानो वह बारह वर्ष का जाना-पहचाना इन्सान न हो। इन्दु के मन में जैसे दुविधा जाग उठी–वह आनन्द को पिछले बारह

वर्षों से जानती है, लेकिन कितना-सा जानती है? उसका बहुत कुछ अनजाना है। इसके अलावा, अभी, इस पल आनन्द उसके इतने करीब है, फिर भी ऐसा लग रहा है मानो काफ़ी दूर है। पता नहीं क्यों तो, बीच-बीच में उसे इस क़िस्म का ख़्याल आने लगता है।

उसकी स्वतः सोच की छोर पकड़े-पकड़े आनन्द ने फिर कहा, "इन्दु! सुन, पिछले साल हम पुरी गये थे। याद है? मैं और शिव बाद में पहुँचे थे?"

"हाँ, याद है।"

"एक दिन समुन्दर किनारे मैंने क्या कहा था, याद है तुझे?"

"हाँ..."

"मैंने कहा था, समुन्दर देखते-देखते मुझे लगता है कि मैं कहाँ से आया हूँ, पता नहीं कहाँ जाऊँगा, यह भी पता नहीं। सिर्फ़ तुम लोगों के साथ जुड़कर, जाने क्या का क्या हो गया। अब, अगर कहीं जाना पड़ गया तो मुझे बहुत चोट लगेगी।"

"आज यह ज़िक्र क्यों, आनन्द'दा?"

"क्यों कह रहा हूँ, पता है? गीत गाना मुझे बेहद अच्छा लगता है। उस वक़्त मैं बिल्कुल और ही इन्सान हो जाता हूँ। यहाँ तक कि बाद में अगर कोई पूछे कि मैंने कौन-सा गीत गाया था, दोबारा वही गीत गा सकूँगा कि नहीं? तो भी मुझे कुछ याद नहीं रहता। यह सब मैं भूल जाता हूँ लेकिन दोबारा लौट-लौटकर पा लेता हूँ! तू मुझे ग़लत मत समझना। आजकल तू मुझे बेहद याद आती है। बस तेरा ही ख़्याल आता रहता है। मुझे कैसा लगता है, जानती है? मुझे डर लगता है...दुःख होता है...और कोई अद्भुत-सी खुशी भी मिलती है...!"

"डर क्यों लगता है, आनन्द'दा?"

"वही तो मैं बता रहा हूँ, इन्दु! अब तू ही बता, तेरे बारे में सोचने का मुझे क्या हक़ है? छुटपन में तूने मुझे यह बात कभी कहने न दी। तुझमें और मुझमें कोई फ़र्क़ है, यह तक समझने नहीं दिया। मैं तेरा मन जानता हूँ, तेरी साँस-साँस पहचानता हूँ, लेकिन सचमुच तो तुझसे मेरी, कहीं, कोई तुलना नहीं है। तू ठहरी राजा की बेटी और मैं? मैं कहाँ का कौन हूँ, मुझे तो यह भी नहीं पता। मेरे उस्तादजी क़हते हैं कि मैं गायक हूँ। बस, किस्सा ख़त्म! मुझे किसी और परिचय की ज़रूरत नहीं..."

"हाँ, यह तो सच है, आनन्द'दा।"

"ना, इन्दु, उस सच की एक अलग दुनिया है। वहाँ जाति-पाँति की बात

कभी नहीं उठेगी। उसके साथ तेरा कोई रिश्ता नहीं है। तू जिस जगत् का इन्सान है वहाँ जाति-कुल की चर्चा हमेशा-हमेशा कायम रहेगी। वहाँ मेरी जगह कितनी-सी है, मुझे मालूम है।"

"लेकिन, बाबुल और माँ तुम्हें उस निगाह से देखते नहीं, आनन्द।"

आनन्द ने जुबान काटकर कहा, "छिः-छिः, इन्दु, मैं उनकी बात नहीं कर रहा हूँ। उनका तो सवाल ही नहीं उठता। महाराज तो महाराज हैं, खिताब से भी और साहस-हिम्मत से भी। मेरे कहने का मतलब है, तेरे साथ मेरा यह सहज मेलजोल अब शायद सम्भव नहीं है। मेरा अपना मन ही साफ़ नहीं है। मुझे जो कहना था, मैंने तुझसे कह दिया। तू सोच देखना।"

इन्दु ममता से उमड़ आयी।

उसने कहा, "आनन्द'दा, तुम भी न क्या बात करते हो...। तुम क्या कह रहे हो, वह तुम खुद भी नहीं जानते।"

"क्या नहीं जानता?"

"सुनो, पूरे बारह वर्ष क्या यूँ ही भुलाये जा सकते हैं? उड़ाये जा सकते हैं? ज़िन्दगी से मिटाये जा सकते हैं। तुम ही कहो, आनन्द'दा, ऐसा क्या मैं कर सकती हूँ? या तुम कर सकते हो? इससे तो यही बेहतर है कि हम जैसे हैं, वैसे ही बने रहें। तुम भी मुझे जानते हो और मैं भी तुम्हें जानती हूँ। इससे ज़्यादा जानने की कोशिश करने से भला क्या फ़ायदा, आनन्द'दा? और फिर..."

"और क्या, इन्दु?"

"तुम तो जानते हो मुझसे झूठ नहीं बोला जाता। मैं तुम्हें नहीं भूल सकती, आनन्द दा! बताओ, क्या भूलने को कह रहे हो? होरी-ठुमरी की वह शाम..."

"जिस दिन तूने वह पीली साड़ी पहनी थी?"

"शायद, पहनी होगी! इसके अलावा भी...बताओ, कितनी-कितनी सुबहें, कितनी-कितनी शामें! तुमने तो पुरी के सिर्फ़ एक दिन का ही ज़िक्र किया, आनन्द'दा। तुमने उस रात का ज़िक्र तो किया ही नहीं, जब तुम उठकर चले गये थे!"

"जानता हूँ, इन्दु!"

"अगर जानते हो तो कहो मत। यह भी मत बोलो कि सब भूल जाओ। अरे, सिर्फ़ चाहने भर से क्या भूला जा सकता है?"

इन्दु ने इतनी-इतनी बातें कभी नहीं की थी। उसकी आँखें डबडबा आयीं। उसके आँसू पोंछने के लिए आनन्द ने उसकी ठुड्डी थामकर, उसके चेहरे की

तरफ़ देखा। निष्पाप, प्रेमभरी आँखें। आनन्द ने बड़े जतन से उसके आँसू पोंछ दिये। इन्दु ने अपने चेहरे पर रूमाल फेरा।

आनन्द ने कहा, "अब नहीं कहूँगा, री।"

भीगी हुई आँखों से ही इन्दु मुस्का उठी।

दोनों ख़ामोश हो गये।

उसे और कुछ नहीं कहना पड़ा। इस ख़्याल से आनन्द बेतरह कृतज्ञ हो आया।

तब तक शाम और निबिड़ हो आयी थी। तोते झुंड बाँधकर अपने-अपने घोंसलों में लौट रहे थे। बग्घी में घोड़े जोड़ने से पहले बूढ़े रहमत ने पश्चिम की ओर मुँह किया नमाज़ अदा किये। उसकी अज़ान यहाँ तक सुनाई दे रही थी।

इन्दु ने कहा, "चलो, आनन्द'दा, शाम हो आयी।"

"चल, इन्दु!"

"देखा, तुम ऐसी-ऐसी बातें करते रहे कि मैं असली बात तो कहना ही भूल गयी।"

"कौन-सी बात, इन्दु?"

"जाने से पहले वह गाना रिकॉर्ड करना होगा। बाबुल ने कहा है। बाबुल का लिखा हुआ गीत और तुम्हारा दिया हुआ सुर! बाबुल को बेहद पसन्द आया है, पता है?"

"असल में बोल की वजह से, सुर भी मोहक बन गया।"

"या फिर सुर की वजह से ही बोल...। चलो, ठीक है। तुम गाओ तो सही। साबित हो जाये..."

आनन्द ईषत् हँस दिया।

अगले ही पल उसने गुनगुनाकर गाने का सुर पकड़ा–

"याद रखना, मितवा, वे सुख के दिन,
भुला दोगे क्या सभी?
यदि ना रहूँ साथ, रतजगे की रात
फिर भी रहेगा, दीप्ति प्रदीप, उस सुख-निशीथ,
प्रातः हँसेगा रवि।"

दोनों ख़ामोश ही रहे।

कुछेक पलों बाद, इन्दु ने एक गहरी उसाँस भरी।

इन्दु ने कहा, "चलो, आनन्द'दा।"

"चलो।"

बातें करते-करते वे दोनों मकान में दाखिल हुए। तब तक गाड़ी बालकनी के नीचे आ खड़ी हुई। बौखलाये हुए घोड़ों को रहमत चपत जड़ रहा था। उस्तादजी चेहरे पर मुस्कान लिए खड़े थे। बारह वर्ष तक ज़मीर ख़ाँ साहब ख़यालिया बने हुए, ख़याल गाते-गाते ही राह पार करते रहे। अभी उसी दिन उनकी उम्र सत्तर वर्ष थी, अब वे बयासी साल के हो चुके थे। बुढ़ापे ने इस पुण्यनामा शख़्स की देह को थोड़ा-बहुत झुका ज़रूर दिया था, लेकिन उन्हें जरा-जीर्ण नहीं कर सका था। यह मानो वैरागी शीत की शुभ्रकेश, शुभ्रवेश कोई ऐश्वर्यमय मूर्ति हो। मानो खेल के बहाने शुभ्र राजवेश धारण करके कोई महासाधक खड़े हों। आह्वान मिलते ही वे जीर्ण वसन की तरह अपने आवरण को उपेक्षा से त्यागकर चले जा सकते हैं। वे ज़रा भी देर नहीं लगायेंगे।

विनय से झुककर महाराजा योगीश्वर ने विदा माँगी।

उन्होंने पूछा, "अरे, आनन्द! तुम कहाँ चले गये थे, भई? और इन्दु तुम... बहुत देर कर दी, बिटिया।"

उस्तादजी ने कहा, "योगीश्वर, तुम्हारी ज़िन्दगी के तो सारे काम बाकी पड़े हैं। डॉक्टर को दिखाकर अपनी सेहत ठीकठाक कर लो। तुम्हारी वज़ह से इतने सारे लोग ज़िन्दा हैं, इस बात से तुम इनकार नहीं कर सकते। तुम महाराज हो...।"

"आपके लिए मैं महाराज नहीं हूँ, उस्तादजी।"

"नहीं, मेरे लिए भी तुम महाराज ही हो।"

दोनों मुस्कराते हुए ख़ामोश हो गये।

थोड़ा ठहरकर उस्तादजी ने कहा, "जाते समय मैं रास्ते में काशी, गया, इलाहाबाद—सभी जगह एक-एक बार उतरूँगा। काशी में गणेश नारायण के घर में अतिथि बनकर ठहरे हुए हैं—सयादीन ख़ाँ। गया में बड़ौदा से छोटी ज़ोहरा आयी हुई है। उसे धर-पकड़कर महावीर प्रसाद की कोठी में उसकी ठुमरी सुना सकता हूँ। इसके अलावा आगरा, ग्वालियर, इन्दौर...तीन महीनों में जितना सम्भव हुआ...। तुम्हें मेरे ख़त ठीक-ठीक मिलते रहेंगे।"

योगीश्वर ने कहा, "आनन्द, उस्तादजी का जिम्मा तुम पर रहा! इन्हें मेरे पास लौटा लाना। स्टेट रहा तो मुझ जैसे राजा बहुतेरे मिल जायेंगे, लेकिन समूचे हिन्दुस्तान में किसी की भी हवेली में एक भी ज़मीर ख़ाँ नहीं मिलेंगे।"

भाँग-मलाई मिला थोड़ा-सा शर्बत पीकर, आनन्द कोई गाना गुनगुनाते-गुनगुनाते

बाहर के बरामदे में आ बैठा। सामने शिरीष पेड़ की दरारों से हँसिया जैसा चाँद उगा हुआ। चाँद के इर्द-गिर्द मुट्ठीभर सितारे भी कुहासे की आड़ से झाँकते नज़र आये।

आज, इन्दु ज़रा अलग रूप में नज़र आयी। वह सबसे अधिक मोहक तब नज़र आती है जब प्रभु शिव को साष्टांग प्रणाम करते हुए पूजा करने निकलती है। लाल किनारीदार, गरद की रेशमी साड़ी पहने, खुले-खुले बाल, पैरों में नूपुर डाले वह खाली पाँव गाड़ी से उतरती थी। किसी दिन अगर दोनों की भेंट हो जाती तो दोनों ही हल्की-सी मुस्कान बिखेरकर अपनी-अपनी राह चले जाते थे।

अपनी कोठी में पहुँचकर इन्दु ऊपर, अपने कमरे में चली आयी। ज़ेवर उतारकर कपड़े बदले बिना ही, पलंग पर पाँव फैलाकर बैठ गयी। अधिकार...अनधिकार... आज आनन्द ने कितनी ही बातें कीं। वह क्या-क्या बोल जाता है, वह ख़ुद भी नहीं समझता। इन्दु को भी तो उन बातों का जवाब देना नहीं आता। बस, मन-ही-मन कहीं दर्द-सा महसूस होता है। एक कमरे में चारों तरफ़ आदमकद आइने जड़े हुए। उस सूने कमरे में वह बेहद स्निग्ध-कोमल ज़िन्दगी गुज़ारती है। अपने को हज़ारों बार, हज़ारहा ढंग से घूम-फिरकर निरखने-परखने के अलावा उसके पास और कोई काम नहीं होता। आज पहली बार उसे ख़्याल आया कि और-और तरह की ज़िन्दगी भी तो होती है। इन्सान वहाँ भी तो जीता है। आनन्द आज उससे क्या कहना चाहता था? अगर वह और तरह का इन्सान होता तो क्या उनके मेलजोल के बीच अधिकार-अनधिकार का सवाल नहीं उठता?

रात्रि-स्नान के बाद, योगीश्वर जब अपने कमरे में आये तो उनकी पत्नी भी बगल की चौकी पर आ बैठीं। योगीश्वर काफ़ी प्रफुल्ल और ईषत् उत्तेजित नज़र आये।

उन्होंने सरयू से सवाल किया, "कुछ कहना है?"

"जी हाँ!"

"कहो!"

"देखो, इन्दु अब सयानी हुई। उसे साथ लेकर जब-तब तुम्हारा निकलना सही नहीं है।"

"ऐसा तुम क्यों कह रही हो, बताओ तो?"

"इस बार जब मैं दार्जिलिंग में थी, मुझे लगा कि वह आनन्द के बारे में कुछ ज़्यादा ही सोच रही है। इसके लिए शायद मैं भी जिम्मेदार हूँ। मैं अपनी बीमारी-आरामी में व्यस्त रही, उसकी तरफ़ ज़्यादा ध्यान नहीं दे पायी। बहरहाल, अब इन्दु उन्नीस वर्ष की हो गयी। आनन्द से वह बातचीत या गपशप न करे, यही बेहतर है! तुम्हारा क्या हाल? इसके अलावा, तुम्हें अपनी बेटी का ब्याह करना है या नहीं?"

"बेशक करना है! तुम तो जानती हो, गुरुदेव ने उसकी जन्मपत्री बाँचकर हिदायत दी थी कि जब तक वह उन्नीस वर्ष की न हो जाये उसकी शादी न की जाये।"

"अब तो वह उन्नीस की हो गयी न?"

"हाँ, अब उसकी शादी कर दूँगा। देख-सुनकर, कोई पढ़ा-लिखा, चरित्रवान, कुलीन और सेहतमंद लड़का मिल जाये तो फौरन शादी कर दूँगा। वैसे मेरी राय तुम जानती हो। खिताब-समृद्ध लड़का मैं नहीं खोजूँगा।"

सरयू ने कहा, "चलो, ठीक है।"

"और कुछ कहना है?"

"ना...।"

"तुम नाराज़ होकर तो नहीं कह रही हो?"

सरयू ने ईषत् मुस्कराते हुए 'ना' में सिर हिलाया।

योगीश्वर ने फिर कहा, 'लेकिन शिव को मैं बोर्डिंग में रखकर पढ़ाऊँगा।'

"ठीक है!"

"सभी के बारे में पहले से ही तुम्हारी सहमति ले रखी है। तुम मेरी सिर्फ़ गृहिणी ही नहीं हो—सचिव, मित्र, प्रिय सखा वगैरह सब कुछ हो।"

"अब नहीं हूँ।"

"अभी भी हो सरयू, अभी भी हो। मुझे अफ़सोस यही है कि यह बात सुनने के लिए, तुम ज़रा रुकी भी नहीं। गृहस्थी का जिम्मा मुझ पर सौंपकर अपने को कुछेक साधु-संन्यासी, यज्ञ-हवन में ही मगन रहीं।"

सरयू हँस पड़ी।

उन्होंने कहा, "माँ मुझ पर कितने व्रत-उपवास का जिम्मा लाद गयीं, यह तो तुम्हारी नज़र में आता नहीं। अरे, हाँ, याद आया, कल जो ब्रह्मचारी आ रहे हैं, सोच रही हूँ उनसे शिव और इन्दु की जन्मपत्री शुद्ध करा लूँगी।"

"तुम्हारे वही एम.ए. पास ब्रह्मचारी?"

"कितने बड़े पंडित और विद्वान हैं, बताओ तो! ईश्वर से कहती हूँ कि किसी को भेज दे लेकिन दुहाई है तुम्हारी, तुम हद पार मत करना।"

योगीश्वर बाहर के कवर्ड बरामदे में जा बैठे। हाथ में सुरा-पान! सरयू उन्हें ख़ूब समझती थीं। वे समझ गयीं कि आज ही उनका ज़रा बेहिसाबी होने का मन हो आया है। यानी इन्दु अब उन्नीस वर्ष की हो गयी? आनन्द के बारे में ही सोचा जाये न! जब वह आया था, तब उसकी उम्र कितनी होगी? अब वह पच्चीस वर्ष का हो गया है। उस्तादजी को उससे काफ़ी उम्मीदें हैं। वैसे उसके बारे में दुराशा भी कम नहीं है। वह कुल दो बार ही बाहर गया है। उसी में उसका काफ़ी नाम हो गया है। इस बार जब वह लौटकर आयेगा तो एक बड़ा-सा जलसा किया जाये। उम्मीद है कि...रसिक बाबू कौन-सा गीत तो गाते थे...? "आशा थी मन में, मिलकर दोनों संग-संग में, गूँथेंगे पुष्प-माला!" खैर, उम्मीदें तो अनगिनत होती हैं, सभी क्या पूरी होती हैं? पच्चीस वर्ष...उनकी उम्र पच्चीस वर्ष कब थी? अब तो वह भूल ही गये हैं। काम! काम! और काम! ज़िन्दगी भर वे जाने कितने ही काम करते रहे! कामकाज की व्यस्तता में उम्र के पच्चीस वर्ष जाने कहाँ खो गये। आनन्द आज बेहद सुदर्शन लग रहा था। आनन्द और इन्दु...! ना, ना, यह क्या सोच रहे हैं वे? आनन्द के बारे में सजग होना होगा। ख़ैर हो लेंगे। उसे घर और रुपये देकर उसे भी ज़िन्दगी में खड़ा कर दिया जायेगा। अभी से इतनी सारी बातें सोचकर क्या होना है? आनन्द तो जा ही रहा है। वे इतना क्यों सोच रहे हैं? 'ईश्वर! ओ ईश्वर!' उन्होंने आवाज़ दी।

"जी, आया।"

"कितना दिया, ईश्वर?"

"जी, तीन पेग हुआ..."

"चल, एक पेग और उड़ेल!"

"जो हुक्म, हुजूर!"

योगीश्वर गुनगुना उठे!

"उड़ेलकर, तू जा! समझा?" उन्होंने निर्देश दिया।

स्नेह प्रतिम शिव,

तुमसे मैंने वादा किया था कि और कहीं से न सही, आगरा से एक ख़त ज़रूर लिखूँगा। इसलिए मैं संकल्प करके लिखने बैठ गया हूँ। क़लम कसकर

थाम ली है। मेरे हाथ में क़लम का जो नतीजा होगा, वह तो मेरे अन्तर्यामी ही जानते हैं। किसी अद्‌भुत उपाय से इस काठ की क़लम ने कहीं यह बात जान न ले और अब कहीं दौड़ न लगा दे। काठ कभी वक़्त के मुताबिक दौड़ भी सकता है, यह हक़ीक़त तो हमने और तुमने जादू-खेल में जाकर, ख़ुद अपनी आँखों से देख आये थे।

बहरहाल, काशी में हम लोग नहीं उतरे। इलाहाबाद घूमकर हम आगरा चले आये। दिन के वक़्त ताज़ नहीं देखना है, इसलिए आँखें उठाकर और हिम्मत करके उस तरफ़ देखता ही नहीं कि पता नहीं, कब ताज़ पर नज़र पड़ जाये। लेकिन सिर झुकाये-झुकाये चलने के बावजूद बाज़ार में चप्पल-जूते, काठ के बक्से, पत्थर की रकाबी पर नज़र पड़ ही गयी—हर कहीं, बस आज ताज़ की ही छवि! बहरहाल कल शाम को मैं गया था। कल पूर्णिमा थी, तुम्हें शायद पता होगा? ताज़ ख़ासा ख़ूबसूरत लगा, लेकिन अपनी दीदी को बता देना कि उसे देखकर आत्महारा होने जैसी कोई बात मुझे नहीं दिखी। यह बात सुनकर कोई भड़क तो नहीं गया? ताज़ के बजाय सिकन्दरा मुझे ज़्यादा अच्छा लगा और पता है शिव और लोगों के इतने-इतने कीर्तिकलाप देखते फिरना मुझे भला नहीं लगता। हम लोग ही क्या बुरे इन्सान हैं?

बहरहाल, अब असली बात पर आऊँ। यह उस्तादजी का हुक्म है, महाराज को पेश कर देना। काशी के सयादीन, गणेशजी, गया के महावीर प्रसाद ये तीनों ही गुणीजन आगरा में मिल गये हैं। बड़ौदा की ज़ोहरा मइहर गयी हैं। हम लोग अगर यहाँ से इन्दौर पहुँच जायें तो वे वहाँ आकर उस्तादजी की चरण-वन्दना कर जायेंगी, ऐसा उन्होंने लिखा है। यहाँ जलसा अभी शुरू नहीं हुआ। कल से शुरू होगा। मैं कितनी ख़ुशी और उम्मीद लिए इस जलसे का इन्तज़ार कर रहा हूँ, तुम समझ सकते हो।

मेरा स्नेह और प्रीति लेना। गुरुजन की चरण-वन्दना। ख़त यहीं समाप्त करता हूँ।

इति,

तुम लोगों का स्नेहधन्य

आनन्द

आगरा में रामपुर के राजा नरसीप्रसाद की हवेली में ही आयोजित जलसे में ही आनन्द को गुणी और रसिक-समाज से स्वीकृति मिल गयी। राजा साहब का राजत्व अब नहीं रहा, लेकिन राजपाट चिरस्थायी नहीं होता, यह जान-समझकर

ही शायद उन्नीसवीं शती से उनके पुरखों ने गुणी गायकों की पृष्ठपोषकता शुरू कर दी थी। आगरा में नरसीप्रसाद के पिता आ बसे थे। सौतेले भाई के नाम से राजा का खिताब मिला था। लेकिन गायक समाज रामपुर के राजा मुरलीप्रसाद और नरसीप्रसाद को ही मानता था।

अपनी आदत के अनुसार, इस बार भी नरसीप्रसाद ने नये गायक को सम्मान देने के लिए एक महफिल का आयोजन किया। इस प्रकार के आयोजन के प्रारम्भ में हॉल-कमरे में पुराना गलीचा, गुलाबपाश, फूलों के गुलदस्ते, पान, इत्र, वाद्यों का इलाही आयोजन किया गया। कमरा हर तरह से सजा दिया गया। मध्य-पूर्व में नये गायक का गाना ही पूरे सम्मान के साथ सुना गया। ज्ञानी-गुणी श्रोताओं ने परम आदर से आनन्द के गाने सुने। अन्त में गायक उपहारस्वरूप दक्षिणा और पारितोषिक पाकर और दाता वह सब अर्पित करके दोनों ने ही सम्मानित महसूस किया। गायक अगर भाग्यशाली हुआ तो उसे गुणी और समझदार श्रोताओं से मन्तव्य भी प्राप्त होता है। आनन्द को भी ढेरों प्रशंसा मिली। इस मजलिस का संचालन किया, नाट्य-कुशली सूत्रधार की तरह, स्वयं नरसीप्रसाद ने।

सौभाग्यवश आनन्द के जीवन में भी ग्रह-नक्षत्र और दिन-पल के अनुसार परम शुभ-मुहूर्त आ पहुँचा था। इसीलिए इसी महफिल में उसे आमन्त्रण मिला। बुजुर्ग फ़कीर अली ख़ाँ बेहद ख़ुश हुए।

रात नौ बजते ही सभी लोग हॉल में जमा हुए। वह गाढ़ा लाल गलीचा, जिसके यौवन का रंग पचास वर्ष काला हो आया था, उसमें आँका हुआ हरे और बादामी रंग के मोर के नक्शे की जगमगाहट भी कम हो आयी थी। फिर भी, उस शाम जिस प्रकार की महफिल जमी, उसकी धूमधाम और शानो-शौकत अतुलनीय थी। बरामदे के उस कमरे के बीचोंबीच डबल चिक डाल दिया गया था। उसके दूसरी तरफ़ अन्तःपुर की महिलाएँ बैठी थीं। मज़लिस में गलीचे की एक ओर एक जोड़ा हारमोनियम, सारंगी, तबलों की जोड़ी और तानपूरा। थोड़े-से द्राक्षारस-पान की वज़ह से प्रफुल्ल फिर भी धीर-स्थिर मुद्रा में सयादीन ख़ाँ आसीन! इस बार वे साठ वर्ष के हुए! श्यामकान्ति! ईषत् स्थूलकाय, तिरछा मुरेठा बाँध रखा था। तर्जनी चिबुक से संलग्न। अनामिका में हीरकद्युति की जगमगाहट। गणेशजी गुरु ज़मीर ख़ाँ की बगल में बैठे! गणेशजी का सीधा-सादा चेहरा। उनकी पोशाक! वेश में भी कोई शौकीनी नहीं झलकती थी। आजकल वे गुरु की सुख-स्वच्छन्दता की देखरेख में व्यस्त थे। मसनद ज़रा आगे बढ़ा

देने से उन्हें आराम मिलेगा या नहीं, इलायची और पान की ट्रे उनके हाथ के करीब है या नहीं! इन सब बातों का वे ही ख़्याल रखते थे। विशुद्ध मूँगा सिल्क का गलाबन्द कोट और धोती पहनकर पालथी मारे बैठे हुए महावीर प्रसाद इधर-उधर तीखी और चंचल निगाहें घुमाते रहते थे। काफ़ी लम्बे अर्से तक गुणीजन का संग करके उन्होंने अमीर अली ख़ाँ साहब के निजी घराने के कौशिक और कनाडा बोल संग्रह किया था। उनके गुरु के धर्मभाई थे—ज़मीर ख़ाँ साहब। वे उनके ही शागिर्द, इस नौजवान का गाना सुनने को उत्सुक थे।

आनन्द एक किनारे बैठा हुआ था। वह तनकर एकासन लगाये, अतिशय, सरल और मुग्ध निगाहों से उन मुणी पुरुषों को निहार रहा था। उसे डर भी बिल्कुल नहीं लग रहा था, क्योंकि इस महफिल में बैठकर इन लोगों के साथ जय-पराजय से होड़ लेने का सवाल ही नहीं उठता। जय या पराजय—ये दोनों ही शब्द यहाँ बिल्कुल ख़ारिज थे। किसी भी नये गायक के लिए यहाँ गाना ही परम सौभाग्य की बात है।

रात के जब दस बजे, तब नरसीप्रसाद महफिल में आये। पहाड़ जैसा विपुलकाय, गौरकान्ति, महादेवदर्शन पुरुष! आज उन्होंने जोधपुरी...और कुर्ता पहना था माथे पर सफेद चिकन की टोपी, तिरछी करके बिठायी हुई! उस टोपी के छोर पर छोटी-छोटी चुन्नी-मोती बिठाये हुए! सोने की चेन से जुड़ी, प्रशस्त जेबघड़ी, जेब से झूलती हुई! द्राक्षारस के अभ्यास सरूर में, रक्ताभ आँखें लिए, राजासाहब सबका अभिवादन करते-करते अन्दर दाखिल हुए। वयोवृद्ध ज़मीर ख़ाँ साहब की आनुष्ठानिक अनुमति लेकर गाना शुरू हुआ।

शुरू-शुरू में आनन्द में थोड़ी विह्लता आ समायी, लेकिन आँखें मूँदते ही उसके मन के पट पर एक तरुण, ख़ूबसूरत चेहरा तैर गया। उसे लगा, वे आँखें उसे भरोसा दे रही हों। मानो कह रही हों—"गाओ, आनन्द'दा, डरने की क्या बात है?"

अचानक उसका ध्यान स्थिर हो गया। उसने पूरी आत्मनिर्भरता के साथ राग-कल्याण की अस्थायी पकड़ी—

"पिया बिन सखी, कल न पड़त है..."

श्रोताओं ने एक-दूसरे की तरफ़ देखते हुए भौंहें सिकोड़ी और कौतुक की मुद्रा में दृष्टि-विनिमय किया, लेकिन मुखड़े की पतवार पकड़ते-न-पकड़ते अति मधुर और ज़ोरदार वह अनन्य कंठ, सुर विस्तार करते हुए, श्रोताओं के कानों में अति विनय के साथ सुर नहीं, फूलों की अंजलि बिखेर दी! तारीफ

गूँजते-न-गूँजते वह सुर बीच राह में थम गया। श्रोतागण परम विस्मय से तनकर बैठ गये। स्वयं ज़मीर ख़ाँ ने एक हारमोनियम अपने करीब खींच लिया। उसी महफिल में आनन्द की प्रतिभा को स्वीकृति मिल गयी। गाना ख़त्म हुआ, रात तीन बजे। तारीफ और समझदारी के बोल मानो ख़त्म ही नहीं होना चाहते थे। प्रशंसाधन्य आनन्द उच्छ्वसित होकर बार-बार झुककर श्रोताओं का अभिवादन करने लगा। भोज-पर्व तक पहुँचते-पहुँचते पूर्व के आसमान पर मानो रंग छू गया।

घर लौटते-लौटते महावीर प्रसाद ने गणेशजी से कहा, “लेकिन एक बात का ख़्याल रखना होगा, गणेशजी, इसके सामने तो गाना भी मुश्किल है। ज़रा सोचिये, काशी की अख़्तरी आज स्वर्ग चली गयी, इसीलिए—वर्ना उसके गले का गाना, सुर की वापसी का वही क़ायदा...मुझे तो लगा, जैसे मैं किसी जिन्न की जिन्नबाजी सुन रहा हूँ। आप हलक उठाकर कहें, मैं सच कह रहा हूँ या नहीं?”

गणेशजी ने जवाब दिया, “देखिये, बाबूजी, मेरा-आपका दिन भी तो ख़त्म होने को आया। इस बारे में मैं क्या कहूँ, बतायें? यह भी जब बच्चा था तब काशी की गली-गली में, घाट-घाट पर जो सुनता था, वही पाखी की तरह गाता फिरता था। मैंने तो तभी सोच लिया था कि इस लड़के को किसी दिन अगर कोई अपने वश में कर पाया तो काम का काम होगा।”

“नतीजा देख रहे हैं न, गणेशजी...क्या गज़ब की आवाज़ है! ऐसी आवाज़ मैंने मुद्दत से नहीं सुनी।”

गणेशजी ने कहा, “मैं बेहद ख़ुश हूँ, और उसकी क़िस्मत तो देखिये, उसी समय काशी में दयालदास पहुँच गया और अद्भुत सम्पर्क हो गया। कुल सात दिनों के अन्दर उस लड़के को ज़मीर ख़ाँ जैसे उस्ताद का साथ मिल गया। मेरी-आपकी भला क्या औकात? उस पर भगवान की मेहरबानी है। तभी वे सारा कुछ सहज किये दे रहे हैं। लेकिन जानते हैं, अभी ही ख़ास चिन्ता का समय है। अब वह अपनी क़द्र जान गया है। जैसे-जैसे उसका नाम होगा, वह जवान है, उतने ही तमाम लोभ उसे घेरेंगे। ख़ैर, वह जितना ही अपने को ठीक रखेगा, उतना ही उसका भला होगा। क्यों, आप क्या कहते हैं?”

महावीरजी ने भी सहमति जतायी।

आगरे के उस जलसे के बाद, तीन महीनों के अन्दर-अन्दर लौट आने की योजना पर कायम रहना सम्भव नहीं हो पाया। पन्द्रह दिनों से पहले नरसीप्रसाद

ने उसे छोड़ा ही नहीं। उसके बाद इन्दौर जाने की योजना टालकर उस्तादजी महावीर प्रसाद के साथ गया लौट आये। रास्ते में वे लोग इलाहाबाद भी उतरे। अन्त में गया आकर उस्तादजी महावीर प्रसाद के आतिथ्य में जैसे बँध गये। गणेशजी किसी भी हाल में नहीं आये।

उन्होंने कहा, "महावीरजी का आतिथ्य मधु की तरह है। जो भी मधुमक्खी उनकी तरफ़ आकर्षित होगी, वहीं फँसकर रह जायेगी। हमारी जान-पहचान तीस वर्ष पुरानी है। यहाँ मधु और मधुमक्खी दोनों ही एक-दूसरे को जानते हैं और उन दोनों की भेंट तो किसी भी समय हो सकती है।"

गया में दिन काफ़ी मज़े में गुज़रे। विष्णुपाद मन्दिर का अवस्थान कमाल का था। काफ़ी नीचे प्रवाहमान थी, अन्तःसलिला-फल्लू। मन्दिर ऊपर की तरफ़ था। श्रीकृष्ण के जिस पद-चिह्न को देखकर सख़्त शास्त्रज्ञ श्री गौरांग उनके प्यार और भक्ति में पिघल गये थे, उसे ही अपनी छाती में स्थापित करके यह प्रस्तर-मन्दिर धन्य हो उठा था। ऊपरी हिस्से की कलापूर्ण नक्काशी उत्कृष्ठ थी। प्रातःकाल दास-दासियाँ उस मन्दिर की धुलाई करते थे। वहाँ की हवा सद्यः खिले फूलों की खुशबू से सुवासित हो उठती थी। मन्दिर की राह पर कितनी ही तरह की दुकानें! दुकानों की क़तार! गया पत्थरों के बर्तन, काठ के खिलौने और लाख की चूड़ियों के लिए जाना जाता था।

महावीरजी का मकान इसी अंचल में था। तीर्थस्थान के केन्द्र में अवस्थित होने के बावजूद वहाँ किसी तरह का शोरगुल नहीं पहुँचता था। बौद्धगया, कालब्रह्मयोनि, प्रेतशिला हमेशा से ही रहस्यमय रहा है। आजकल इन सब जगहों में महावीरजी की गाड़ी भोर के समय मनमाने ढंग से चक्कर लगाती थी। किसी-किसी दिन सवेरे-सवेरे महावीरजी के बागान में भी जाना होता था। महावीरजी के बेटे-भतीजों के साथ हिल-मिलकर आनन्द भी बच्चा बन जाता था। वह अरहर के खेत में आँखमिचौनी खेलता था। गया के पंडों के अमरूदों के बाग़ से जी भरकर अमरूद चुराता था। नदी के मामूली जल में उछल-कूदकर नहाता था। शाम को जब वे लोग घर लौटते थे, शेरघाटी और डोवर पहाड़ की छाया सड़क पर आ पड़ती थी। कर्क पेड़ों में शुभ्र, दीर्घ-वृन्तवाले, बड़े-बड़े फूलों के गुच्छे खिले रहते थे। आसमान में सितारे जगमगाते थे। बेहद उदास, प्रशान्त और प्रसन्न शामें! घर पहुँचते-पहुँचते मन्दिर में आरती के घंटे बज रहे होते थे। मजलिस में फरास बिछे होते थे। बूढ़ा गोपाल सारंगी का कान उमेठ रहा होता था। दरवाज़े पर एक-दो गाड़ियाँ आकर रुकती थीं। रोज़-रोज़ आने

वाले मेहमान आ पहुँचते थे। महफिल सजती थी रात नौ बजे और ख़त्म होती थी रात बारह बजे या एक-दो बजे। नींद से जागने की कोई जल्दी नहीं होती थी। अब कलकत्ता लौट ही जाना चाहिए, यह प्रसंग हर रोज़ ही छिड़ता था। लेकिन जाने कैसे तो वह प्रसंग दब भी जाता था।

इसी दौरान राजाबहादुर का आदेशभरा पत्र भी आ पहुँचा। पत्र का विवरण पढ़कर उस्तादजी ने वह पत्र अपनी जेब में छिपा लिया। आनन्द को हिदायत दी कि बोरिया-बिस्तर बाँध डालो, अब चल देना होगा। इतना-इतना तकादा क्यों आ रहा है, यह पूछने पर आनन्द ने ख़ासी डाँट खायी। आनन्द को भला ही लगा। शिव के मारफ़त तकादा किसी अन्य ने भेजा था। चार महीने से इतनी-इतनी देर करने का कोई मतलब नहीं था।

गाड़ी जब हवेली में दाखिल हुई तो आनन्द ने देखा कि हवेली में रंग-रोगन हो रहा है। मिस्त्री लगे हुए हैं। बाँस बाँधकर मंच बनाये जा रहे हैं। बत्तियाँ जलाकर रात को भी काम जारी है। गेट से गैस-बत्ती के नये पोस्ट तैयार।

सारा-का-सारा परिवेश नितान्त नया-नया था। इन सबके बीच जाने कैसे तो शिव को ख़बर लग गयी। शायद दरबान को बख्शिश देने का लोभ दिया गया था। उसी ने उसे ख़बर पहुँचा दी। शिव प्रायः दौड़ते हुए आ पहुँचा। आनन्द को देखकर वह महाफुर्ती में आ गया। अपनी खुशी जताने के लिए वह झुक-झुककर कभी उसका एक हाथ थाम रहा था, कभी दूसरा।

थोड़ा ठहरकर उसने पूछा, "आनन्द'दा, बताओ तो तुम लोगों को लौट आने का निर्देश क्यों दिया गया?"

"क्यों, रे?"

"नहीं जानते न? दीदी का ब्याह जो हो रहा है।"

"क्या हो रहा है?"

"ब्याह हो रहा है...शादी! शादी!" अगले ही पल उसने अपना जुमला पूरा किया, "जब शादी पक्की हो गयी तो दीदी ख़ूब-ख़ूब रोयी। तुम्हारा रिकॉर्ड भी आ गया है, जानते हो न?"

"शिव, दीदी से एक बार मेरी भेंट नहीं हो सकती, भइये?"

"कैसे सम्भव है भला? दीदी को भला कोई निकलने देगा? मुझे ही उनके करीब नहीं जाने दिया जाता।"

"गैस की रोशनी में आनन्द का चेहरा कैसा तो पीला नज़र आया।"

शिव ने कहा, "तुम लोग ढेर-ढेर गाने गाओगे न, आनन्द'दा? सुनो बाहर से जो गवैये आयेंगे तुम उन सबको हरा देना, आनन्द'दा।"

वह अन्य लोगों को हरा दे? आनन्द को तो लगा जैसे वह ख़ुद ही कहीं हारता जा रहा है। उसके मन में ऐसा ख़्याल भला क्यों आया?

आनन्द ने कौन-सा गाना रिकॉर्ड किया था?

याद रखना मितवा, वे सुख के दिन
भुला दोगे क्या सभी?
यदि ना रहूँ साथ, रतजगे की रात
फिर भी रहेगा, दीप्ति प्रदीप! उस सुख-निशीथ
प्रातः हँसेगा रवि
भुला दोगे क्या सभी?

आनन्द ने यह गीत किसके अनुरोध पर गाया था? वह क्या उसके अन्तस् में ही दूर से दूरान्तर नहीं चली गयी? कौन, किसे भूलता है? कौन, किसे याद रखता है?

"बारह वर्षों को जीवन से क्या मैं मिटा सकती हूँ? या तुम मिटा सकते हो, आनन्द'दा?" किसने कही थी यह बात? उन हेमन्ती शामों की वे प्रिय स्मृतियाँ याद करने का अधिकार उसे है?

नहीं, उसे कोई अधिकार नहीं है। बचपन की सखी इन्दु और उसके बीच एक अन्तहीन व्यवधान मौजूद है। वह व्यवधान ईंट-काठ का नहीं है बल्कि वह व्यवधान समाज-संस्कार, जाति और पद-मर्यादा का है। चूँकि उसे हाथ से स्पर्श नहीं किया जा सकता इसलिए शायद वह अदृश्य प्राचीर इतना दुर्लंघ्य है, वर्ना उसे चकनाचूर कर दिया जाता।

तीन

आज सुबह से ही ललित-करुण स्वर में शहनाई बज रही थी। दूल्हे के घर से 'हल्दी' के सामान आये।

बहार उत्सुक निगाहों से खिड़की के बाहर नज़रें गड़ाये हुए थी। उसके

जीवन में यह एक अद्‌भुत संयोग था। उसके मुहल्ले की जगत्-दादी, अख़्तरी बाई से उसने नौजवान ज़मीर ख़ाँ के बारे में सुन रखा था। जवाँ मर्द ज़मीर अली ख़ाँ आगरावाले के साथ बनारसवाली अख़्तरी का मन लेने-देने का सिलसिला ज़्यादा दूर आगे नहीं बढ़ पाया। ज़मीर अली ख़ाँ के मन में अपनी गुरु-बहन, ज़ोहराबाई ग्वालियर वाली को छोड़कर, अन्यान्य महिलाओं के प्रति ईषत् अनुकम्पा का भाव था। लेकिन अपनी प्रतिभा से अख़्तरी ने संगीत-जगत् की एक दिव्य-स्थिर-दीप्ति-सम्पन्न नक्षत्र का आसन अर्जित किया था और उनके संगीत के प्रति ज़मीर ख़ाँ के मन में गहरी श्रद्धा थी। अख़्तरी बहार को बेहद प्यार करती थी। बहार ने उन्हीं की ज़ुबानी, सिद्ध गायक आनन्द के बारे में सुन रखा था।

अब ज़मीर ख़ाँ की उम्र हो चुकी थी। उसे अपनी आँखों से उनके दर्शन का सौभाग्य प्राप्त होगा, यह बहार ने कहाँ सोचा था? वह तो गणेशलालजी की मार्फत बयाना मिल गया। उसने सुन रखा था कि कलकत्ते के कई कद्रदान घराने हैं। इस जलसे की मार्फत कई अन्यान्य घर भी मिल जाना कुछ असम्भव नहीं था।

ज़मीर ख़ाँ से भेंट करने से पहले बहार ने बड़े जतन से अपना शृंगार किया। मिठाई तो ख़ैर रास्ते से ही ख़रीद लिया जायेगा। फूल ख़रीदने के लिए बहार मोहन को भेजनेवाली थी। उन दोनों की बातचीत सुनकर बच्चे-माली ने कहा, "यह कैसी बात? इस कोठी में इतने-इतने फूल हैं। एक गुलदस्ता बना देंगे, काम चल जायेगा।" इसी बीच वह छोकरा मोहन के प्रति श्रद्धावान हो उठा था। मोहन ने भी उसे पान-बीड़ी का खर्च देकर अपने वश में कर लिया था।

सुबह-सुबह हल्दी-चन्दन की सामग्रियाँ आ चुकी थीं। अब ढेर सारे शंख एक साथ बज उठे। नयी प्रिंटेड साड़ियाँ पहनकर दासियाँ मसाले, मिठाई, साड़ी-गहनों का नज़राना लेकर आ पहुँचीं। क़तार-पर-क़तार हाथों में थाल। बगल में खड़े नायबजी गिनते जा रहे थे—इक्यावन, बावन, तिरपन! हाथीनुमा सन्देश मिठाई, मछली, नौका, पुतुल, कलसी-कलसी घी-तेल! कितनी ही तरह की चीज़ें। बहार आउट-हाउस के बरामदे में खड़ी-खड़ी वह नज़ारा देखती रही। उसी समय मोहन फूलों का गुलदस्ता ले आया। बहार ने उसे तारीफ की नज़रों से देखा। बोगनबेलिया के फूलदार आच्छादन की बगल में खड़ी बहार बेहद ख़ूबसूरत लग रही थी।

मोहन ने कहा, "बहार बाई, तुम बेहद ख़ूबसूरत लग रही हो।"

रूमाल झटककर बहार ने डपट दिया, "सुबह-सुबह ही आँय-बाँय बकने लगे।"

सीढ़ियों से नीचे उतरते-उतरते मोहन ने हँसकर कहा, "तुम जहाँ जा रही हो वहाँ तो लग्गी से खींचकर लिए जा रही हो। अब, मैं जुबान से कुछ कहूँ भी नहीं? लेकिन हाँ, कोई आलतू-फालतू बात नहीं होगी, यह वचन तो मैंने काशी में ही दे दिया था। मेरे मन की बातें, तो मेरी तरफ़ से मेरा तबला ही बोलेगा। मेरी उँगलियाँ तो तबले पर बोल उभारने में सिर्फ़ मदद करेंगी। मंजूर?"

"मंजूर।"

बहार के वापिस लौट आने के बाद, बूढ़े उस्तादजी कुछ देर ख़ामोश बैठे रहे—तो यही है, बहार बाई। रोहतगीर घराने के बेटे ने जिसके लिए बनारस में मकान बनवा दिया है और आगरा में बैठे-बैठे नरसीप्रसाद ने जिसकी तुलना अख़्तरी से कर डाली। यह सच है! उसे देखकर उन्हें भी सन् 1880 की अख़्तरी याद आ गयी। गानों की दुनिया में दोनों समतुल्य हैं या नहीं, वे नहीं जानते। अख़्तरी ने बहार को सिर्फ़ रिखब-गान्धार की ही तालीम दी थी या अपने दादरा-ठुमरी की निजी शैली भी दे डाली है—इसकी परख तो शाम को होगी। वे प्रतिभा की तुलना करें, ज़मीर ख़ाँ ऐसे बेरसिक इन्सान नहीं थे। असल में उन दोनों में सादृश्य किसी और जगह नज़र आया। अख़्तरी की तरह ही बहार भी औरतों में जन्मजात नायिका थी। इन लोगों के चरित्र में आकर्षित करने की क्षमता होती है। इन लोगों का प्यार इन्सान को नक्षत्र की तरह कक्ष-च्युत कर देता है। उस प्यार में भूख है, उन्मादता है, दुख है; शान्ति या आश्वासन या आशीष नहीं है।

अख़्तरी के बारे में वे जितना-सा जानते थे, उन्हें यही अहसास हुआ था। जन्मजात कलाकार होने के बावजूद ज़मीर ख़ाँ उनके आह्वान का जवाब नहीं दे पाये। उनका चरित्र अन्तर्मुखी था। ज़िन्दगी को उन्होंने गम्भीरता से देखना सीखा था। इसीलिए कलाकार अख़्तरी के प्रति श्रद्धा ज्ञापित करते हुए ज़मीर ख़ाँ दूर हट गये थे। अख़्तरी के पक्ष में इसका नतीजा अच्छा ही हुआ था।

आज, जब बहार आयी तो पहले उसने आनन्द को ही पूछा। जब वह नज़र नहीं आया तो वह वापस लौट गयी। बहार के चेहरे-मोहरे, चाल-ढाल, हँसी-मज़ाक में ज़मीर ख़ाँ को मानो उन्नीस वर्षीया अख़्तरी ही नज़र आयी।

कल से ही आनन्द मन में जाने कैसा तो दुख लिए अन्दर-ही-अन्दर घुटता हुआ घूम-भटक रहा था। उसका मन निष्पाप था और चरित्र निर्मल।

समाज में शिल्पी की मर्यादा बेहद कम होती है। इसलिए जाने से पहले आनन्द को सुप्रतिष्ठित किये बिना ज़मीर ख़ाँ को चैन नहीं आनेवाला।

वे नहीं चाहते थे कि बहार से उसका मिलना-जुलना हो। इससे भी बड़ी आशंका की बात यह थी कि बहार अत्यन्त रूपसी थी। वह सिर्फ़ बहार नहीं थी, बनारसी बहार थी। इस उन्नीस सौ छब्बीस की जाने कैसी तो आदत है—साड़ी, जैकेट, चप्पल पहनकर ये लड़कियाँ बालों में पत्ती-डिज़ाइन बनाकर, जूड़ा बनाती हैं, वह भी आधा बंगाली ढंग से। कितने ख़ूबसूरत थे उन लोगों के तरुणाई के दिन। लड़कियाँ अपनी कमर को और सुडौल दिखाने के लिए घाघरा पहना करती थीं, पाँवों में नागरा डालती थीं। धिक्कार है बनारसवालियों पर।

ज़मीर ख़ाँ चौंक उठे। छिः-छिः अफीम की पीनक में वे यह सब क्या सोचने लगे?

ज़मीर ख़ाँ जब अफीम की मस्ती में ऊँघ रहे थे उस वक़्त हॉग-मार्केट से गुच्छे भर गुलाब के फूल ख़रीदकर आनन्द बग्घी पर सवार हो गया। उसके पीछे-पीछे भक्त लक्ष्मण की तरह शिव आ पहुँचा। हवेली नये-नये लोगों से भरी हुई थी! शोरगुल! इस बीचे वह दीदी के पास भी हो आया। पूरे बदन पर गहने पहने दीदी माँ से लिपटकर सिर्फ़ रोये जा रही थी। वह नज़ारा देखते ही शिव वहाँ से हट गया।

जिस आघात के लिए मन तैयार नहीं होता उसे क़बूल करने में वक़्त लगता है। आनन्द के साथ भी वही हुआ।

इन्दु की शादी की ख़बर के लिए आनन्द मानसिक तौर पर प्रस्तुत नहीं था। शुरू-शुरू में वह विमूढ़ हो आया। अगले ही पल उसके मन में एक प्रकार का क्षोभ, प्रतिवाद और जिज्ञासा जाग उठी—इन्दु इस शादी के लिए राज़ी क्यों हुई? सुबह-शामों की स्मृति-विजड़ित दिनों में वह जो परस्पर के प्रति विश्वास रखने की प्रतिरफ़ति थी, उसका क्या कोई मोल नहीं था?

उस अबूझ मन की आग लिए ही आनन्द एक बार उससे मिलना चाहता था। उसी दकिनी छत पर उससे एक बार भेंट नहीं हो सकती? सिर्फ़ एक बार?

लेकिन बीच में भय, बाधा, लज्जा और लज्जा का एक सागर लहरा रहा था। वह सब धकेलकर आख़िर इन्दु आ पहुँची।

उसने माँ से कहा, "कुछ दिन मैं अकेली रहूँगी।"

बेटी को शादी के लिए राज़ी कराने का अध्याय सरयू नहीं भूली थीं। उन्हें योगीश्वर का कठोर आदेश भी याद था—इन्दु की राय के विरुद्ध कुछ न किया जाये। व्रत, आचार-नियम, जिन्हें जो अच्छा लगे, करें।

फिर भी एकान्त में आना क्या आसान था? शाम के वक़्त जब सभी लोग 'नौकाविलास' देखने में व्यस्त थे, तब शिव को लेकर इन्दु आ पहुँची।

आनन्द मन-ही-मन जाने कितने ही उलाहने लेकर आया था, अचानक उसकी सारी बातें खो गयीं। वाकई यह सच था। इन्दु के सर्वांग पर हीरों के गहने, बदन पर नये कपड़े, पीठ पर खुले-खुले बाल बिखरे हुए! लेकिन वह कौन-सी इन्दु थी? चेहरा पीला और फक्क! आँखों में घनी पीड़ा, निगाहों में गहरी हताशा! मानो वह डूबती जा रही है। सहारे के रूप में पकड़ने के लिए मुट्ठीभर मिट्टी या ज़मीन भी उसे नहीं मिल रही है।

इन्दु ने कहा, "सुनो, मैं कहती हूँ। तुम सनते रहो! मुझे ग़लत मत समझना।"

"नहीं समझूँगा!" आनन्द ने सिर हिलाया।

इन्दु ने फिर कहा, "मैंने बड़ी तकलीफ से अपना मन बाँधा है! तुम मेरी मदद करो। मेरा दिल मत तोड़ना।"

"मैं कोई अमर्यादा नहीं करूँगा, इन्दु।"

"मैं जानती हूँ!" अपने गले की नसें प्रायः तोड़कर इन्दु ने आवाज़ निकाली।

उसके पीले चेहरे पर उसकी दोनों आँखें और बड़ी-बड़ी नज़र आ रही थीं।

इन्दु ने ही फिर कहा, "बाबुल की बात मैं ठुकरा नहीं पायी! बेहद कमज़ोर मन है मेरा...क़ीमत चुका रही हूँ।"

"ऐसा नहीं कहते, इन्दु!" आनन्द की आवाज़ में समयोचित संयत दृढ़ता, संवेदना और श्रद्धा झलक उठी।

उसने तसल्ली के लहजे में कहा, "तुम सुखी होने की कोशिश करो, इन्दु! तुम सुखी हुईं, तो मैं भी सुखी होऊँगा। मैं कह रहा हूँ इसमें तुम्हारा भला होगा।"

"तुम यकीन से कह रहे हो?"

"हाँ, इन्दु, मैं दिल से कह रहा हूँ! तेरी जगह काफ़ी ऊँचाई पर है। तुझे वह ऊँची जगह मिल गयी। मैं देख-देखकर ही ख़ुश होऊँगा, समझी?"

इन्दु ने सहसा आनन्द को प्रणाम किया। अगले ही पल वह चकित तथा त्रस्त क़दमों से सीढ़ियों से नीचे उतर गयी।

पूरे आकाश में तारों के साथ आज भी दक्खिनी हवा लिपटा-झपटी कर रही थी।

आनन्द ने चहारदीवारी पर सिर रखकर खड़े-खड़े वह आघात सम्हालने की कोशिश की। यह सिर्फ़ इन्दु से ही विच्छेद नहीं था, यह बात आज आनन्द की समझ में आयी कि इन्दु के पीछे एक सुविशाल शक्ति मौजूद है। ढेरों रुपये, ढेरों मान-मर्यादा के कारोबारी इन्सानों की तरफ़ से दुष्कर बाधा थी। आनन्द जब तक अपनी सीमा नहीं लाँघेगा तब तक वे लोग उसे गवैया मानकर, उसे मान-मर्यादा देने में कोई कंजूसी नहीं करेंगे। इन्दु से किसी दिन भी उसका मिलन नहीं हो सकेगा। तभी ये सब दुर्मद, शक्तिशाली लोग उन दोनों में फ़र्क़ रच देते हैं। आसमान और ज़मीन के अन्तर की दोनों सीमाओं पर खड़ी रहकर इसी तरह अनगिनत इन्दु ही अनगिनत आनन्द की कामना करते-करते ऐश्वर्य और प्रतिष्ठा के कालियादह में हमेशा-हमेशा के लिए निष्फल हो जाती हैं।

आनन्द बेहद कमज़ोर हो आया। चेतना के आघात से डगमगाते वह सीढ़ियाँ उतरकर गाड़ी में आ बैठा और उसने बारानगर की राह पकड़ी। मकान के खुले बरामदे में अपनी खटिया पर लेटे-लेटे नींद आने में उसे काफ़ी देर हो गयी।

आधी रात के सपने में उसने इन्दु को दुबारा देखा। सिर्फ़ समुद्र के ऊपर चाँद उग आया था। धूसर और अपार्थिव परिवेश! वह रेत पर चलता जा रहा है, आगे-आगे इन्दु! इन्दु ने एक बार पलटकर भी नहीं देखा।

इन्दु मानो कह रही हो, "अब मुझे आवाज़ मत दो, आनन्द! मैं मर चुकी हूँ।"

इसके बावजूद आनन्द उसके पीछे-पीछे चलता जा रहा है। प्रबल वाताश में रेत उड़-उड़कर उसके पाँवों में चुभ रही थी।

सुबह आकाश भर धूप में आनन्द की नींद टूटी। पहली बात उसे याद आयी कि आज इन्दु का ब्याह है...। यह ख़्याल आते ही, उसका मन कैसा-कैसा तो हो आया। उसकी छाती में भयंकर हूक जाग उठी। उसे इतना-इतना दर्द होगा, आनन्द ने कहाँ सोचा था!

सूटकेस के कोने में रुपयों की थैली उसी तरह पड़ी हुई थी। आज, आनन्द ने वह थैली निकाल ली और अपनी जेब में ठूँस ली। उसकी जानी-पहचानी दुनिया में ज़रा भी रद्दोबदल नहीं हुआ था। सिर्फ़ उसे यही लग रहा था कि सब कुछ खाली और सूना हो आया है। जाने कैसा तो शून्यता-बोध! उसे लगा, उसका कोई नहीं है। न कोई बन्धु, न कोई स्वजन। वह अपने को अद्‌भुत निःसंग महसूस करने लगा। राजबाड़ी में एक बार जाना ही होगा। लेकिन आनन्द क्या करे, यह उसे कौन बताये?

उसके व्यावहारिक जीवन में इन्दु किसी दिन भी उसके आस-पास नहीं

थी। फिर भी, उसे लगता था कि वह उसके पास है। उसकी कोई थी, जिसके होने का अहसास आनन्द को बताता था कि सुबह नींद से जागकर उसे क्या करना है। समूचे दिन-रातों में आनन्द के जीवनयापन का कोई मतलब हुआ करता था। इसलिए आज वह अपने को बेहद अकेला महसूस कर रहा था। वह थी इसलिए आकाश-वाताश बेहद मधुर था। हर सुबह जोगिया राग गाने का कोई अर्थ हुआ करता था। 'पिया के मिलन की आस, दिन बढ़त...' गीत के स्थायी सुर-विस्तार के अन्तराल में, उसके मानस-पट पर उसका चेहरा झाँकने लगता था। गर्मी की सुबहों में किसी-किसी दिन इसी बागान-बाड़ी में पोखर के घाट पर, सीढ़ियों के करीब उसके पाँवों के करीब बैठकर वह गाता था– *"बैठी शुचि ब्रजधाम, सूना लागे मेरो दिन, घिरी आयी बदरी।"* और उसकी आँखें भर आती थीं। आज वही नहीं है। राजबाड़ी में ही बैठी हुई है। इस वक़्त वह हाथीदाँत की चौकी पर मांगलिक सज्जा में राजेन्द्राणी सजकर बैठी होगी, लेकिन वह आनन्द की पहुँच से बहुत दूर है। इतनी दूर कि इस वक़्त आनन्द उसके करीब भी जा खड़ा हो। फिर भी वह दूरी ख़त्म नहीं होगी। जो उसकी किशोर उम्र की सखी थी, यौवन की प्रेरणा, वे लोग उसे जाने कहाँ हटा ले गये। रह गया आनन्द, निचाट अकेला! अब तो नये-नये गानों में सुर लगाने का कोई अर्थ ही नहीं रहा। आनन्द और इन्दु के जीवन के ढेर-ढेर प्यार को अर्थहीन करके राजबाड़ी में जोगिया राग में शहनाई बज रही है। इतने सारे सुरों के होते हुए उन लोगों को और कोई सुर नहीं मिला।

आनन्द दर्दभरा मन लेकर निकल पड़ा। विवाह में शामिल होने की सम्मानित पोशाक एक ओर रखकर, उसने धुली हुई मामूली पोशाक पहन ली। अच्छी तरह अपने बाल सँवारे। जाने कैसे तो उसे अहसास हो आया कि अगर वह खुद अपना जतन नहीं करेगा तो उसका अपना और कोई नहीं है।

आनन्द भोर-भोर में ही बारानगर से चला आया। थैली भरे रुपये जेब में लेकर वह सुबह से ही इधर-उधर भटकता रहा। कुछ देर वह शहर के बीचोंबीच स्थित गड़ेर माठवाले हरे-भरे मैदान में बैठा रहा। अजायबघर ने सामने उस पर नजर पड़ते ही गाड़ी रुकवाकर स्वयं महाराजा ही उसे पकड़ ले गये। सही वक़्त पर अगर नहाना-खाना न किया जाये, तो पित्त-कफ कुपित होता है, इस आशय की फ्रेंच कहावत भी उन्होंने दोहरायी। उनकी आवाज़ आविष्ट! आनन्द ने अन्दाज़ा

लगाया कि शायद सुबह से ही वे कई गिलास चढ़ा चुके थे। इकलौती बेटी ब्याहकर चली जायेगी। इस ख़्याल से जोगीश्वर की मनोदशा बिगड़ी हुई थी।

आज तो आनन्द का मन भी उखड़ा हुआ था।

उसी समय मास्टर बाबू हाँफते-हाँफते सामने आ पहुँचे।

आनन्द को देखते ही उन्होंने कहा, "गाड़ी लेकर ज़रा चले जाओ, बेटे। हॉग-मार्केट से अभी तक फूल नहीं आये।"

गाड़ी में बैठते ही शिव ने आनन्द से पूछा, "आनन्द'दा, तुम दीदी को कुछ नहीं दोगे?"

"हाँ, रे, दूँगा तो सही! तू चल न, मेरे साथ!" आनन्द ने जवाब दिया।

मार्केट पहुँचकर दुकान में दाखिल होते ही आनन्द को फूलों का ही ख़्याल आया। दुकान में जितने सारे गुलाब हैं, सब इन्दु के लिए ख़रीदकर ले आये तो कैसा रहे?, साहब हँस पड़ा।

उसने कहा, "बाबू, दुकान में कम-से-कम हज़ार गुलाब हैं।"

"सब दे दो।"

"स...ब...?"

"सब!"

थैली खोलकर, बिना गिने ही आनन्द ने रुपये निकालकर कहा, "टोकरी भर दो।"

"रिबन भी लगा दूँ? कोई कार्ड?"

"ना...!"

फूलों की टोकरी गाड़ी में रखकर आनन्द ने शिव से कहा, "भइये, शिव, तू घर जा। यह टोकरी दीदी तक पहुँचा देना। ठीक है?"

"तुम नहीं आओगे, आनन्द'दा?"

"बाद में जाऊँगा। तू चला जा, शिव!"

पतले काग़ज़ से ढके, उतने सारे गुलाब देखकर शिव मुग्ध रह गया।

उसने पूछा, "इतने सारे फूल? सिर्फ़ फूल ही ख़रीद लिए, आनन्द'दा।"

"क्यों? इसमें काँटे भी तो हैं। तू घर चला जा, शिव!"

महफिल सजी रात बारह बजे। पश्चिम का वही बैठकख़ाना!

आज समूचे कमरे की सीलिंग में फूलों की मालाओं का चँदोवा तना हुआ

था। रोशनी फूलों की आड़ में ढक गयी थी। कमरे की फर्श पर गलीचे बिछे हुए थे। कमरे के बीचोंबीच बैठी हुई थी–बहार। नया-नवेला दूल्हा जोगीश्वर की बगल में बैठा हुआ था। आज कोहबर की रात थी। दूल्हा कोहबर से बाहर नहीं रहता। लेकिन अन्तःपुर की महिलाओं से उसे अनुमति मिल गयी थी।

झुक-झुककर माफ़ी माँगते-माँगते, भीड़ के बीच राह बनाते हुए आनन्द हॉल के अन्दर दाखिल हुआ और उस्तादजी की बगल में बैठ गया। खिताबधारी और कलावन्त श्रोता मंडली की तरफ़ से खुसफुसाहट गूँज उठी–आनन्द! आनन्द मिश्र! नाम सुनकर कौतूहली बहार ने उसकी तरफ़ देखा। उसने देखा–सफेद धोती-कुर्ते में, बड़ी-बड़ी आँखोंवाला माथे पर झूलते हुए शोख बालों के गुच्छे के साथ, एक नौजवान, सिर झुकाये बैठा था। अपनी तरफ़ बहार की नज़रें महसूस करते हुए आनन्द ने भी एक बार सिर उठाकर बहार की तरफ़ देखा।

बहार ने भारी-भरकम गुलाबी बनारसी साड़ी पहनी थी, घनी-घनी पत्तीदार डिज़ाइन में बाल सँवारकर उसने वेणी बनायी थी। साड़ी पर लेसदार जैकेट, गले में मोतियों की माला। दसों उँगलियों में अँगूठी। हाथ भर-भरकर काली-काली चूड़ियाँ! पोशाक-ओशाक में ज़रा भी रुचि नहीं, लेकिन प्रतिमा की तरह ऊपर की ओर खिंची-खिंची दीर्घ कमल जैसी बड़ेरी-बड़ेरी आँखें! अति सुडौल, गौर चेहरा! पतले-पतले होंठों की रेखा-रेखा में कौतुक और लास्य। गर्दन तिरछी करके इधर-उधर देखने की सलोनी भंगिमा! वाकई, वह रूपसी थी, इसे अस्वीकार नहीं किया जा सकता। आनन्द ने नितान्त निस्पृह मुद्रा में उसे देखा। मानो वह कोई मनोहारी चीज़ की रंग-बहार देख रहा हो। उसकी वह उदासीनता शायद बहार भी भाँप गयी। आनन्द ने नज़रें फेर लीं।

गाना शुरू करने का निर्देश आया।

अन्य किसी की तरफ़ नहीं, सीधे-सीधे आनन्द की तरफ़ देखते हुए बहार ने गाना शुरू किया–*"ओ रंगवाले बालमा..."* आनन्द ने भौंहें चढ़ाकर उसकी तरफ़ देखा। यह तो कोई गाना नहीं, बहार उसका आह्वान कर रही थी, मानो कह रही हो–तुम्हारे चीन्हे-पहचाने सुर मैं ही तुम्हें आवाज़ दे रही हूँ। तुम्हारे लिए मेरी उपेक्षा करना सम्भव नहीं है।

आनन्द ने ख़ूब मन लगाकर गाना सुना। उसकी स्मृतियों के पर्दे चीरकर, चौदह-पन्द्रह वर्ष पहले की एक शाम झलक उठी। वाराणसी धाम में, अस्सी घाट की गली पर अँधियारा बरसाते हुए, सर्दी की एक शाम उतर आयी थी। कन्धे पर गन्धमादन पर्वत उठाये, हनुमानजी की तस्वीर वाले दो-मंज़िलें मकान

के निचले तल में आनन्द बिल्कुल सिर तक फटी कम्बल ओढ़े बैठा हुआ था। अख़्तरी बाई का दराज और मिज़ाजी आवाज़ में राग भूपाली के सुर-विस्तार ने उसके तन-मन में नशा भर दिया था– *"रंगवाले बलमा रंग छोड़... ।"*

उसे याद आया कि वही गाना वह ख़ुद भी गा रहा है। उसे, वह गाना बेहद पसन्द आया था। उसे यह भी याद आया कि अधेड़ अख़्तरी ने उसके दोनों हाथों को रुपयों से भर दिया था।

अख़्तरी बाई ने कहा था, "बेटा, या तो तू कोई शैतान है या कोई सिद्ध-साधक। तू मेरा मोहल्ला छोड़कार दफा हो, वर्ना किसी दिन मुझे देखना पड़ेगा कि तूने नमकहरामी की और मेरे सारे गाने तेरे गले में जा बसे हैं। तू चला जा यहाँ से।"

बहार जो गा रही थी, वह गाना भी अख़्तरी का था। सुर भी अख़्तरी का ही दिया हुआ था। यह गाना इस लड़की को कहाँ से मिल गया? सहसा आनन्द के मन में अद्‌भुत-सी अनुभूति जाग उठी। उसे अपने शैशव और किशोर उम्र की याद हो आयी। अस्सी घाट पर नहाकर लौटती हुई, पुण्यवती महाराष्ट्रियन औरतें; उनसे प्रसाद पाकर उसका बेहद तृप्ति से खाना, नाव चुराकर रामनगर चला जाना, वहाँ हो हल्ला मचाना; साधु-महाराज लोगों की छाया में बैठकर हरिश्चन्द्र का उपाख्यान सुनना—वे सारे दिन आख़िर कहाँ चले गये? वही तो उसका असली जीवन था। वही बन्धनमुक्त यायावर जीवन आज उसे फिर पुकार रहा है। इस लड़की के गाने में उसे वही पुकार सुनायी दे रही है। उसने कैसी तो ऊष्णता महसूस की। कुर्ते का बटन उसकी गर्दन दबाये दे रहा है। आनन्द ने कुर्ते के बटन खोल डाले। माफ़ी माँगते हुए वह उठ खड़ा हुआ और हॉल के बाहर निकल गया।

आधी रात तक लोअर सर्कुलर रोड की सड़क पर घूमते-भटकते, किसी भुतहे इन्सान की तरह भोर-रात आनन्द गंगा किनारे जा पहुँचा। वहाँ कई एक लोग पड़े-पड़े सो रहे थे। आनन्द उन लोगों की बगल में घास पर ही बैठ गया। निशाना लगाते-लगाते जैसे तीर लक्ष्यभ्रष्ट होने लगता है और गोल-गोल घूमकर गिरने लगता है, आनन्द को लगा उसी तरह वह भी लक्ष्यभ्रष्ट हो गया है। इसकी वज़ह क्या बहार है? बहार का गाना? या फिर इन्दु? इन्दु के लिए उसे तकलीफ़ हो रही थी। इन्दु का ख़्याल आते ही उसका मन हाहाकार कर उठा। मन मानो कोई सूना घर हो। बन्द दरवाज़े के अन्दर मुक्ति पाकर मानो थोड़ी-सी हवा चक्कर लगा रही हो।

उस रात गाना गाकर बहार ने श्रोताओं को मस्त कर दिया और ख़ुद भी मस्ती में झूम उठी। कस्तूरी मृग की तरह वह अपने ही सुर के नशे में डूब गयी थी। अपने कमरे में लौटकर वह खिड़की पर खड़ी-खड़ी रात के आख़िरी प्रहर के चाँद की तरफ़ देखते-देखते अपने अन्तिम गाने की कली गुनगुना रही थी—मीठी-मीठी बोल! चाँद की रोशनी में, हाथों में पड़ी काले काँच की चूड़ियों में वह अपने को बेहद रूपसी मान रही थी।

आलोकित फूलों की सज्जा की तरफ़ पीठ किये, खिड़की से सुप्त दुनिया की ओर नज़रें टिकाये-टिकाये, इन्दुमती ने वह रात जागकर गुज़ार दी। रात के आख़िरी पहर में दूल्हेराजा सुख-निद्रा में मग्न थे। आसमान की तरफ़ देखते हुए इन्दु के चन्दन चर्चित गालों से होकर आँसुओं की बूँदें ढुलक रही थीं। इन कई दिनों में इन्दु पहली बार अकेली हुई थी। उसे लगा पिछले जीवन को उसने इसी शाम विदा दी है। अब, उसका नया जीवन शुरू हुआ है, लेकिन कितना सूना है उसका मन! कितना विमुख है उसका अन्तस्! उसके प्राणों के अतल से हाहाकार उठ रहा था और एक अबूझ सवाल भी—यह क्या हो गया? ऐसा तो तय नहीं था।

उसके अन्तर की सत्ता के साथ बाहरी समाज-संसार की सत्ता का कोई मेल नहीं था। उसके मन के सवालों का जवाब बड़ी ख़ामोशी के साथ आँसू बनकर झर रहे थे। तब तक कोठी में भोर-रात की सुगबुगाहट जाग उठी। थका-थका शहनाईवादक विदा के निशीथ में सबको रुलाते हुए राग-भैरवी की आकुल पुकार, पूरब के आकाश के ठिकाने पर भेजने लगा।

सुबह होते ही आनन्द गाड़ी पकड़कर बारानगर चला गया। कमरों में ताला पड़ा हुआ था इसलिए वह आर्किड-घर में पड़ा-पड़ा सोता रहा।

हवन-यज्ञ के बाद खाना-पीना निपटने में तीन बज गये। गोधूलि में वर-वधू यात्रा करने वाले थे। उसी का तोड़-जोड़ चल रहा था। इन्हीं सबके बीच शिव इन्दु के पास जा बैठा। दीदी आज उसे नयी-नयी लग रही थी। शिव को लेकर दीदी ऊपर के काँच-घर में चली आयी।

उसने कहा, "शिव, वह रिकॉर्ड अब ले आ।"

काँच-घर की रंग-बिरंगी रोशनी में दीदी ग़ज़ब की लग रही थी। शिव को अपने से लिपटाकर दीदी ने ढेर सारी बातें कीं। वह बोलती रही और रोती रही।

उसने कहा, "चिट्ठी लिखते रहना, शिव, वर्ना मुझे बेहद दुख होगा।" उसने आगे भी जुमला जोड़ा, "मैं बेहद दुखियारी हूँ, रे शिव! मेरी बात किसी ने भी नहीं समझी।"

यह सुनकर शिव बेतरह अचकचा गया। उसकी दीदी ने हीरे-मोती पहने थी। सभी लोग कह रहे थे कि इन्दु बड़ी ख़ुशनसीब है। उसकी वही दीदी, दुखियारी? बिना कुछ समझे ही शिव रो पड़ा। उन दोनों को खोजते हुए बाबुल भी आ पहुँचे, वे भी ख़ूब-ख़ूब रोये। रोने-धोने के बाद अपना चेहरा पोंछकर, अपने को संयत करके उसकी दीदी नीचे चली गयी। उसके बाद जब वह सजायी गयी, जब उसे वरण-आशीर्वाद दिया गया। जब वह नीचे जाकर गाड़ी में बैठी, उसकी दीदी बिल्कुल नहीं रोयी।

शिव की मामी-मासी आपस में फुसफुसा उठीं, "कैसी कठ-कलेजी लड़की है! कैसी सख़्त-जान है।"

विदाई के समय शंख-शहनाई का मेला बैठ गया। क़तार-पर-क़तार गाड़ियों का जुलूस बाहर निकल गया। उसके पीछे-पीछे फूलों से ढकी एक गाड़ी निकली।

निरानन्द पुरी! उदास परिवेश!

योगीश्वर अपने कमरे में चले आये। अँधेरे कमरे के कोने से विशालकाय कुत्ता आकर करीब आ पहुँचा। उनके पैरों पर अपना माथा रगड़कर वह गूँगी तसल्ली जताने लगा। योगीश्वर उसका सिर सहलाने लगे। उन्होंने जो किया उसमें इन्दु का कल्याण होगा, वे अपने को बार-बार दिलासा देने लगे। लेकिन उनका मन अबाध्य होकर एक चित्र के इर्द-गिर्द चक्कर काटने लगा। महफिल छोड़कर, पश्चिम के अँधेरे बरामदे से होकर वे आधी रात को स्नानघर की ओर जा रहे थे। अचानक उनकी नज़र कमरे की खिड़की पर खड़ी इन्दु पर पड़ी। उसका चेहरा वेदनाहत! आँखों में आँसू! योगीश्वर बेचैन हो उठे। ईश्वर कहाँ है? उनमें से कोई सामने मौजूद क्यों नहीं रहता? उन्होंने खुद ही आलमारी खोली, बोतल निकाली। उनका हाथ काँप रहा था। होंठ थरथरा आया। भाषाहीन बातें मानो झुंड भर किशोरी की तरह उस बूढ़े इन्सान को देखकर भाग खड़ी हुईं।

बनारस की बहार जैसी कई अहम गुणीजन मिल गये थे। उन लोगों को लेकर नित्य जलसे का कार्यक्रम जारी था। आनन्द के बर्ताव से ज़मीर ख़ाँ बेहद हताश हुए थे। वह उनके आशानुरूप अपना परिचय बिल्कुल भी नहीं दे पाया था।

बनारस के गणेश प्रसाद जैसे कई एक प्रमुख ज्ञानी-गुणी बन्धुओं का संग पाने के लिए ख़ाँ साहब दल-बल समेत बारानगर में जमा थे। आनन्द के चेहरे पर हँसी नहीं थी, जुबान पर कोई बोल नहीं था, आँखों के नीचे सियाह धब्बे हुए! उसके मन के अन्दर जैसे कोई टूट-फूट चल रही थी। उन्हें दुख इस बात का था कि वह लड़का अपनी सारी बातें उनसे क्यों नहीं कहता। वे क्या उसके एकान्त हितैषी नहीं हैं? महफिल में खुलेआम आनन्द ने बहार के प्रति दो-दो दिन रूढ़-बर्ताव किया। बहार ने जो गाने गाये उसमें उसका रंग-बेरंग करके उसी गाने को वह दोहराता रहा। उसके चेहरे पर विद्रूपभरी हँसी खेलती रही। आजकल आनन्द की वेशभूषा में भी उदासीनता झलकती है। उसके न नहाने का ठीक है, न खाने का। वह नशे का सेवन नहीं कर रहा है इसकी भी कोई निश्चयता नहीं है। वह अपने को इस ढंग से बदनाम क्यों कर रहा है?

ख़ाँ साहब क्या आनन्द के मन की बात जान पायेंगे? असल में आनन्द के मन में नये-नये तूफानी सोच-विचार आते-जाते रहते थे। कलकत्ता शहर अब उसे अच्छा नहीं लग रहा था। हर दिन दरबारी क़ायदे से चुस्त-दुरुस्त होकर महफिल में हाज़िरी देना उसे भला नहीं लग रहा था। बनारस की बहार बाई ने उसका दिल बहलाने की कितनी ही कोशिश की, कभी सज-धजकर, कभी बिना किसी प्रसाधन के। लेकिन उसके आह्वान का बूँदभर भी जवाब आनन्द कहाँ दे पाया? आज जो सोच-विचार उसके मन में दुर्वार हो उठा है, वह किसी इन्सान पर केन्द्रित नहीं था। बस, उसका मन बेचैन हो उठा है। वह निकल पड़ने की एक गहरी ताकीद अपने मन में महसूस कर रहा है। जाने कैसे तो वह समझ गया है कि अब तक वह जिन लोगों के बीच में था, उन लोगों की दुनिया में उसके लिए कोई जगह नहीं है। काशी के गणेशजी की तरह उसकी कोई मान-प्रतिष्ठा नहीं है। हीरे की अँगूठी, सोने की चेन में अब उसकी रुचि नहीं है। वह तो बनारस के रास्ता-घाट का लड़का है। इस कलकत्ते में उसकी अपनी दुनिया का इन्सान—एकमात्र बहार है। आज वह कहीं और चला जाना चाहता है। एक बार ऐसा मौका आया भी था, बहुत पहले, जब साधुजी आये थे। इसके अलावा और एक बार पुरी में भी ऐसा मौका आया था। तब वह क्यों नहीं चला गया? किस आकर्षण में वह अटका पड़ा रहा? जिसने उसे पिछले खिंचाव में बाँध रखा था, वह कहाँ चली गयी? अगर वह चली ही गयी तो उसे क्यों बाँधकर छोड़ गयी?

सड़क-दर-सड़क! भोर के वक़्त, पानी से धुली हुई शहर की सड़क! रात

के वक़्त मैदान के पास गैस-बत्ती की नीली रोशनी में सपनों में लिपटी सड़क! दोपहर के वक़्त थकी-थकी भैंसे द्वारा बोझ-खींचने की भंगिमा में करुण और थकी हुई सड़क! आगरा में ताज की तरफ़ जाती हुई धूल उड़ाती सड़क! बोधगया की ओर कर्क-फूलों की ख़ुशबू लपेटे छायादार, मन उदास कर देनेवाली सड़क, ये तमाम राहें आनन्द को रात-दिन आवाज़ें देती रहती हैं। वह आकर्षण इतना दुर्दम है कि उसे भूलने के लिए आनन्द बैठे-बैठे शराब पीता रहता है! ऐसा लगता है कि उसके उस्तादजी की आशंका अतिशय सच है।

एक दिन काफ़ी रात गये आनन्द उठकर ख़ाँ साहब के पास चला आया। छब्बीस वर्षीय जवान-जहान लड़का, ज़मीन पर बैठकर झौवा भर बालोंवाला सिर, अपने उस्तादजी के सामने झुकाये-झुकाये एकदम से रो पड़ा।

उसने कहा, "मैं अपने से बेहद डरता हूँ, उस्तादजी। आप मुझे थामे रहें।"

स्थविर उस्तादजी उसके सिर पर हाथ फेरने लगे।

उन्होंने कहा, "चुप हो जाओ, बेटा, चुप हो जाओ। तुम रहो मेरे पास! मुझे बताओ कि तुम्हें क्या दुख है?"

"दुख नहीं, भय है।"

"भय?"

"जी हाँ!"

उसका आशय समझकर उस्तादजी तनकर बैठ गये। वह समझ गये कि आनन्द का डर कहाँ है? उसे यह भय था कि जाने कब अपने खामख्याली नशे के खिंचाव में वह तमाम 'हाँ' को 'ना' करके लगाम तोड़कर कहीं फरार न हो जाये। इस भय से आज़ाद होने का उसके पास उपाय कहाँ है?

अगर जाना होता तो आनन्द इसी बीच चला जाता। उसके जाने के लिए जगह की कोई कमी नहीं थी, लेकिन वह इन्तज़ार कर रहा था। इन्तज़ार करना निपट अर्थहीन है, यह जानते हुए भी वह राह तकते हुए बैठा रहा कि इन्दु कब वापस लौटेगी! चन्द अर्थहीन इच्छाओं का गुलाम बने रहना कितना तकलीफदेह होता है!

आठवें दिन आख़िरी मजलिस लगी। उसी दिन इन्दु भी आने वाली थी। दूल्हा-दुल्हन दोपहर की गाड़ी से लौट आये। उन दोनों का वरण करने के लिए अन्तःपुर की महिलाएँ खड़ी थीं। ओक-काठ की विशाल सीढ़ियाँ, कॉर्पेट से मढ़ी हुईं। दूल्हा-दुल्हन नीचे उतरे। इधर ढेरों लोगों की भीड़ में आनन्द भी मौजूद था। इन्दु गाड़ी से उतरी। विवर्ण चेहरा! आँखों के नीचे सियाह धब्बे! इन्दु

इतनी गोरी? लाल साड़ी में वह सफेद फक्क नज़र आयी। वरण के समय वह कठपुतली की तरह बेजान खड़ी रही। उसके बाद वह सीढ़ियाँ चढ़ने लगी। इन्दु लाल कॉर्पेट को रौंदती हुई ऊपर जा रही थी। आनन्द उसे देखता रहा। जब वह नज़रों से ओट हो गयी तो वहाँ से हट गया। उधर उसी वक़्त एक बीभत्स परिस्थिति आन पड़ी। दामाद धूलभरे पाँव ही लौट जाना चाहते थे। योगीश्वर ने ख़ुद आकर उनका हाथ पकड़ लिया और उन्हें ऊपर ले गये। नन्दनगर के कुमार लोग अपनी बात से कभी नहीं टलते थे, इसलिए वे उसी दिन शाम को चले गये। श्रीनटपुर की कोठी छोड़कर वे ग्रेटईस्टर्न होटल में जाकर ठहर गये। जितने दिन रहना पड़ा वे होटल में ही रहेंगे।

ये सारी ख़बरें आनन्द को शिव की जुबानी मिलीं। इसके अलावा और भी बहुत सारी बातें थीं जो उसने बहुत दिनों बाद सुनीं। वह दिन आनन्द के लिए ढेर-ढेर आशाओं का दिन था। उसे उम्मीद थी कि उस दिन वह इन्दु को ढेर-ढेर सुख और आनन्द में उमड़ती हुई देखेगा। उसे देखने के बाद वह उससे विदा लेकर किसी और ठिकाने की तरफ़ चल देगा। उस दिन उसे इन सभी घटनाओं का मतलब समझ में नहीं आया था। चूँकि ख़ुद उसे कुछ समझ में नहीं आया, इसलिए वह शिव को भी कोई तसल्ली नहीं दे सका, लेकिन यह बात आनन्द को साफ़-साफ़ समझ में आ गयी कि अब जाने के अलावा उसके पास और कोई उपाय नहीं है। चाहे जहाँ भी हो, उसे चले जाना होगा। शायद कोई घटना हुई है, इसलिए इन्दु के पति का ऐसा असंगत बर्ताव है। लेकिन इसमें तो इन्दु का भी अपमान है। इन्दु के लिए यह एक शर्मनाक स्थिति है। इस वक़्त उसकी उपस्थिति की क्या ज़रूरत है? विवाह की रात अग्निसाक्षी में दोनों ने दोनों के सुख-दुख, मान-अपमान—सब कुछ बाँट लिया है। इसीलिए पति के अशोभन बर्ताव से इन्दु का भी तो अपमान है। अब आनन्द को यहाँ रहने की कोई ज़रूरत नहीं है। अचानक यहाँ उसकी सारी ज़रूरत निःशेष होकर बिल्कुल ख़त्म ही हो जायेगी, आनन्द नहीं जानता था। इसके लिए वह प्रस्तुत भी नहीं था।

शाम को जलसा नहीं होगा, महफिल नहीं लगेगी। महाराज बीमार हैं। उन्होंने ख़ुद ख़बर भेजी है। सिर्फ़ यही वज़ह नहीं है, इस बात को लेकर लोगों में आँखों-आँखों में बातें होती रहीं। लेकिन, वह सिर्फ़ बाहरी लोगों में शामिल है। इस कोठी में जो नितान्त शुभाकांक्षी लोग थे, वे लोग कोई बात ही नहीं करते।

आनन्द विभ्रान्त और वेदनार्त मन लिए बरानगर चला गया। इन्दु की

शादी, उसके बाद ये कुछ दिन, आज का दिन—इन सबको मिलाकर सोचते हुए उसे बेहद थकान आने लगी। अचानक उसे याद आया कि पिछले कई दिनों से उसे अच्छी नींद नहीं आयी। यह ख़्याल आते ही वह बरामदे में पड़ी खाट पर ही लेट गया। उसे बेतरह नींद आने लगी। पहले वह सो ले, उसके बाद वह और कुछ सोचेगा।

बाहर की प्रकृति पर इन्सान के मन की ख़ुशी-पीड़ा की कोई छाप ही नहीं पड़ती। आज भी देखो न! बड़े-बड़े पेड़ों की छाया में मन को छटपटाहट देने वाली, धूधू की अविराम पुकार में, तप्त आसमान में, चील के आर्तनाद में, भँवरे लेते सूखे पत्तों की भंगिमा में माली की बेटी द्वारा पत्ते बुहारने की आवाज़ में, कैसी निर्लिप्त, उदासीन करुणा बिखरी हुई है। मध्याह्न की इस छवि में किसी चिन्तन का आभास है। ऐसी अनगिनत दोपहरी पहले भी बहुत बार आयी है, भविष्य में भी ढेरों आयेंगी।

राजबाड़ी से आनन्द कब आया, कब गया यह ख़बर किसी ने नहीं रखी, ऐसा भी नहीं था। दूल्हा-दुल्हन के आगमन का शोरगुल और गहमागहमी, अपने बरामदे में खड़े-खड़े बहार ने भी देखा। इसके भी ज़्यादा उसने आनन्द को देखा।

पिछली रात ग्यारह बजे, किसी की भी ओर देखे बिना, आँखें मूँदें, अपने में डूबे-डूबे आनन्द ने गाया— *"बाबुल मोरा नैहर..."* गाता रहा, बहार को याद आया। उसे यह भी याद आया कि महाराज ने जब रिकॉर्ड बन चुके बँगला गीत गाने की फरमाइश की तो आनन्द ने कैसे हाथ जोड़कर माफ़ी माँगी। उसके बाद, महाराज की आँखों में आँखें डालकर अपने शोरी उल्लाह के तर्ज़ पर बँगला गीत छेड़ दिया— *"तुम प्यार करो या न करो, मैं तो करूँगा प्यार... ।"* बहार को लगा—इस गाने में दोनों के बीच कोई-न-कोई संयोग ज़रूर है। उस वक़्त भी और आज भी, आनन्द से जुड़ा, उसके मन में जो निःसंग भाव था वह मानो और दृढ़ हो आया। उसे वह और ज़्यादा भला-भला लगा। भरी जवानी में कोई कुशल गायक जब इतना उदासीन, इतना अकेला दिख सकता है, बहार पहले-पहले नहीं जानती थी। इस उदास मर्द को अपनी तरफ़ आकर्षित करने, उसका दिल जीतने की बहार की सारी कोशिश विफल हो चुकी थी, इसीलिए वह उसे और ज़्यादा भला लगा। चूँकि उसने बाधा महसूस की थी, इसलिए उसके प्रति उसका आकर्षण और गहरा हो आया। निराश वह नहीं हुई थी। उसने तय किया कि आज वह दुबारा जायेगी। बहार को अपने उन्नीस वर्षीय यौवन पर बहुत अधिक भरोसा था। बस, किसी तरह अगर वह आनन्द को

यहाँ से ले जा सके! आनन्द ने इस निरुत्ताप, सुच्छन्द परिवेश में ज़िन्दगी की आख़िर कौन-सी जानकारी हासिल की है? बहार उसे ज़िन्दगी का रंग, रस और उत्ताप की पहचान करायेगी!

अचानक उसका दिवास्वप्न एक झटके में टूट गया। उसने देखा, आनन्द तेज़-तेज़ चाल में बाहर आ रहा है।

वह लपककर गाड़ी में सवार हो गया और उसने निर्देश दिया, "बरानगर!"

गाड़ी कोठी से बाहर निकल गयी।

बरानगर? वह बागान-कोठी? चलो, यह अच्छा ही हुआ। वहाँ के निर्जन परिवेश में बहार को बातचीत करने में सुविधा होगी।

बहार करीब शाम को बरानगर पहुँची।

आनन्द उस वक़्त सोकर उठा था।

दरबान ने कमरा खोल दिया।

उसने आनन्द से कहा, "आप नहा लीजिए, आनन्दजी! चाय पीजिए।"

आनन्द ने उसे भगा दिया। दरबान दुबारा लौट आया।

उसने ख़बर दी, "कोई महिला आपसे भेंट करने आयी है। आप आकर देखें।"

बहार दरी पर बैठी हुई थी। उसे देखकर विनीत मुद्रा में उठकर खड़ी हो गयी।

आनन्द ने अचकचाकर कहा, "ख़ाँ साहब तो कलकत्ते में हैं।"

"मैं आपसे मिलने आयी हूँ।"

"क्यों?"

आनन्द के लहजे में रूखाई को नज़रअन्दाज़ करते हुए बहार ने जवाब दिया, "आप बैठिए तो सही!"

आनन्द बैठ गया।

बहार ने चिकन की मामूली-सी सफेद साड़ी पहन रखी थी! सिर पर आँचल! हीरे की नकछवि जगमगाती हुई! गोरी गर्दन पर रेशमी काले डोरे में बँधा सोने का पत्तर जो सफ़ेद ब्लाउज़ के अन्दर से झाँक रहा था। कानों में चेन से बँधे फूलदार मोती! क्सन और भूषण में शोभन संयम! सिर्फ़ उसकी आँखें चमक रही थीं। बहार ख़ामोश आँखों और एकाग्र मन से कई लम्हें आनन्द को निरखती-परखती रही।

आनन्द ने फिर कहा, "हाँ, कहिए...!"

"आप बनारस चलेंगे, बाबूजी?"

"बनारस?"

"जी हाँ, बाबूजी, क्यों नहीं?"

दुःसाहसिक प्रस्ताव!

बहार ने धीमे लहजे में कहा, "आपके नाम से हम काफ़ी अर्से से परिचित हैं। इस बार मैं आगरे के जलसे में शामिल नहीं हो सकी, इसका मुझे अफ़सोस है। मेरा दुर्भाग्य! लेकिन बाबूजी, इसके बाद भी, कभी-न-कभी तो आप बनारस जायेंगे ही। मेरी तरफ़ से आपको दावत है। अगर कभी आप आयें तो मेहरबानी करके मुझ नाचीज़ के ग़रीबख़ाने में ज़रूर तशरीफ़ लायें। बनारस में मेरे यहाँ ज्ञानी-गुणीजन हमेशा ही आते हैं। मुझ पर कलावन्तों की कृपा रही है। मैं अपने भरसक उन लोगों की ख़ातिर-तवज्जो करती हूँ।"

"लेकिन मुझे क्यों?"

"मेरी बड़ी तमन्ना है, बाबूजी! मैंने यह भी सुना है कि आप बनारस के ही लड़के हैं।"

"आप मेरे बारे में जितना जानती हैं, मैं आपको उतना नहीं जानता।"

बहार हँस पड़ी, "बाबूजी, आप मुझे बेशरम तो नहीं समझ रहे हैं? आपका और मेरा एक ही पेशा है! मैं अगर आपके बारे में ख़बर रखती हूँ तो यह नितान्त स्वाभाविक ही है। आप ठहरे गुनी इन्सान! आपकी खोज-ख़बर, हमारी दुनिया के सभी लोग रखते हैं। मैं कौन होती हूँ, भला बतायें! आप बनारस आयें, हम सब आपके गाने सुनेंगे, आपका जलसा होगा, आपका नाम-यश और बढ़ेगा। आपकी ख्याति और फैलेगी—यह सब देखकर हमें खुशी होगी। इसमें मेरा कहाँ, कोई मतलब है, बताइए?" बहार दुबारा हँस पड़ी।

हँसते-हँसते वह खड़ी हुई।

उसने कहा, "कल मैं जा रही हूँ, बाबूजी। इसलिए आज ही चली आयी। अगर आपको फुर्सत हो और इसे मेरी बेअदबी न मानें तो जाने से पहले दुबारा आपके दर्शन कर जाऊँगी।"

बहार ने जाने को क़दम बढ़ाया ही था कि आनन्द उसकी राह रोककर खड़ा हो गया।

उसने कहा, "तुम मुझसे तमाशा कर रही हो, बहार? मुझे भटका रही हो? तुम कहना क्या चाहती हो? मतलब क्या है तुम्हारा? शाम के वक़्त तुम

अकेली ही चली आयीं। उस्तादजी नहीं हैं, यह जानकर भी तुम मुझसे भेंट करने आ पहुँची। तुम इतनी लापरवाह, दुःसाहस आख़िर क्यों दिखा रही हो?"

बहार फिर हँसी, "मैं अपनी मर्जी की मालिक हूँ, बाबूजी। मैं अपने आचरण की कोई कैफियत नहीं देती। मेरी आदत ही नहीं है। तुम लोगों के इस पूरब देश की अमीरी चाल मैं नहीं जानती। जिससे बातें करने का मेरा मन होता है, मैं करती हूँ; मेरा मन जो कहता है, मैं वही करती हूँ। आज भी मेरे मन ने जो कहा, मैंने किया। लेकिन लगता है मैंने ग़लती की। मुझे माफ़ कर दें...।"

मोहन गाड़ी में ही बैठा हुआ था।

गाड़ी जब चल पड़ी, उसने बहार से पूछा, "क्या बात है बहार, तुमने जैसा चाहा वैसा नहीं हुआ?"

बहार ने कोई जवाब नहीं दिया।

थोड़ा ठहरकर उसने कहा, "टिकट ख़रीद लाओ। मैं कल ही चली जाऊँगी।"

"कल ही?"

"हाँ, कल ही! और हाँ, ज़रा धर्मतल्ला होते हुए चलो, मोहन!"

"क्यों, बहार?"

"मन-मिजाज़ दुरुस्त करूँगी। राजबाड़ी अब नहीं जाऊँगी। मौलाली जाकर रहूँगी।"

मौलालीवाला घर कुछ दिनों से बन्द था, इसलिए वहाँ धूल जम गयी थी! बहार ने दरवाज़ा खोला। नौकरानी सहम गयी। वह झाड़ू लेकर दौड़ी आयी।

बहार ने उसे हुक्म दिया, "जा, सोडा, बर्फ और पान ले आ।"

रात के दस बज गये।

मोहन ने स्नेहिल लहजे में पूछा, "बहार बाई, अब बोतल हटा दूँ? और मत पीओ।"

"अभी मैंने होश नहीं खोया है, मोहन!"

"मैं जानता हूँ, बहार!"

बहार की आँखों में सुरमा की कालिमा तो थी ही, इस वक़्त उसकी आँखें और काली नज़र आयीं। दृष्टि में गहरी पीड़ा। माथे पर पसीने की बूँदें! तेज़-तेज़ साँसों की वज़ह से छाती आन्दोलित!

बहार ने कहा, "तुम जानते हो मोहन, मुझमें बेहद अहंकार है, और तुम्हें

पता है, वह शख़्स मुझे पसन्द आ गया है। काफ़ी उम्मीद लेकर मैं उसके पास गयी थी, लेकिन बेहद अपमानित होकर लौटी हूँ, मोहन!"

उस रात बहार ने जो आँधी-तूफान उठाया था उसके झपटे में एक और दुनिया भी विध्वस्त हो गयी थी।

बहार के चले जाने के बाद, आनन्द का मन तरह-तरह के ख़्यालों में झूले झूलता रहा। सहसा प्रतिकूल टकराव में उसकी ज़िन्दगी विक्षुब्ध हो उठी थी। इसी दौरान बहार आ पहुँची। एक नये जीवन का आह्वान आ पहुँचा। अब ख़ुद भी उसका मन कलकत्ते से उचट गया था। अगर वह सच ही चल पड़े, तो क्या बुरा है? ऐसे किसी सम्पर्क-मुहूर्त में, उसके जीवन में बहार आ पड़ेगी यह कौन जानता था?

उस रात घूमते-भटकते, सियालदह के मोड़ पर आनन्द बिना किसी इरादे के ही दारू की दुकान में दाखिल हुआ। नशा जब जम उठा, ऐन उसी वक़्त दुकान बन्द हो गयी। वह बेवज़ह कसमें खा-खाकर गाली-गलौज करता रहा।

वह चीखता-चिल्लाता रहा, "मुझे नशा चढ़ गया है, अब मैं कहाँ जाऊँ, बताओ?"

उसी समय मोहन भी उसी दुकान में आ पहुँचा। आनन्द को देखकर वह आगे बढ़ आया और उसने आनन्द का हाथ थामकर उसे सम्हाल लिया।

"आप मेरे साथ चलिए, बाबूजी!" उसने कहा।

"तुम कौन हो?"

"मोहन!"

"कौन मोहन? गया में जुए का खेल दिखाकर किसी एक मोहन ने मेरे चालीस रुपये झाड़ लिए थे। तुम कौन हो?"

"नहीं, बाबूजी, पिछली रात राजबाड़ी में मेरा तबला सुनकर, बहार बाई के गाने के सुर पर आप साँप की तरह गर्दन हिला रहे थे। याद आया?"

"बेशक!"

"तो फिर चलें...।"

वैसे आनन्द ने पहले भी शराब पी थी, मगर बेहद मामूली मात्रा में। उसे बेहद बुरा लग रहा था। उसके सिर के अन्दर आग धधक रही थी। और समूचे अंग-प्रत्यंग में असहनीय बेचैनी भर गयी। इसके अलावा सभी कुछ कैसा तो गड़बड़ और उद्भट लग रहा था, काफ़ी कुछ सपने की तरह।

निस्तब्ध रास्ते पर चलते-चलते आनन्द ने कहा, "मैं तुम्हें एक बात बता सकता हूँ...तुम्हारे कान में कहूँगा। कल बहार ने जो गाया, वह बिल्कुल भी सही नहीं था। पहला ताल छोड़कर, वापसी में सुर कायम रखने का क़ायदा, अख़्तरी ने किसी को भी नहीं दिया। लेकिन वह मैंने चुरा लिया! आज नहीं, बारह वर्ष की उम्र में। मुझे अभी भी याद है।"

मोहन काफ़ी सख़्त जान था, लेकिन उसने भी उस रात नशा किया था। इसलिए उसने भी कहा, "यार, बोली में नहीं, सुर में लगाओ।"

हाथों में हाथ डाले आनन्द गाता रहा और उसे चलने में सहारा देते-देते मोहन उसे लेकर सही राह पर आगे बढ़ता रहा। गैस-बाती से आलोकित अन्धी गली में दाखिल होकर, कसाई की दुकान से गुज़रकर वे दोनों आख़िरी मकान में दाखिल हुए और रोलिंग पकड़कर सीढ़ियाँ चढ़ने लगे। घर में उन दोनों को देखकर बहार परम विस्मय से उठ खड़ी हुई। नशे के आलम में, आनन्द कोमल निगाहों से उसे देखते हुए ईषत् मुस्करा उठा। अगले ही पल उसका अंग-प्रत्यंग किसी बीभत्स अहसास से भर उठा।

बहार ने उसका सेवा-जतन किया। उसका हाथ-मुँह धुलवाया और बड़े जतन से उसे बिस्तर पर लिटा दिया।

नशे के आलम में आनन्द ने पूछा, "मेरे लिए इतना कुछ क्यों कर रही हो, बहार?"

"यह तो कुछ भी नहीं है, बाबूजी?"

तर्जनी उठाकर आनन्द ने कहा, "सुनो, मैं तुम्हें एक बेशक़ीमती बात बताऊँ। तुम ऐसा कुछ भी मत करना जिसके लिए बाद में तुम्हें शर्म आये।"

"आप सो जायें, बाबूजी!"

"ऐसा कुछ भी मत करना कि बाद में छोड़कर जाने में तकलीफ़ हो।"

"यह कैसी बात, बाबूजी?"

"कुछ नहीं, बस, ख़्याल आया, सो कह दिया। आज मैंने ढेर सारी दारू चढ़ा ली है न, इसलिए नशे में बक रहा हूँ, बहार। देखना, कल मुझे कितनी शर्म आयेगी? सिर्फ़ आज...।"

"चुप हो जाइये, बाबूजी, आप सो जाइये।"

अगले दिन जब काफ़ी दिन चढ़े, आनन्द जब सोकर उठा तब समूची घटना को सामान्य नज़रों से देखकर समझ गया कि उसकी अहमियत कितनी है। उसके आचरण को कौन, किस नज़र से देखेगा, यह सोच-सोचकर उसका

दिमाग़ भारी हो आया था। सामान्य नज़रों से वह न तो बहार को, न मोहन को माफ़ कर पाया।

ज़मीर खाँ ने कोई आरोप नहीं लगाया।

उन्होंने कहा, "तुम यहीं रहो महाराज के आश्रय में, मैंने यही उम्मीद की थी। लेकिन कोई भी, किसी की ज़िन्दगी नहीं गढ़ सकता, आनन्द। तुम जो अच्छा समझो, वही करो। तुम सुखी होगे तो मुझे अच्छा लगेगा।"

"आपने समझा नहीं, उस्तादजी!"

"मैंने तुम्हें जितना समझा है, आनन्द, तुम कल्पना भी नहीं कर सकते। मैं तुम्हें ग़लत क्यों समझूँगा, बताओ? तुम्हें अच्छा नहीं लग रहा है। कुछ दिन घूम आना चाहते हो, घूम आओ। रुपये मैं देता हूँ तुम्हें। तुम जानते हो, काशी में गणेश है, प्रह्लाद है, तुम आराम से उन लोगों के पास रह सकते हो।"

अपने शागिर्द को आशीर्वाद देते हुए बूढ़े ज़मीर ख़ाँ की आवाज़ भर्रा आयी।

उन्होंने कहा, "तुम्हारा जब भी मन करे, मेरे पास लौट आना। संकोच मत करना। मेरी ढेरों ख्वाहिशें थीं आनन्द, लेकिन नहीं, अपनी ख्वाहिशें मैं ज़ाहिर नहीं करूँगा।"

बाद में योगीश्वर ने उस्तादजी को ही दोष देकर पूछा, "आपने आनन्द को बहार के साथ क्यों जाने दिया?"

उस्तादजी की भौंहें सिकुड़ आयीं।

उन्होंने तिरस्कार की मुद्रा में जवाब दिया, "मैंने जाने दिया, यह क्यों कह रहे हो? उसका नसीब ही उसे खींच ले गया। तुम उसे पहचानते नहीं, योगीश्वर! बन्धन में पड़नेवाला लड़का वह नहीं है। उसे सिर्फ़ बेघर करने के लिए वह लड़की नसीब बनकर आयी थी।"

गुरुजी के पास से लौटकर आनन्द दुबारा बहार के पास गया।

उसने बहार से कहा, "मैं तुम्हारे पास ही लौट आया, बहार!"

बहार ने उसे आदर सहित बिठाया और कहा, "मैं तुम्हारे भरोसे की अमर्यादा नहीं करूँगी, बाबूजी!"

"लेकिन, क्यों बहार? मैं तो तुम्हें प्यार नहीं करता।"

"इसका जवाब आप ख़ुद ही अपने मन से पूछें, बाबूजी।"

"देखो बहार, मैं तुम्हें कितना कम-सा जानता हूँ फिर भी, तुम्हारे साथ जाना पड़ रहा है। कहीं तुम यह मत सोच लेना कि मुझे यह बहुत भला लग रहा है, बहार! असल में और कोई उपाय नहीं है, बहार! यह शायद मेरा नसीब

है। तुम ही मेरा नसीब हो बहार, वर्ना ऐसा संयोग आता ही नहीं। जाने कैसे तो क्या हो गया।"

"क्या हो गया, बाबूजी?"

आनन्द ने नज़रें झुका लीं, "नहीं, कुछ भी नहीं हुआ।"

जाते समय शिव से भेंट करते जाकर आनन्द जाने कैसा तो हो आया। शिव को कुछ भी समझ में नहीं आया।

उसने नासमझ की तरह आनन्द से सिर्फ़ एक वादा ज़रूर वसूल किया, "कहो, तुम कब आओगे?"

"आऊँगा रे, आऊँगा! मैं कोई भागे थोड़े जा रहा हूँ।"

"फिर तुम जा ही क्यों रहे हो?"

"क्यों? इन्सान घूमने-फिरने नहीं जाता?"

"बार-बार नहीं जाता।"

महाराज ने उसे आशीर्वाद दिया और कहा, "अब मैं शिव को किसी बोर्डिंग में डाल दूँगा। वह बेचारा बेहद संगीहीन हो गया।"

उसी रात, जब ट्रेन हहराकर दौड़ती रही, बाहर की तरफ़ देखते हुए आनन्द का मन हाहाकार करके रो उठा। लोहे के पहियों का आघात पाकर उसका मन बार-बार लौट-लौट जाने को हुआ।

बहार समझ गयी।

उसने पूछा, "क्या हुआ, बाबूजी?"

"कुछ भी नहीं, बहार! चलो, कुछ बात करो।"

"मैं क्या बात करूँ, बताओ?"

"कुछ भी...कुछ भी बोलो।"

बहार ने ढेर-ढेर बातें कीं।

उसने कहा कि आनन्द की मदद से वह धन्य हो उठेगी। बड़े-बड़े जलसे, यश, सम्मान, प्रतिष्ठा, दौलत—उसने अनगिनत तस्वीरें आँकी। मीठी-मीठी, छोटी-छोटी हिन्दुस्तानी बातों के ज़रिये उसने अपने सपनों के बारे में बताया। वह सब सुनते-सुनते आनन्द जाने कब तो सो गया।

बहार की निगाहें खिड़की से बाहर टिकी रहीं। राशि-राशि अँधेरे को चीरती हुई ट्रेन आगे बढ़ती रही।

चार

आनन्द बहार के साथ चला गया है, इन्दु को इसकी ख़बर नहीं थी। चर्चा बाहर की दुनिया में उठी और लोक-मुख से होती हुई चारों तरफ़ फैल गयी! ख़बर जब राजबाड़ी में आ पहुँची, तब दूसरी मंज़िल पर स्थित इन्दु के बन्द दरवाज़े पर पहरे के बावजूद यह बात इन्दु के कानों तक पहुँचे बिना नहीं रही। यह ख़बर सुनकर वह पत्थर हो गयी। आनन्द'दा ने उसे यह कैसी शर्मिन्दगी में डाल दिया।

राजबाड़ी की हालत उन दिनों यूँ भी शोचनीय थी। बेहद बेजान! योगीश्वर नन्दनगर के कुमार द्वारा अपमानित हुए थे। वे ख़ुद होटल पहुँच गये।

उन्होंने कहा, "तुम जैसा इन्तज़ाम चाहो, मैं वैसा ही कर दूँगा। मेरे दामाद होकर तुम होटल में रहोगे, यह तो बड़ी शर्म की बात होगी।"

कुमार इस पर भी नहीं माने, लेकिन उनकी शराफ़त में कोई त्रुटि नहीं हुई। उन्होंने सविनय अपनी अक्षमता निवेदन की। उन्होंने जानकारी दी कि नियम के मुताबिक तीन दिन पूरा होते ही, वे इन्दु को साथ लेकर लौट जायेंगे।

यह कहते हुए योगीश्वर शर्म से पानी-पानी हो गये। फिर भी उन्होंने पूछा, "जयशंकर, तुम क्या इन्दु के किसी बर्ताव से नाराज़ हो? मुझे खुलकर बताओ।"

बड़े घरों के अदब-क़ायदे इन्सान के चेहरे पर मुखौटा चिपकाये रखते हैं। इसलिए उन्हें जयशंकर के मन की बात समझ में नहीं आयी।

उन्होंने सिर्फ़ इतना ही कहा, "ठीक है, फिर यही बात तय रही।"

घर लौटते-लौटते योगीश्वर को लगा जैसे उनके दिमाग की नसें फट गयी हैं। इस क़िस्म का अपमान उन्होंने अपनी ज़िन्दगी में नहीं झेला। कुल-शील देखने के चक्कर में उन्होंने इन्दु का कोई सर्वनाश तो नहीं कर डाला? उनके सदा प्रसन्न चेहरे पर दुश्चिन्ता के सियाह बादल उतर आये।

घर लौटकर, सरयू के पास न जाकर योगीश्वर सीधे इन्दु के पास ही गये।

उन्होंने कहा, "मुझे खुलकर बता, क्या हुआ है?"

यह सवाल बार-बार सुनते-सुनते इन्दु मानो शर्म और दुख से भर गयी हो। इतने सारे लोगों का कौतूहल उसे व्यथित कर गया। उसके दिल को चोट लगी। राजकन्या और राजघरनी के आडम्बर के पीछे छिपी वंचना को सबने पकड़ लिया है। इन्दु ख़ुद ही इस वंचना में फँस गयी है, लेकिन वह असम्मान की बात क्या कहने लायक है? इसके अलावा मन का बन्धन चाहे

जितना भी अलग-थलग या शिथिल हो, आचार-अनुष्ठान से जोड़े गये विवाह के रिश्ते के प्रति श्रद्धा कायम रखना इन्दु के खून में था। अपने पति के बारे में वह क्या कह सकती थी? इन्दु की शिक्षा-दीक्षा के बारे में जयशंकर ने तो मन्तव्य दिया था, उसे याद करते हुए भी इन्दु शर्म से गड़ी जा रही थी। इसके अलावा उसके अटैची के अन्दर, बिल्कुल नीचे रखे हुए उस रिकॉर्ड को लेकर नन्दनगरवाली कोठी में कितनी-कितनी बातें उठी हैं—यह आनन्द मिश्र कौन है? इन्दु की दासियों से उस शख़्स का जो परिचय प्राप्त हुआ, उसे लेकर कितना हँसी-मजाक हुआ, कितनी लिहाड़ी ली गयी। जयशंकर के कटु मन्तव्य, इन्दु के सहज आत्मसम्मान और शुचिताबोध को आहत कर गया।

बहरहाल, इन्दु बहुत कुछ कह सकती थी, लेकिन उसने कुछ नहीं कहा। उसने योगीश्वर की तरफ़ देखा तक नहीं। अगर वह उनकी तरफ़ देखती तो उसकी आँखें ही योगीश्वर से सब कुछ कह देतीं। मुमकिन है कि उसकी आँखें तीखा आरोप लगातीं। वह बिना कुछ कहे ही सवाल करतीं—यह क्या किया तुमने? मन-प्राण की बातें तुमने नहीं जाननी चाहीं? ख़ैर, जानकारी देने का साहस भी मेरे खून में नहीं है। लेकिन शिक्षा-दीक्षा, कुल-शील में तुमने ऐसे किसी शख़्स का चुनाव क्यों नहीं किया, जिसे मैं सहज ही श्रद्धा कर पाती? जिसका मैं विश्वास कर पाती। विश्वास और श्रद्धा—इन्हीं के भरोसे मैं अपने पति को सुखी कर पाती। उसी राह से मेरा भी सुख आता। एक-दूसरे को सुखी करना ही सबसे बड़ी बात है, यह क्या मैं नहीं जानती? तुम्हारा चुनाव मैं सिर-माथे लेना चाहती हूँ। लेकिन बाधा भी वहीं है। श्रद्धा का पात्र ही अगर अश्रद्धेय हो, छोटा हो, तो मेरे पास रहा ही क्या? सुना है, हमारे खानदान में कुल, शील, विद्या और मर्यादा देखकर ही लड़कियों की शादी की जाती थी। वे लोग दरिद्रता से ख़ौफ नहीं खाते थे। वे नीचता और संकीर्णता से डरते थे। कलाई में लाल धागा बाँधकर, उसके गौरव से राजा की रानी को भी तुच्छ करने का साहस—यह भी तो हमारे देश की लड़कियों की दास्तान है। अब अगर तुम यह जानना भी चाहो कि क्या हुआ, तो मैं बता नहीं सकूँगी। वैसे भी कुछ बोलने-बताने जैसा कुछ भी नहीं घटा। इसके बावजूद, जो कुछ घटा, उससे मैं विभ्रान्त हूँ। मेरे पास कहने को कुछ भी नहीं है।

इन्दु की जुबानी अपने सवाल का जवाब न पाकर योगीश्वर बेचैन हो उठे।

उन्होंने कहा, "तू कुछ नहीं बोलेगी, इन्दु? तुझे क्या यह समझ नहीं आ रहा है कि मुझे कितनी तकलीफ हो रही है?"

उसके इस सवाल के जवाब में इन्दु ने जो कहा, वह सुनकर योगीश्वर हत्‌वाक्‌ रह गये।

पिताजी के सवाल का कोई जवाब न देकर इन्दु ने पूछा, "आनन्द'दा चले क्यों गये, बाबुल? तुमने क्या उन्हें चले जाने को कहा?"

"इन्दु!" यह भर्त्सना नहीं, विभ्रान्त वेदना का सम्बोधन था।

इन्दु ने कहा, "कहो न बाबुल, उन्हें चले जाने को क्या तुमने कहा?"

यह आकुंठ दोस्ती का रिश्ता किसी दिन योगीश्वर ने ही बेटी के साथ स्थापित किया था। आज सहसा तिरस्कार करने में उन्हें हिचकिचाहट हुई। लेकिन उनकी आवाज़ तीखी हो आयी, "मेरे सवाल का क्या यही जवाब बनता है, इन्दु?"

इन्दु ने सिर हिला दिया। यह तो वह भी जानती थी कि उनकी बात का यह जवाब हर्गिज़ नहीं है। योगीश्वर ने उसे अपने करीब बुलाया। उसके सिर पर हाथ रखकर उन्होंने उसका चेहरा ऊपर उठाया।

बेहद गम्भीर, फिर भी करुण लहजे में उन्होंने कहा, "ख़ाँ साहब की छाती को धोखे का जख़्म देकर, हममें से किसी की भी परवाह न करके वह चला गया, इन्दु! मुझ तक को उसने एक बार भी नहीं बताया। अगर मुझे पता चलता, तो मैं उसे हरगिज़ जाने नहीं देता। मैं उसे पकड़कर रख लेता। जब मुझे ख़बर मिली वह जाने की तैयारी कर चुका था। उसे याद करके तू दुखी मत हो।"

यह कहते-कहते योगीश्वर बच्चों की तरह असहाय हो आये।

बेटी के दोनों हाथ थामकर उन्होंने बेहद दुखी होकर कहा, "तू वादा कर, बिट्टी, तू दुखी नहीं होगी।"

परम दुख में भी पिता की मर्म वेदना देखकर, इन्दु को उनके प्रति ममता हो आयी। उसकी बड़ी-बड़ी शान्त आँखों में आँसू भर आये।

उसने सिर हिलाकर जताया कि वह दुःख नहीं करेगी।

बेटी से इस आश्वासन की प्रतिरफ़ति लेते हुए योगीश्वर मन-ही-मन संकोच से गड़ गये। इन्दु बेहद चुप्पी लड़की थी।

अगले ही पल वह संयत हो आयी।

उसने कहा, "तुम मुझे नन्दनगर भेजने का इन्तज़ाम करो, बाबुल! तीन दिन पूरे हो गये।"

इन्दु जब वहाँ से चली गयी तब योगीश्वर की समझ में आया कि रातोंरात इन्दु के मन की उम्र काफ़ी बढ़ गयी है। उन्हें यह भी अहसास हो आया कि अब से उनके और उनकी बेटी के बीच अलगाव शुरू हो गया है।

अपने कमरे में बैठी-बैठी इन्दु ने अपने मन को संयत किया—यानी जितनी भी बातें उसके कान में आयी हैं, सब सच हैं। सबके अनुरोध की उपेक्षा करके, आनन्द'दा चले गये हैं। वे क्यों चले गये? रूप के आकर्षण में? बहार बाई अत्यन्त रूपसी है इसलिए? ख़ाँ साहब ने जब उसे रोकते हुए कहा, "तुम्हें इतनी-इतनी तालीम है, सारी साधना लुटाकर तुम जा रहे हो, आनन्द? वही तुम्हारी सब कुछ हो गयी?"

आनन्द ने जवाब दिया, "वह मेरी कोई नहीं है। आप विश्वास करें। मैं उसके खिंचाव में नहीं जा रहा हूँ। फिर भी...वही मुझे ले जा रही है।"

ख़ाँ साहब ने उसकी बातों पर विश्वास किया था।

उन्होंने कहा, "तुम सुखी रहो। इसी में मुझे अच्छा लगेगा।"

बाद में इन्दु के पिता ने कहा, "आपने विश्वास किया, ख़ाँ साहब कि वह सुखी होगा? उसे जाने क्यों दिया आपने?"

'तुम्हें मैं समझा नहीं सकता, योगीश्वर, लेकिन इस क़िस्म के इन्सान घर छोड़ने के लिए ही पैदा होते हैं। तुम क्या सोचते हो, वह लड़की उसे बाँध पायेगी? किसी दिन भी नहीं। अभी यहाँ ऐसा संयोग बना कि वही आनन्द की नियति बन गयी। उसे खींच ले गयी।'

ख़ाँ साहब ने तो कभी ऐसी कोई शिकायत नहीं की। उस पर ऐसा कभी कोई आरोप नहीं लगाया। इन्दु इस बात पर कैसे भरोसा करती कि वह कमज़ोर चरित्र है या भँवरे की तरह विश्वास करने लायक नहीं है? अपने मन में तो वह जानती थी कि आनन्द कहीं से भी छोटा नहीं है, नीच नहीं है। फिर उसने ऐसा क्यों किया? इसी बिन्दु पर इन्दु ने आनन्द को दोषी माना। इन्दु ने तो विवाह क़बूल कर लिया, विच्छेद को भी स्वीकार कर लिया। आनन्द ने यह क्यों नहीं समझा कि इससे इन्दु को कितना दुख हुआ है? उसे यह समझना चाहिए था और इसी के मुताबिक उसे धीर भाव से चलना चाहिए था। बिना समझे-बूझे महज ख़ामख़्याली में आनन्द ने यह क्या कर डाला? मन-ही-मन इन्दु सब कुछ जानती थी, लेकिन आनन्द ने बाहर कुछ कहने लायक इन्दु का मुँह नहीं रखा। अब तो सभी आनन्द को ही अपराधी मानेंगे। सब यही कहेंगे कि रास्ते से बटोरकर अगर उसे सोने की खाट पर भी ला बिठाओ तो भी वह सम्मान या आदर नहीं समझता, वह रास्ता ही चुनता है। सभी यही मानेंगे कि उसके ख़ून की बूँद-बूँद में उच्छृंखलता की पुकार है। बाईजी को देखते ही वह इतने दिनों की स्नेह-ममता भूल गया।

आनन्द'दा ने उसे भयंकर पीड़ा दी है। उसने जितना दुख झेला, सब लौटा भी दिया। अब इन्दु क्या करे? अब वह अपने पति के घर लौट जायेगी। इन्दु ने विवाह के मन्त्रों को याद करने की कोशिश की। उसने तय किया कि जयशंकर चाहे जैसा भी हो, वह उसे मनाने की कोशिश करेगी। वह जी-जान से कोशिश करेगी। इसमें उसे सुख मिले, न मिले, दूसरों को देखकर शान्ति मिलेगी।

इतना सब कुछ सोचकर भी, वह आँसू बहाती रही। बीस वर्षीय मन। सिर्फ़ दूसरों के बारे में सोचकर उसे बाकी जीवन का सामना करना होगा? इन्दु असहनीय तकलीफ से रो पड़ी। आनन्द को याद करके भी उसे रुलाई आती रही। वह अपने निरुद्वेग, सुखी कुँआरे जीवन के लिए भी रोती रही। सहज बन्धुत्व और प्रीति से समुज्ज्वल वे बकुल-सुगन्ध मन्थर दिन इतनी आसानी से किस्सा-कहानी बन जायेंगे, सिर्फ़ स्मृतियों में बसे रहेंगे, जीवन में फिर कभी लौटकर नहीं आयेंगे, यह बेहद दुख और तकलीफ की बात है।

इतनी सारी बातों में से बाहरी लोगों को किसी भी बात की जानकारी नहीं थी। अगले दिन वह ख़ुद ही सज-धजकर तैयार हो गयी। बनारसी साड़ी और हीरे-मोतियों के ज़ेवरात से वह सिर से पाँव तक जगमगा उठी। योगीश्वर ने उसकी आँखों में अजब-सी चमक देखी। वह क्या हीरों की चौंधियाती हुई चमक थी? पाँवों का चरण-पद्म पहले की तरह नहीं रुनझुनाया। वह क्या इस वज़ह से कि चाँदी के घुँघरू में धागे फँस गये थे या श्रीनटपुर की हवेली के फर्श आज ही इन्दु के लिए सख़्त होने का अहसास दे रहे थे, इसलिए? योगीश्वर अपने को माफ़ नहीं कर पाये और जयशंकर की बगल में बैठकर इन्दु पलकें झुकाये रही। उसने राजबाड़ी की ओर नज़रें तक नहीं उठायीं।

औरतें आपस में खुसफुस करती रहीं, "इतनी ज़रा-सी देर में ही इन्दु की माया कट गयी। इसका मन नन्दनगर की कोठी में जा बसा है।"

पाँच

बनारस में बहार की जो प्रतिष्ठा थी, उसके पीछे रोहतगी ख़ानदान के बेटे कुन्दलाल की काफ़ी भूमिका थी और कोई होती तो वह कुन्दलाल का एकनिष्ठ प्यार हरगिज़ ख़ारिज़ नहीं करती लेकिन बहार उस नस्ल की लड़की ही नहीं

थी। बन्धन देखते ही उसका मन विद्रोह कर उठता था। कुन्दलाल के ढेरों वादों के बावजूद बहार ने उसे क़बूल नहीं किया।

उसने कुन्दलाल से कहा, "मैं गाने गाती रहूँगी, आपकी मर्ज़ी हो तो आप सुना करें। इससे ज़्यादा अधिकार मैं नहीं दे सकती।"

कुन्दलाल ने उपहारस्वरूप जो कोठी दी थी, काफ़ी प्रतिवाद के बावजूद उसने वापस नहीं ली। कुन्दलाल को अपने पिता, बूढ़े रोहतगी का भय सताया हुआ था। इसी मौके का फ़ायदा उठाकर उस लड़की ने पता नहीं कौन-कौन-सी सुविधाएँ अपने नाम कर ली थीं।

बहार के बर्ताव से वह बूढ़ा विस्मित रह गया। ख़बर लेने पर पता चला, बहार ने कुछ भी नहीं लिया था। उनके बेटे का जीवन-यौवन, धन-मान का अर्घ्य उसने ठुकरा दिया था। उस कोठी की क़ीमत हद से हद पाँच हज़ार रुपये थे। रोहतगी का घंटे भर का रोज़गार! बहार की महानुभवता पर मुग्ध होकर, उस बूढ़े रोहतगी ने मुज़रा के बहाने बहार को हज़ार रुपये की गड्डी भेजी।

बहार सब समझती थी।

उसने अपनी हमउम्र सखी, छोटी, चतुरान, सुहागन के मन में ईर्ष्या जगाते हुए कहा, "ऐसा क्या दे डाला, बताओ? मामूली-सा ही तो है। लेकिन यह रुपया पाँच अंकों में है।"

मोहन ने कहा, "यह क्या हुआ, बहार? तुम बेवज़ह ही इन लोगों को अपना दुश्मन बना रही हो।"

"अच्छा लगता है, औरतों को आपस में लड़ाकर तमाशा देखना मुझे अच्छा लगता है, मोहन।"

उसके बाद उसने जी-भरकर अपना मकान सजाया। बहार बाई की 'ज़रूरतें' समझकर उसके दीवाने और भक्त आपस में होड़ लगाकर उसे तरह-तरह के नज़राने भी दे गये। चाहे जैसे भी हो, अपने ऐश्वर्य का प्रचार करना बहार को बेहद प्रिय था, इसलिए उसने कमरे के फर्श को मोटे गलीचे से ढक दिया। गाने-बजाने के विविध सरंजामों से भर दिया। चाँदी के पीकदान, सोने पर मीनाकारी का पनडब्बा ख़रीदा। कमरे की दीवारों पर आदमकद आइने टाँग दिये ताकि चलते-फिरते बहार ही बहार और उसकी सैकड़ों भंगिमाएँ ही नज़र आयें।

बहार ने आनन्द को भी इसी कोठी में ठहरा दिया। समूचे शहर में ख़बर फैल गयी, बहार गाना गाने कलकत्ता गयी थी, वहाँ से आनन्द मिश्र को पकड़

लायी। यह ख़बर सुनकर सभी जिज्ञासु हो उठे। उन लोगों ने आनन्द का नाम भर सुना था। उस नाम के बारे में उन लोगों के मन में असीम जिज्ञासा थी।

बहार ने ही एक जलसे का आयोजन किया। उसने यह जानकारी भी दे डाली कि उसने आनन्द को आमन्त्रित किया है। आनन्द के बारे में उसका उच्छ्वास सुन-सुनकर बहुतेरे लोगों के मन में बहुतेरी बातें जाग उठीं।

उन लोगों ने मज़ाक-मज़ाक के लहजे में कहा, "आऊँगा, देख आऊँगा, तुम्हारे आनन्द मिश्र को।"

आनन्द ऐसी एक मनःस्थिति में बनारस आया था, जिसकी कोई दिशा नहीं थी। बहार ने अतिशयता की हद तक उसका आदर-जतन किया। सुरतिया को हटाकर उसने ख़ुद ही आनन्द के सेवा-जतन का जिम्मा अपने ऊपर ले लिया। अपनी भाव-भंगिमाओं से उसने अपने पद-मर्यादा के बारे में आनन्द को समझाने की कोशिश की। बहार के अपने प्रसाधन के बारे में भी किसी-किसी दिन हीरा या पुखराज की चमक नज़र आने लगी। उसके कपड़े-लत्ते, चेहरा, बाल महँगे-महँगे इत्रों से महकने लगे।

लेकिन आनन्द की इन सबकी तरफ़ बिल्कुल ही नज़र नहीं गयी। बहार के प्रति उसका कोई ख़ास ध्यान भी नज़र नहीं आया। वह अपने पुराने जीवन की टुकड़े-टुकड़े तलाश में बस, इधर-उधर फिरता रहा। लोगों से जान-पहचान कराने के लिए बहार ने मेहमानों को आमन्त्रित किया। वह रात आनन्द ने शायद घाट पर सोये-सोये ही गुज़ार दी। उस रात वह घर ही नहीं लौटा। सुबह जब वह घर लौटा, बहार की शिकायतें-उपालम्भ सुनकर अवाक् रह गया। सारी रात बाहर गुज़ारने की वजह से बहार नाराज़ हो गयी है? उसका बहार को चोट पहुँचाने का कोई इरादा नहीं था। इससे तो बेहतर है कि अब वह उसके यहाँ लौटे ही नहीं। वह क्या कहीं और रहने का बन्दोबस्त कर ले?

यह सुनकर बहार की तो जैसे बोलती बन्द हो गयी। उसका ऐसा कुछ कहने का इरादा तो नहीं था। आख़िर वह कैसा इन्सान है?

बहार के बजाय मोहन ने ही आनन्द को समझाया। मोहन के रूप में आनन्द को जैसे कोई हमदर्द इन्सान मिल गया।

मोहन ने कहा, "सुनो, तुम बहार से इस ढंग से बात मत किया करो। वह मन-ही-मन दुखी हो जाती है।"

यह सुनकर आनन्द बहार से माफ़ी माँग आया। नहीं, वह उसे आघात नहीं पहुँचाना चाहता था।

पुराने दिनों के लोगों की तलाश करते-करते एक दिन वह अख़्तरी की पोती चतुरान के घर पहुँच गया। अख़्तरी की चर्चा करते हुए चतुरान ने सहज ही आनन्द को अपने वश में कर लिया। चतुरान उम्र में बहार से काफ़ी ज़्यादा बड़ी थी। बहार को हराने का लोभ वह सम्हाल नहीं पायी। उसके सविनय अनुरोध पर आनन्द समूचे दिन उसी के यहाँ रह गया। शाम को उसने वहीं गाना गाया।

ख़बर पाकर बहार शर्म से गड़ गयी। चतुरान उसकी चिरकाल की प्रतिद्वन्द्वी थी। उसे क्या यह समझ में नहीं आया कि पुरानी सख्यता के दम पर चतुरान उसी के मेहमान से लिपटा-झपटी कर रही है, सिर्फ़ बहार को छोटा करने के लिए। ये सारी बातें जब आनन्द को बतायी गयीं तो वह बेभाव हँस पड़ा।

उसने कहा, "यह तुम क्या कह रही हो, बहार?" उसकी दादी मुझे उसके हाथों रोटी-मिठाई भिजवाती थी। मैं सड़क पर बैठा-बैठा खाया करता था। मेरे पास जब कपड़े नहीं होते थे चतुरान ही बनवा देती थी। किसी ज़माने में उन लोगों ने मुझ पर कितनी-कितनी मेहरबानियाँ की हैं। अभी भी वह मुझे कितना प्यार करती है, तुम जानती हो?"

"यह तो अर्से पुरानी बात है, आनन्द! अब तुम वह आनन्द नहीं रहे। अब तुम्हारा कितना नाम-यश है। अब जो वह तुम्हें बुला-बुलाकर भिखारी जीवन के किस्से छेड़ती है, वह सिर्फ़ ईर्ष्यावश, और तुम भी पिछली बातें क्यों दोहराते हो? उतनी पुरानी बातें अब कौन याद रखता है? वह सब सुनकर मुझे शर्म आती है।"

आनन्द ने इसका उलटा ही मतलब निकाला।

उसने कहा, "अच्छा, अच्छा, कलकत्ता रहकर अब मैं काफ़ी अमीर हो चुका हूँ, यही न? मेरे पहले वाली ज़िन्दगी की हकीकत क़बूल करते हुए तुम्हें शर्म आती है? लेकिन मुझे ज़रा भी शर्म नहीं आती, बहार! तुम्हें बुरा लगता है इसलिए मैं अपना पिछला जीवन बदल तो नहीं सकता, बहार! इससे तो बेहतर यही है कि मैं यहाँ से चला जाऊँ।"

आनन्द गुस्से में बाहर निकल गया। उसने एक नाव किराये पर ली और आदि-केशव मन्दिर में चला गया। वहाँ उसने दो रातें गुज़ार दीं। जाने कैसे तो मोहन को इसकी ख़बर मिली। मोहन उसे वहाँ से लौटा लाया।

इसके बाद से ही बहार आनन्द के बारे में और सतर्क हो गयी। आनन्द

में मान-अपमान बोध काफ़ी कम था। आनन्द काफ़ी कुछ नहीं जानता था। हालाँकि ज़िन्दगी ने बहार को यह जानकारी दी थी कि यश और अर्थ पाने के लिए किस हद तक दुनियावी ज्ञान ज़रूरी है।

बनारस में आनन्द को परिचित कराने के लिए पहले दिन जब बहार ने गवैयों को बुलाया, वह तभी समझ गयी थी कि इस सन्दर्भ को लेकर बहुत बातें बनेंगी।

यही हुआ भी। आनन्द को ग्रहण करने में गणेशजी या प्रह्लादलाल को कोई एतराज़ नहीं था। लेकिन आनन्द बहार के साथ चला आया। उसने ख़ाँ साहब की बात नहीं मानी—यह सब सुनकर वे लोग विरक्त हो गये। उन दोनों को लगा कि आनन्द ने बड़ा खिलन्दड़ा आचरण किया है। अन्त में बहार के साथ? वे लोग ठुमरी गाने में बहार का दख़ल स्वीकार करते थे। लेकिन बहार के रूप-यौवन पर उन दोनों का भरोसा नहीं था। इस ख़ूबसूरत हसीना के नाम के साथ अनेक सुनाम-बदनामी जुड़ी हुई थी।

ज़मीर ख़ाँ के शागिर्द के तौर पर आनन्द थोड़ा-बहुत स्नेह पाने के दावे के साथ गणेशजी के घर पहुँचा। उनके व्यवहार में आन्तरिकता का उत्ताप मानो कम लगा, बल्कि गणेशजी ने ईषत् सूखा सौजन्य ही दिखाया।

थोड़ा ठहरकर उन्होंने पूछा, "तुम कलकत्ता कब वापस जाओगे? यहाँ आये हुए तो तुम्हें दो महीने हो गये।"

"मैं वापस नहीं लौटूँगा।"

गणेशजी यह जवाब सुनकर भी अवाक् नहीं हुए। कुछ देर उसकी तरफ़ तीखी नज़रों से देखते रहे।

उन्होंने कहा, "ख़ाँ साहब जैसा गुरु पैसे देकर भी नहीं मिलता, आनन्द।"

"जानता हूँ, गणेशजी! इसके बावजूद मेरे वापस लौटने का उपाय नहीं है।"

आनन्द की निर्लज्जता देखकर गणेशजी स्तम्भित रह गये। उन्होंने जुबान से तो कुछ नहीं कहा, लेकिन मन-ही-मन उससे विमुख हो आये।

इतने दिनों तक आनन्द को एक क़िस्म के जीवन की जानकारी थी। आनन्द उस ज़िन्दगी को जब पीछे छोड़ आया, तो शुरू-शुरू में यह नया जीवन क़बूल करने में थोड़ी विमुखता ज़रूर थी। इसके अलावा बहार की जीवन-शैली देखकर आनन्द को भला नहीं लगा। उसे लगा कि बहार को खोखली जीवन-शैली बेहद प्रिय है। गहने-आभूषण, शान-शौकत—इन सबके प्रति उसका बेभाव आकर्षण है। हालाँकि तुलना नहीं करनी चाहिए, मगर आनन्द मन-ही-मन तुलना करता

रहा। वह तो राजा-बादशाह की बेटी है। लेकिन उसने तो बाहरी उपकरणों को इस ढंग से प्यार नहीं किया।

उसने बहार से कहा भी, "बहार, तुम गुणी इन्सान हो। गाना-बजाना तुम्हें प्रिय है। तुम बाहरी ठाठ-बाट को इतना बड़ा करके क्यों देखती हो?"

"यह मेरी आदत है, आनन्द!"

उसके बाद आनन्द ने गौर किया कि अपनी श्रेणी के बारे में बहार के मन में गर्व है। वह जिस घराने से आयी है या जैसी उसकी शिक्षा-दीक्षा है, बहार ने उससे कभी इनकार नहीं किया। आनन्द को उसका यह स्वातन्त्र्य-बोध कहीं अच्छा लगा।

धीरे-धीरे बहार ने उसे इस ज़िन्दगी को प्यार करना सिखाया। गाना-बजाना, महफिल, मजलिस-जलसा, जमघट, यहाँ-वहाँ घूमना-फिरना—आनन्द इन सबका अभ्यस्त हो गया।

इस क़िस्म के जीवन के साथ बहार भी अभिन्न ढंग से जुड़ी हुई थी। बहार को स्वीकार करने में आनन्द की तरफ़ से प्रबल बाधा थी। वह अपने अन्दर एक विमुखता महसूस करता था। इस द्वन्द्व के हाथों से रिहाई पाने के लिए वह जबरन बहार से जुड़ गया। लेकिन जिस ढंग से बहार ने चाहा उस ढंग से नहीं। थोड़ी वितृष्णा, विक्षोभ तरह-तरह की मिश्रित अनुभूति के साथ।

बहार भी आनन्द का प्यार ही चाहती थी। जब उसे यह प्यार मिला तो उसने देखा कि यह प्यार उसे क्षत-विक्षत कर गया है। इस प्यार ने उसे सुख के बजाय दुख ही ज़्यादा दिया। आघात कर-करके इस प्यार ने बहार से प्रतिदान वसूल किया। दुख और वेदना के संघात में रक्त-गुलाब खिल आया। उस खिले हुए फूल में पंखुड़ी, सौरभ और काँटे सच ही मौजूद हैं।

छह

रात ग्यारह बजे! नेमिचन्द की गली के दुमंज़िला मकान के ऊपरी कमरे में लालटेन जल रही थी। खिड़की से पीठ टिकाये, सड़क निहारती हुई बहार ख़ामोश बैठी थी।

दासी सुरतिया बैठी-बैठी ऊँघ रही थी।

बहार ने कहा,"तू जा, सो जा!"

"तुम सोने नहीं जाओगी?"

"तू जा, सुरतिया।"

सुरतिया बुदबुदाती हुई उठी और वहाँ से चली गयी। ऐसे उठान के समय, किसी खानाबदोश के लिए बहार ने अपनी ज़िन्दगी के पाँच वर्ष बर्बाद कर दिये। यह देखते रहना, सुरतिया के बर्दाश्त से बाहर हो आया था।

पूरे पाँच वर्ष! बहार घूम-घूमकर इन्हीं पाँच वर्षों को याद किया करती थी। उसने क्या दिया और क्या पाया? यह सोचते हुए बहार के मन पर ज़बर्दस्त चोट लगती थी। आनन्द तो इसीलिए उसका तिरस्कार करता था।

वह कहता था, "हिसाब! हिसाब! और हिसाब! तुम सिर्फ़ हिसाब ही करती हो बहार, बाई! तुम्हारा मन इतना छोटा है? औरत मात्र ही क्या ऐसी होती है?"

बहार जीवन के जिस स्तर से आयी थी, वहाँ उसने जीवन को नग्न स्तर पर ही जाना था। नृत्य, लास्य और संगीत के माध्यम से अमृत बाँटना ही जिसका पेशा था। छब्बीस वर्ष के जीवन में विशुद्ध अमृत का स्वाद उसने कम ही जाना है। उसने जीवन देवता की फैली हुई अंजलि से कण-कण ज़हर मिला हुआ प्रसाद ही पाया है। जले हुए सैनिक की तरह वह आघात देना और लेना उसे आता था। इसके बावजूद आनन्द के उपालम्भों से उसके अन्तर की पोर-पोर में जैसे आग सुलग रही है।

उसने कहा, "मैं हिसाबी हूँ? मेरा मन छोटा है?"

उसकी आवाज़ का आर्त लहजा आनन्द ने सुनकर भी अनसुना कर दिया।

उसने और ज़्यादा निर्मम होकर कहा, "किसी खुले आसमान का वादा करके तुम मुझे घसीट लायी थीं। याद है, बहार? लेकिन, तुम्हारा मन इतना छोटा है कि दिल के लेन-देन में भी तुम साग-सब्ज़ी की तरह हिसाब-किताब करना चाहती हो! छिः।"

निर्मम आघात! शिकार को सही जगह पर ही चुभा। आनन्द अपना लक्ष्य साधने में ज़रा भी भूल नहीं करता था। बहार का चेहरा सियाह पड़ गया।

"तुमने...तुमने मुझे ऐसी बात कही, आनन्द?"

"कहूँगा नहीं? एक नहीं सौ बार कहूँगा! तुममें प्रचंड तेज़ है, बहार! मैं क्या तुमसे डरता हूँ जो तुमसे नहीं कहूँगा?"

नशे के आलम में आनन्द ऐसी ढेरों बातें बहार को सुनाता था। ऐसी स्थिति में बहार अपने आँसू पोंछ लेती थी और बड़े जतन से आनन्द का हाथ-मुँह

धुलाती थी। उसे ले जाकर बिस्तर पर लिटा देती थी। बगल में लेटकर आनन्द अभ्यासवश अपना दाहिना हाथ बढ़ा देता था। लेकिन बहार उसकी बाँहों में नहीं आती थी।

सुबह उठकर आनन्द माफ़ी माँगता था। मोहन को बुलाकर, उसके सामने उसने हज़ारों कसमें खायीं। वह मोहन से ही सवाल करता था कि आज से उसका जीवन नये ढाँचे पर चलेगा, इसमें क्या मोहन को कोई सन्देह है? अगर उसे सन्देह है तो वह बेईमान है।

मोहन ने हँसते-हँसते सहमति जतायी। उसके बाद कुछ दिन ख़ूब हलचल रहती थी। सुरतिया घर-द्वार साफ़ करती थी। साज़िन्दों को ख़बर भेजी जाती थी। शाम के वक़्त बैठक में बत्तियाँ जलती थीं। मोहिनी फूलवाली पानी में भीगी ताज़ा फूलों की मालाएँ दे जाती थी। पूरी गली में इक्के और ताँगे आ खड़े होते थे। बैठक के बाहर नागरा जूतों की भीड़ लग जाती थी। बैठक के अन्दर मेहमान आसीन हो जाते थे। बहार वर्क में मुड़े मीठे पान की छोटी-छोटी फूल-गिलौरी बनाकर चाँदी की थाल में सजा देती थी।

महफिल उठ जाने के बाद, किसी-किसी दिन आनन्द और बहार छत पर आ बैठते थे। बहार आनन्द की गोद में सिर रखकर लेट जाती थी। उसके बाल अस्त-व्यस्त करते हुए गा उठता था–

व्रज विलासिनी राइ व्रज-नागरी
आयी जमुना-तीर साँझ-बेला
बोलो न, है ये कौन खेला
घर लौट जाओ लिए गागरी...।

कभी वे दोनों गणेशरामजी से भेंट करने निकल जाते थे। अपने साथ फूल, धूप, इत्र ले जाते थे। विनीत निवेदन करते हुए बहार ने उनसे माफ़ी माँगी। उनसे अरज की कि आनन्द उनकी स्नेह-छाया से वंचित न हो।

मृत गुरुजी, ज़मीर ख़ाँ साहब को याद करते हुए गणेशजी का भी मन पिघलने लगा था। गुरु आनन्द को कितना प्यार करते थे, यह याद करके उन्होंने आनन्द के आचरण की सारी ग़लतियाँ माफ़ कर दी थीं।

उनकी मध्यस्थता में होली के जलसे में वृन्दावनपुर की कोठी में, धेनुबाबू के मकान में, पन्नावाला विनायकजी के महल में आनन्द की पुकार हुई।

आनन्द जेब में रुपये भर-भरकर घर लौटा। बहार के लिए फूलों की माला ख़रीद लाया। बहार सज-धजकर अधीर मन से घर में चहलक़दमी करती रही।

आनन्द ने उसे खींचकर अपनी बगल में बिठा लिया। मोहन हारमोनियम उठा लाया। काने सिताप ने तबला पकड़ लिया और बहार के कौतुकी तिरस्कार की उपेक्षा करते हुए आनन्द ने गाना छेड़ दिया।

उसके गाने जब शेष हुए उस वक़्त भंगी पत्थर की सड़क धो रहा था। भोर की ठंडी-ठंडी बयार में मन्दिरों की पताकाएँ उड़ रही होती थीं। पूरब के आसमान का रंग फीका पड़ चुका होता था।

दस-पन्द्रह दिन यही ढर्रा चलता रहता था। कभी महीना भर भी इसी रंग में गुज़र जाता था। मन-ही-मन बहार यह सोच लेती थी कि ये दिन ही शायद चिरन्तन रहेंगे।

बहार को आनन्द को घर पर रखने की क़ीमत चुकानी पड़ी है। रुपये लेने या देने में आनन्द समान रूप से उदार था। रोज़गार करने पर वह जैसे लाकर देता था, नासमझ की तरह वह बहार से माँग भी लेता था। बहार की कोठी पर ही उसके यार-दोस्त आते-जाते रहते थे। जलसे भी आयोजित होते रहे। खाना-पीना भी चलता रहा। नशा-पानी भी जारी रहा। बहार और मोहन के जतन से संचित पूँजी आनन्द लूट ले गया। 'नहीं है' कहने पर भी वह मानता नहीं था। उनकी कोठी की दीवार-आलमारी के दराजों पर उसे बच्चों जैसा भरोसा था। वहाँ हाथ रखते ही रुपये मिल जायेंगे, यह उसका अटूट विश्वास था। घर में रुपये नहीं होते थे तो मोहन नेमिचन्द के बेटे नेकलाल की गद्दी पर चला जाता था। उसने अपनी जेब-घड़ी की सोने की चेन निकालकर बूढ़े के हाथ पर रख दिया। चीज़ों के वज़न नेकलाल के रटे हुए थे।

रुपये निकालकर देते-देते उसने पूछा, "इस बार को लेकर कितनी बार हुआ, भाईसाब?"

उन रुपयों से शराब आयी, आनुषंगिक आहार आया। बर्फ़, सोडा, पान वगैरह मँगाये गये। मन के किसी कोने में अगर कोई काँटा बिंधा हो, तो वह दर्द मन-ही-मन रह गया है। आनन्द ने तमाम रातें अपने गीतों से भर दिये। जिस आवाज़ में गीत सुनकर आगरा, बनारस और दिल्ली का संगीत-समाज सलाम करता था, उसके आकर्षण में समूची रात उसकी कोठी के सामने भी सड़क पर भीड़ जमाये रहें, इसमें कौन-से अचरज की बात है? महफिलों में बार-बार वाह-वाह गूँज उठती थी। ठुड्डी पर हाथ रखे बहार होंठ टेढ़े किये उसके गाने सुनती रहती थी। महफिल ख़त्म हो जाने के बाद रसग्राही श्रोता बहार का शुक्रिया अदा करते थे।

वे लोग मन्तव्य देते थे कि बहार की दूरदर्शिता की वज़ह से ही आज उन लोगों ने आनन्द को पाया, आनन्द ने अपना नाम सार्थक कर दिया।

उसके बाद, टूटी हुई महफिल में ही मिलन-पर्व शुरू हो जाता था। रात का तीसरा प्रहर! टिमटिमाते लैम्प की रोशनी! तूफानी हवा बहार के बालों को उत्ताल बनाती हुई! उस रात अन्तस्थल ने परज-पंचम सुर की भाषा में संवाद करना चाहा। आनन्द को कोई बात ही नहीं सूझी।

उसने पूछा, "बहार, मैं तुम्हें काफ़ी तकलीफ़ देता हूँ न?"

"नहीं तो", बहार ने दिल से जवाब दिया, "तुम मेरे पास रहो तो मुझे कैसी तकलीफ, बताओ?"

छोटे-छोटे जुमलों में, मधुर-मधुर लहजे में बहार ने आश्वासनभरी जाने कितनी ही बातें कीं। अन्तस् में दुराशा बटोरे, भविष्य को सुनहरे रंग में आँककर, उसने आनन्द को दिखाया। उसने कहा कि आनन्द अगर ज़रा-सा ध्यान दे तो उसका हर तरह से भला होगा। हर तरफ़ से उसकी पुकार होगी। उसके गानों की कद्र और बढ़ जायेगी। लेकिन आनन्द ने उसकी सारी बातें सुनी भी नहीं। उसने छूटते ही बहार की बातों में अपनी सहमति जतायी।

उसने आश्वस्त किया कि वह सब कुछ करेगा। बस, बहार इस वक़्त ख़ामोश रहे। ये सारी बातें क्या इस वक़्त की जाती हैं? हिसाब-किताब करते हुए चाहे और सभी कुछ भले चल जाये, ज़िन्दगी नहीं चलती। इससे बेहतर है बहार और एक बोतल ले आये। उसके गिलास में उड़ेल दे, उसके होश भुला दे।

बहार ईषत् क्षुब्ध हो उठी।

उसके हाथों में गिलास थमाते हुए उसने कहा, "क्यों? सामान्य निगाहों से क्या तुम मुझे प्यार नहीं कर सकते? मेरे साथ एकान्त में आते ही, आँखों को रंगीन बनाने की ज़रूरत क्यों पड़ती है? मुझमें क्या तुम्हें रंग नज़र नहीं आता, आनन्द?"

उसके इस सवाल के जवाब में आनन्द ने उसकी तरफ़ विभ्रान्त निगाहों से देखा।

अगले ही पल उसने हँसकर कहा, "लो, तुम भी लो न?"

ईषत् सरूर चढ़ते ही बहार के मन का गोपन दुख ज़ाहिर हो गया।

उसने कहा, "बात यह है, आनन्द! मैंने जिस ढंग से, जितना कुछ देना चाहा था, मैं कुछ भी नहीं दे पायी। मैंने तुम्हें चाहा था कि तुम दिनोंदिन बड़े होते जाओ! लेकिन ऐसा मैं कहाँ कर पायी? मैंने ऐसा चाहा था, यही मेरी स्पर्धा थी न? जब भी मैं ये सारी बातें सोचती हूँ...।"

आनन्द ने कहा, "तुम इतना सोचती ही क्यों हो, बहार? जो व्यक्ति जो भी चाहता है, जिस तरह से चाहता है वह क्या उसे मिल जाता है? उसी ढंग से मिलता है?" आनन्द की आवाज़ में बेहद थकान भरी हुई थी।

"तुम मुझे तसल्ली दे रहे हो, आनन्द?"

"नहीं, बहार!"

"अच्छा, आनन्द, अगर किसी दिन तुम मुझसे दूर चले जाओ तो क्या मुझे याद रखोगे? ये तमाम दिन तुम्हें याद आयेंगे? मैं तो ऐसा सोच भी नहीं सकती। फिर भी देखो...उन दिनों भी सुबह होगी, शाम होगी...दिन ऐसे ही गुज़रते रहेंगे।"

"एक गीत सुनोगी, बहार।"

"गाओ, आनन्द!"

इस गीत के बोल सुनो...तुम ख़ुद ही समझ जाओगी—

याद रखना मितवा, वे सुख के दिन
भुला दोगे क्या सभी?
यदि ना रहूँ साथ, रतजगे की रात
फिर भी रहेगा, दीप्ति प्रदीप, उस सुख-निशीथ
प्रातः हँसेगा रवि
भुला दोगे क्या सभी?

"यह कैसा गीत है, आनन्द?"

"अर्से पहले...यह गीत नहीं है, बहार..."

"क्या हुआ, आनन्द?"

"कुछ नहीं!" आनन्द उठकर बैठ गया। उसने हँसकर कहा, "बहुत दिनों पहले किसी के अनुरोध पर मैंने यह गीत गाया था, बहार। उस वक़्त मुझे लगा था, मैं उसे कभी भुला नहीं पाऊँगा! लेकिन देखो...मैंने उसे कितने आराम से भुला दिया। अब मैं ख़ुश हूँ। मौज़-मस्ती करता हूँ, फुर्ती करता हूँ...वैसा उदास कर जानेवाला दुख अब नहीं होता।"

"तुमने आज, इस बात का ज़िक्र क्यों छेड़ा, आनन्द?"

बहार रो रही थी यह जानकर भी झूठमूठ के आश्वासन देकर आनन्द ने परिवेश को छोटा नहीं किया। उसने उसका लाड़-दुलार किया, तसल्ली दी।

उसने कहा, "देखो, हज़ारों दोष-त्रुटियों को मिलाकर मैं ख़ून-मांस का इन्सान हूँ। मुझे क्या ऐसा वादा करना चाहिए जिसे निभाने का भरोसा मैं न दे पाऊँ। मैं धोखा नहीं दे सकता, बहार! न तुम्हें, न अपने आप को।"

बहार एक लम्बी उसाँस भरकर ख़ामोश हो गयी। जो मिल जाये वही भला। यह बात मोहन ने भी उससे बार-बार कहा है।

उसने कहा, "तुम और मैं जितने लोगों को जानते हैं, यह उस नस्ल का इन्सान नहीं है! यह इन्सान जाति से ही फकीर है। उसे बाँधने की कोशिश करोगी तो वह तुम्हें छोड़कर चला जायेगा।"

"और अगर मैं छोड़ना चाहूँ तो वह और कसकर पकड़ में आ जायेगा?"

मोहन उसकी इस बात का जवाब नहीं दे पाया। आनन्द को वह नहीं पहचानती और मोहन पहचानता है, यह बात भी बहार को अच्छी नहीं लगी।

अस्तु उसने कहा, "जैसा मैं उसे जानती हूँ, उसी तरह उसे बाँधूंगी। मैं उसे छोड़ नहीं सकती।"

"थोड़ा-सा उसे शिथिल कर देतीं, तो बन्धन शायद और कसकर बँध जाता, बहार बाई।"

"मोहन...।"

"सिर्फ़ आनन्द के बारे में ही नहीं, मुझे तुम्हारा भी ख़्याल आता है। इसलिए बीच-बीच में मुझसे बेअदबी हो जाती है, बाई।"

"तुम नाराज़ हो गये?"

"नहीं, बहार, मैं क्या तुमसे कभी नाराज़ हो सकता हूँ? मैं क्या तुम्हें पहचानता नहीं? चूँकि मैं तुम्हें जानता हूँ, इसलिए मैं तुमसे इतना कुछ कह जाता हूँ। तुम्हें दुख झेलते देखकर मुझे अच्छा नहीं लगता।"

"दुख? मैं दुखी हूँ?"

बहार ने इतनी ज़ोर से प्रतिवाद ज़ाहिर किया कि मोहन उसे स्नेह और संवेदना से देखता रहा।

उसने अपनी बात वापस लेते हुए कहा, "नहीं, बहार, ग़लती मेरी ही है।"

उन तीनों का मिला-जुला जीवन, हेल-मेल कुछ दिनों तक चलता रहा। पद, सुर-ताल का सन्तुलन और उनके संगम में सार्थक, किसी गीत की तरह! अपनी चेष्टाओं की सार्थकता उपलब्ध करके, बहार ने किसी विजयिनी की तरह गर्व महसूस किया। देखो, मैं सफल हुई, जीत गयी–उसने मोहन को यही समझने का मौका दिया। आनन्द ने भी उसके हज़ारों अनुशासन क़बूल कर लिए।

सुख की उम्मीद में हिम्मत बटोरते-बटोरते, बहार भँवरे की तरह सियाह पड़ गयी। इधर आनन्द ने अचानक समूची तस्वीर पर स्याही उड़ेलकर उसे निश्चिह्न कर डाला। तीन-चार दिनों के लिए वह ग़ायब हो गया। आइने की बगल की

दीवार पर टँगी माला सूखने लगी थी। मान-सम्मान और लाज-शर्म छोड़कर बहार ने मोहन से ही अनुनय किया। बहार की आँखों में आहत भाव देखकर मोहन अचकचा गया। ऐसा ही होगा, यह तो जानी हुई बात है। इसके बावजूद बहार नये सिरे से दर्द क्यों पा रही है? उसके बाद, वह ख़ुद ही चला गया। बाँकालाल पंडा के जुए के अड्डे या दशरथ छत्री के भटियारख़ाने से मोहन ने आनन्द को खोज निकाला और उसे धर-पकड़कर घर ले आया। कभी उसकी नज़र पड़ी कि खेल के बहाने, जुए की गुट्टी थामे, आनन्द सौ-डेढ़ सौ रुपये हारकर ख़ामोश बैठा हुआ है। बहार को कुछ बताये बिना मोहन लौट आया और नेकलाल को जगाकर, उससे रुपये लेकर वह आनन्द को खलास करके ले आया। कभी-कभी तो किसी जानी-पहचानी जगह में उसका अता-पता नहीं मिला। अगली सुबह अख़्तरी की पोती, चतुरान ही उसे पहुँचा गयी।

मीठी आवाज़ में संवेदना के लहजे में वह जता गयी, “अहा, बहार बेहद बदनसीब है। उसमें इतना रूप-यौवन है, आनन्द के लिए वह इतना-इतना करती है फिर भी आनन्द ने उसके त्याग का सम्मान नहीं किया। असल में मर्द-जात ही बेईमान होती है। अब देखो न, आनन्द तीन दिनों से मेरे घर पड़ा हुआ था।”

घटनाओं के रकम-फेर के साथ, उन दोनों की जीवन-कथा कमोबेश इन्हीं कई अध्यायों का अनुसरण करती रही। इसके बाद, मान-भंजन से पहला अध्याय दुबारा शुरू होता रहा। दिनोंदिन इसी परिचित नाटक की ही पुनरावृत्ति होती रही। आज पाँच वर्षों बाद, बहार चरम थकान महसूस कर रही थी। भूल! भूल! हज़ारहा छोटी-बड़ी भूल-भ्रान्ति के जरिये पिछले पाँच सालों से जो गुत्थी वह रचती रही, उसमें अब वह खुद फँस गयी थी। उसी के हाथों से अब वह रिहाई चाहती थी।

अचानक बहार को जैसे होश आ गया। वह जाने कितनी-कितनी बातें सोचती रही! रात एक बज गया। लैम्प में तेल नहीं बचा था, इसलिए वह टिमटिमा रहा था। तब से वह खिड़की के किनारे ही बैठी थी।

मोहन वापस लौट आया। उसे अकेला अन्दर आते देखकर बहार उठ खड़ी हुई।

मोहन ने कहा, “नहीं, बहार, वह कहीं नहीं मिला।”

“चतुरान के घर? मेलपुरा? तुमने सभी जगह देखा?”

“हाँ, बहार, सब जगह! लेकिन एक बात है...।”

“क्या?”

"कल वह विनायकजी के मुहल्ले में गया था! गणेश-चतुर्थी के जलसे में! वहाँ... ।"

'वहाँ क्या?'

"कल के जलसे में वहाँ उसे बुलाया नहीं गया था। इसके बावजूद वह दारू के नशे में वहाँ हाज़िर हो गया। चूँकि वहाँ गणेशजी ख़ुद मौजूद थे इसलिए किसी ने उसे कुछ नहीं कहा। लेकिन, मिर्ज़ा को तो तुम जानते हो। मिर्ज़ा का इन दिनों काफ़ी नाम-डाक है। इसके अलावा उसे आगरा से लाया गया था। उसका रोब-दाब थोड़ा तो बढ़ा ही है। उसी ने जाने क्या तो कह दिया। उसकी बात पर भरी महफिल में खड़े-खड़े आनन्द ने ख़ूब हो-हल्ला मचाया। वह तुम्हारा नाम ले-लेकर चीखता रहा कि बहार को क्यों नहीं बुलाया गया और जब वह ख़ुद ही मौजूद है, बनारस में ही बैठा है तो विनायकजी ने उसे अपमानित करके किस साहस से उसकी उपेक्षा की?"

मारे उत्तेजना के बहार के चेहरे पर खून झलक आया। उसने रुँधी हुई आवाज़ में पूछा, "उसके बाद?"

"उसके बाद, उसने जो किया वह भी हद है। गणेशजी के रोकने पर भी विनायकजी ने आनन्द को निकल जाने को कहा। उन्होंने कहा कि ज़मीर ख़ाँ साहब का ख़्याल करके आनन्द के उच्छृंखल बर्ताव को बहुत बार माफ़ किया गया। लेकिन अब, आनन्द अपनी सीमा से बाहर चला गया है। एक तो पिछले दो दिनों से उसने शायद कुछ खाया भी नहीं था। उस पर से यह अपमान! गुस्से से पागल होकर आनन्द के मन में जो आया, वह बोलता रहा। उसने कहा कि, जहाँ सिर्फ़ दौलत की चकाचौंध और बाहरी ठाठ-बाट ही सब कुछ है, जो लोग गवैयों को ज़रूरतमन्द गुलाम मानते हैं, आज बुलाते हैं, कल खदेड़ देते हैं, उन लोगों से वह नफ़रत करता है। वर्ना यहाँ बहार को क्यों नहीं बुलाया गया? इतना सब कहकर वह निकल गया।"

"..................."

मोहन ने कहा, "बहार मेरी एक बात मानोगी? आनन्द शायद कल ही आ पहुँचे। मुझसे वादा करो तुम उसे कुछ नहीं कहोगी। तुम्हारे पास लौटने में उसे डर लगेगा। इसलिए मैं कह रहा था... ।"

"उसे तुम एक बार बुलाकर ला सकते हो?"

मारे थकान, उत्तेजना और आवेग के बहार की आवाज़ धीरे-धीरे तेज़ हो उठी, "बुला लाओ उसे! वह मुझे मुक्ति दे जाये। इस बनारस में लोग मेरा

नाम ले-लेकर हँसी-मजाक करेंगे। कहेंगे, मैं इतनी कमज़ोर हो गयी हूँ कि एक पियक्कड़, महफिल-महफिल मेरा नाम लेकर चीखता-चिल्लाता फिर रहा है।"

बहार फफक-फफककर रो पड़ी। मोहन उसे तसल्ली देता रहा। हमदर्दी का स्पर्श पाकर बहार के सब्र का बाँध टूट गया। रोकर उसका जी हल्का हो गया। उसे ख़ुशी का अहसास हुआ। रोने में इतनी ख़ुशी मिलती है, कौन जानता था?

ऐन उसी वक़्त दरवाज़े पर दस्तक हुई।

कोई विपन्न आवाज़ में पुकार रहा था, "साब! सा...ब!"

बहार आतंकित होकर, ज़रा परे हट गयी।

उसने खिड़की से झाँककर पूछा, "कौ..न...? क्या कहना है?"

"मोहन साब को भेज दें, बाई! उस्ताद बुखार में पड़े हैं। उन्हें ले आइये।"

"कहाँ है?"

"केदारघाट पर...।"

उसकी बात सुनते-सुनते ही उसने आवाज़ दी, "कल्लू! ओ कल्लू! ज़रा कमीज़ पहनकर यहाँ आना तो, भइये!"

उत्कंठित बहार ने पूछा, "रुपये? कुछ रुपये साथ नहीं ले जाओगे, मोहन?"

बहार की उत्कंठा देखकर मोहन के चेहरे पर दुबारा वह अधूरे विद्रूप का मुखौटा उतर आया।

उसने पूछा, "आधी रात को बनारस की सड़क पर तुम रुपये देकर भेज रही हो, बहार?"

बहार ने अपने को धिक्कार भेजा। दरवाज़ा बन्द करके वह ऊपर आ बैठी।

केदारघाट पर भिखारियों की बगल में, ताश के जुआरियों की दरी ओढ़कर आनन्द पड़ा हुआ था। तेज़ बुखार के मारे उसकी पलकों से रंगमशाल की चिनगारियाँ छूट रही थीं। उसके दिमाग के अन्दर बैठा कोई बेताला तबलची मानो हथौड़ी ठोंक रहा हो। रीढ़ की हड्डी से मानो बर्फ की धार चढ़-उतर रही थी। आनन्द बहार को याद कर रहा था। वह बहार को पुकार रहा था लेकिन कहाँ थी बहार?

विनायकजी की कोठी में हो-हल्ला मचाने के बाद क्या हुआ? पहले तो छत्री के ताड़ीख़ाने में घुसकर आनन्द ने थोड़ी-सी शराब चढ़ायी। वहाँ से वह रात बारह बजे निकल आया था।

उसी समय बाँकेलाल से उसकी भेंट हो गयी। यूँ तो बाँकेलाल के प्रति

उसके मन में घृणा का भाव था। इलायची के खेल में हिस्सेदार बनाकर वह जाने कितने ही लोगों का सर्वनाश कर चुका था, यह किस्सा आनन्द ने बहार की जुबानी कितनी ही बार सुना था। उसने हँसकर उड़ा दिया था, लेकिन जब उसने अपनी आँखों से एक अनभिज्ञ अनाड़ी बिहारी जमींदार के बेटे को दिवालिया होते देखा तो उसे बेहद बुरा लगा था। उसे तब और भी बुरा लगा था, जब उस लड़के को बेहोश करके बाँका ने उसे गंगापार चलता कर दिया था। मन की हालत बहुत ज़्यादा खराब न होती तो आनन्द बाँका के साथ हरगिज़ न जाता। लेकिन बाँका ने अपने घर में मजलिस लगायी थी। वह आनन्द को पकड़कर ले गया। उसने उसे किसी हाल भी नहीं छोड़ा।

बाँका ने कहा, "उस्ताद, मुझे आप मिल जायेंगे, मुझे इसकी कल्पना भी नहीं थी। मैं आपको सिर पर बिठाकर ले जाऊँगा।"

आँखों में बेतरह नशा भरा हुआ था, इसलिए जमघट की तरफ़ आनन्द की नज़र ही नहीं गयी। बनारस का संगीत-समाज का अन्यतम विख्यात तरुण गवैया आनन्द, उन लोगों के बीच आकर बैठा है, जमघट तो बस इसी में अपने को धन्य महसूस कर रही थी। स्वयं बाँकालाल उसके लिए बोतल खोलकर बैठ गया। चाँदी की थाल में उसके लिए खाना आया। आनन्द को यह आदर-सत्कार बेहद भला लगा। उसे बाँकालाल समझदार इन्सान लगा।

गाना समाप्त होते-होते भोर हो गयी। गाने के श्रोता थे—किराये की कई एक बाईजी, चन्द कुख्यात गुंडे और उन लोगों के कई एक पिट्ठू, पाँच-सात सेठ- महाजन। इन सबका ख़्याल न करते हुए आनन्द ने भोर की ठुमरी में मन के सारे दुख उड़ेल दिये। 'जमुना के तीर...' गाते हुए उसकी अपनी ही आँखों में आँसू आ गये। विशुद्ध आनन्द की अनुभूति से उसका मन भर उठा। गाने में इतना सुख है, यह जानते हुए भी वह बार-बार भूल क्यों जाता है? उसका मन बेहद पवित्र हो उठा।

श्रोता वर्ग भी मुग्ध हो उठा था। एक लम्बी रेशमी थैली आनन्द के क़दमों पर रखकर बाँकालाल ने अपनी कृतज्ञता ज़ाहिर की।

उसने कहा, "अपनी मजलिस में किसी दिन भी तुम लोगों को नहीं ला सकता उस्ताद! कह सकते हो कि मुझे भरोसा ही नहीं होता। आज से तुम मेरे जुए के अड्डे पर मत आना, उस्ताद! भगवानजी ने तुम्हें राजा बनाकर भेजा है। तुम्हारे पास इतनी दौलत है। मेरे जुए के अड्डे और दशरथ के अड्डे पर घूम-घूमकर तुम अपना समय क्यों बर्बाद करो?"

सड़क पर कुछ दूर तक उसके साथ चलते हुए बाँकालाल ने फिर कहा, "जिस दिन भी तुम्हें रुपयों की ज़रूरत हो, तुम बस एक चिट्ठी भेज देना। मैं ख़ुद रुपये तुम्हारे घर पहुँचा दूँगा।"

रुपये के लिए बाँकालाल को किसी भी तरह के काम में हाथ डालने की हिकारत नहीं होती थी। लेकिन रातभर की महफिल के बाद बह रुपये को तुच्छ, उपेक्षाभरे मन्तव्य देता था, इस बात पर आनन्द को काफ़ी ताज्जुब हुआ। अगले ही पल अपने घर लौटने का ख़्याल आते ही, वह दहशत से भर उठा। सारी रात जुआरियों के अड्डे पर बैठे-बैठे गाना गाने के बाद, भोर-भोर अगर वह घर लौटा, तो बहार क्या उसे माफ़ करेगी? विनायकजी की कोठी पर हुई बातचीत क्या उसके कानों में नहीं पहुँची होगी? छिः-छिः वह क्या डरपोक है? आनन्द ने अपने को लानतें भेजीं। वह हिम्मत क्यों नहीं कर पा रहा है? उसके दिमाग़ की नसें दिपदिपा उठीं, तन-बदन जैसे फुँका जा रहा है। उसे बुखार चढ़ रहा है, यह जाने बिना ही वह बहार को गाली देने लगा। बहार ने यही तो किया है। दुनियावी मानदंड पर मान-सम्मान को कसते हुए उसने उसे ख़त्म कर डाला। इसीलिए तो आज उसकी यह हालत है। इस वक़्त अगर वह घर लौटा, तो उसे पचास तरह की जवाबदेही करनी पड़ेगी। ऐसे में घर कौन जायेगा? आनन्द बुदबुदाते हुए अकेले-अकेले ही चलता रहा। क्यों, उसके जाने के लिए क्या और कोई जगह नहीं है? वह चौदह वर्ष काशी में गुज़ार चुका है। अपना डेरा वह जानता है। जो लोग उसे पहचानते थे, वे लोग उसे अचरज भरी निगाहों से देखते रहे।

घाट की बगल में ही कई एक कोठरियाँ हैं। यहाँ वह जो गूँगा संन्यासी रहता है, आनन्द उसे जानता था। इसलिए वहीं वह लम्बायमान हो गया। नहाकर लौटते ही उस पर संन्यासी की नज़र पड़ी। उसने आनन्द के बदन और पीठ पर हाथ फेरकर उसे महसूस किया। जुआरियों की दरी से उसका बदन ढक दिया। उसके मुँह में पानी डाला।

रात को जब उसका बुखार बढ़ गया तो तीन नम्बर जुआरी मोहन को ख़बर देने आ पहुँचा। हुँह! फिजूल का झूठ-झमेला! उसके साथी भी बकबकाने लगे—अरे, सिर्फ़ रुपये कमाकर ही शान्ति मिलती है? अब, देखो न, यह कितना गुणी आदमी है! किसी बाईजी का पालतू, लेकिन यहाँ आकर लुढ़क-पुढ़क रहा है। सुख कहीं नहीं है।

इधर तेज़ बुखार में आनन्द भी बेसुध! वह भी आँय-बाँय बकता रहा।

मोहन जब आ पहुँचा, आनन्द चीख रहा था—"आ, जा! आ जा रे ऽ...।"

"आनन्द किसे बुला रहे हो?"

मोहन को देखते ही आनन्द के मुँह से गाली निकल पड़ी।

उसने तैश में कहा, "सुख को बुला रहा हूँ। मैं सुख को पकड़ने के लिए निकला था। लेकिन देखो, कलकत्ता से काशी, भेलपुरा से केदार...पीछे-पीछे दौड़ता फिर रहा हूँ। मैं बार-बार कहता हूँ मगर उसे पकड़ नहीं पा रहा हूँ। बहार मेरी बात सुनती है? लेकिन, सुख को तो पकड़ना ही होगा। सुख का पता मुझे कैसे मिलेगा?

"आनन्द, तुम क्या बकबका रहे हो? मैं हूँ...मोहन!"

"तुम हर जगह हमलावर हो जाते हो। क्यों आये हो तुम? मुझे पकड़ने? मैं नहीं जाऊँगा।"

"बहार तुम्हारी राह तक रही है, आनन्द।"

बहार का नाम सुनते ही आनन्द चुप हो गया। मोहन और कल्लू ने उसे गाड़ी में बिठाया।

धूल में लिपटे हुए कपड़े-लत्ते! लाल-लाल आँखें! बुखार की बेसुधी में चेहरा लालभभूका! आनन्द को देखते ही बहार दौड़ी आयी। उसने आनन्द को ले जाकर बिस्तर पर लिटाया। उसके सिर पर पानी उड़ेला। मोहन डॉक्टर को बुलाने चला गया। बहार आनन्द की बगल में बैठकर उसका सिर सहलाती रही। आनन्द की जेब से रुपयों की थैली निकल आयी। बहार ने वह थैली उठा ली। थैली में ढेरों रुपये थे। इतने रुपये उसे कहाँ से मिले? वैसे भी जिस इन्सान की ज़ेब में इतने रुपये पड़े हों और वह असहाय मुद्रा में सड़क-घाट पर भटक रहा हो, उससे वह नाराज़ कैसे हो?

"बहार...!"

"तुम्हारे पास ही हूँ, आनन्द!"

"तुम जाना मत, बहार!"

"नहीं, जाऊँगी।"

परम निर्भरता के साथ उसकी हथेली थामकर आनन्द ने आँखें मूँद लीं।

सेवा करने का मौका पाकर बहार ने मानो नये सिरे से अपने को पा लिया। उसका सम्मान रखने के लिए ही आनन्द ने उस दिन असम्मान वरण किया, यह बात उसे बार-बार याद आती रही। बहार काफ़ी सारी बातें भूल गयी। उसके मन में क्षमा जाग उठी। मन में ममता और प्रेम का संचार हुआ। जीवन बेहद

मधुमय लगा। आनन्द की सिर्फ़ एक आवाज़ पर बहार दौड़ी चली आती थी। रात-रातभर जागकर उसे पंखा झलती रहती थी। छोटी-सी चूल्ही जलाकर, वह अपने हाथों से आनन्द का पथ्य तैयार करती थी। बिस्तर की चादर बदलकर, साफ़ नयी चादर बिछाती थी। धूप जलाकर कमरे को ख़ुशबूदार बनाती थी। आनन्द यह सब देख-देखकर अवाक् था।

उधर जमा-पूँजी में कड़की होने लगी थी। विनायकजी की कोठी के उस जलसे में उसका कितना नुकसान हुआ है, बहार को इसकी ख़बर भी नहीं थी, लेकिन होली का मौसम शुरू होने वाला था। पिछले साल इसी समय विभिन्न महफिलों में हाज़िरी देते-देते बहार थक गयी थी। गाना तो बहुतेरे लोग गाते हैं, लेकिन जो लोग रुपये देकर महफिल सजाते हैं, उनमें सभी लोग संगीत-रसिक होते हैं, ऐसा नहीं है। बहुतेरे श्रोता प्रचलित, कई एक ठुमरी-ग़ज़लों से ज़्यादा कुछ नहीं चाहते। बाईजी अगर जवान और ख़ूबसूरत हसीना हो, अबीर-गुलाल में रंगारंग मंच पर खड़ी होकर नाच सके और दीवार में जड़े बड़े-बड़े आइनों में उसकी झलक नज़र आये, उसी में वे लोग ख़ूब ख़ुश हो जाते हैं। पिछली बार तो एक-दूसरे से होड़ लगाकर बहार को मोटी रक़म देकर उसे अपनी महफिल में खींच ले गये थे। कुछेक बे-रसिक बनिये और पंडों की तरफ़ से आमन्त्रण क़बूल करने पर आनन्द कितना बिफर गया था। लेकिन बहार ने उसकी बात नहीं मानी। उसे रुपयों की ज़रूरत थी। बाईजी होकर, इन आमन्त्रणों की उपेक्षा करने से उसका काम नहीं चलता। काशी में निवास करते हुए इन लोगों को नाराज़ करना बुद्धिमानी नहीं होती। इसके अलावा, कब, कोई भली महफिल नसीब होगी, कब गाने का मौका मिलेगा—इस उम्मीद में बैठे रहने से क्या फ़ायदा? आनन्द की ख़ुशफहमी का साथ देते हुए, कई एक बँधे-बँधाये घर-कोठी तो इसी दौरान बहार के हाथ से फिसल गया था।

आनन्द बहार से नाराज़ हो गया। हर दिन के अन्त में बहार पचास, सौ-दो सौ रुपये वसूल कर लौटती थी। बहार बाई अगर मिल जाये तो चतुरान, सुहागन और छोटी को भला कौन चाहेगा? सभी लोगों ने बहार को आमन्त्रित किया और उसी ईर्ष्या से जल-भुनकर अन्यान्य लोगों ने उसके नाम जाने कितने आपेक्ष लगाये, कितनी ही बदनामी फैलायी।

विनायकजी की कोठी की घटना का असर अभी भी लोगों के मन में अंकित है या नहीं कौन जाने!

यही सब सात-पाँच सोचकर, बहार शाम को सजने-सँवरने बैठ गयी। बदन

पर श्वेत साड़ी लपेटकर उसने सिर पर पल्ला डाल लिया। सुरतिया पनडब्बा उठा लायी। गाड़ी बुला लाने के लिए आदमी चला गया।

बहार को संदिग्ध निगाहों से देखते हुए आनन्द ने पूछा, "कहाँ जा रही हो, बहार?"

"और कहाँ? कितने ही सौदे तय करने हैं, कितने ही दिनों से बाहर नहीं गयी, इसलिए जा रही हूँ।"

"तुम क्या गणेशजी की कोठी पर जा रही हो, बहार?"

यूँ पकड़े जाने पर, बहार सकपका गयी, लेकिन अगले ही पल उसने अपने को सँभाल लिया।

"पा...ग...ल!" बहार मुस्करायी।

"पागल कोई एक ही रहे, बहार, तुम मत जाओ। अगर कहीं तुम्हारी बेइज़्ज़ती होती है तो मैं बर्दाश्त नहीं कर पाऊँगा। तुम जानती हो न?"

बहार उसके बिल्कुल सामने आ खड़ी हुई और मुस्करा उठी, "तुम्हारी यह बात मुझे बेहद अच्छी और मोहक लगी, आनन्द!"

"यह तो कोई जवाब नहीं हुआ, बहार!"

"जवाब मैं दूँगी, मगर लौटकर! लेकिन हाँ, मैं कोई ग़लत काम नहीं करूँगी, यह भरोसा रखो, आनन्द!"

आनन्द यह जानता था। उसकी आँखों में अनचाही श्रद्धा झलक उठी।

उसने कहा, "चलो, जो तुम्हें सही लगे वही करो, बहार।"

गाड़ी आ पहुँची। बहार अकेली ही गाड़ी में सवार हो गयी।

लेकिन गणेशजी की कोठी में दाखिल होते हुए उसकी छाती आशंका से धड़क उठी। काफ़ी हिम्मत बटोरकर वह कोठी के अन्दर दाखिल हुई।

गणेशजी बाग़ में आरामकुर्सी पर लेटे-लेटे हुक्का गुड़गुड़ा रहे थे। उन्होंने हाथों के इशारे से बहार को बैठने को कहा। कुछ देर ख़ामोशी छायी रही। उसके बाद, माफ़ी माँगते हुए बहार ने ही बातचीत शुरू की। गणेशजी ने हाथ झटककर उसे बीच में ही रोक दिया।

उन्होंने कहा, "मैं जो कहता हूँ, मेरी बात ध्यान से सुनो, बहार बाई! आनन्द के लिए मैंने क्या किया, क्या नहीं किया, तुम जानती हो। ज़मीर ख़ाँ साहब, भगवान उनकी आत्मा को शान्ति दे। उनका प्रिय शिष्य है—आनन्द! उसे ढेरों सम्मान मिले हैं! रुपये भी उसने ढेरों कमाये हैं। बहुतों के मुक़ाबले वह खुशनसीब है, इसमें भी कोई शक़ नहीं। लेकिन बहुत अफ़सोस की बात है

कि उसे अपने भले-बुरे की समझ नहीं है। उसे अपने दोस्तों की पहचान नहीं है, इसीलिए वह इतनी लापरवाही से अपना भविष्य धूल में मिलाये दे रहा है, वर्ना दारूबाज़, जुआरी या पंडों के अड्डों पर पड़ा रहता। न उसके कपड़े-लत्तों का ठीक-ठिकाना रहता है, बौखलाया हुआ उदास चेहरा! दिमाग़ भी ठिकाने नहीं—उसकी ऐसी दशा तो होनी ही चाहिए थी। नरसीप्रसाद परिवार का उस पर कितने ही अहसान हैं, बताओ! लेकिन उस बार उन्हीं का भतीजा आया। आनन्द वादा करके भी नहीं आया। रामनगर जाकर अपने यार-चमचों को लेकर तीन दिनों तक फुर्ती करता रहा। इन्सान और क्या कर सकता है, तुम ही बताओ?"

बहार ने अपने आँचल से आँसू पोंछे? एक साथ ढेरों बातें कहकर गणेशजी ज़ोर-ज़ोर से हुक्का गुड़गुड़ाने लगे।

बहार ने कहा, "आज मैं चलूँ। मेरी गुस्ताख़ी माफ़ करें जो पहले आपकी खिदमत में हाज़िर नहीं हो सकी।"

अब जाकर गणेशजी तनी हुई भौंहें शिथिल हो आयीं और उनकी निगाह सरल हो आयी।

उन्होंने सहज लहजे में कहा, "बे-फ़ायदा नशा-भाँग पीकर, जवान-जहान उम्र में भला कोई अपनी तकदीर तबाह करता है? और तुमने भी भला क्या किया? तुम भी तो आना-जाना ज़ारी रख सकती हो। देखें-सुनें तो, हम सब भी तुम्हारी खोज-ख़बर रख सकते हैं।"

"आप दयावान हैं, मेहरबान हैं, आपका अन्तःकरण महान है..." बहार के लहजे में जैसे कोई नया भाव उभरा। बहार ने बुज़ुर्ग गणेशजी की अवमानना नहीं की लेकिन यह भी समझा दिया कि वह किसी दिन भी उनके इन्तज़ार में बैठी नहीं रहेगी।

उसने अपनी ज़ुबान से यही ज़ाहिर किया, "इसके अलावा, आप लोगों की हज़ारहा व्यस्तता होती है, सैकड़ों तरह के झमेले होते हैं। ऐसे में हम अगर अपनी बात...अपना प्रसंग लेकर हाज़िर हों तो यह आप लोगों को तंग करना ही होगा। आप ही बतायें?"

गाड़ी में बैठकर बहार ने चतुरान के घर की तरफ़ चलने का निर्देश दिया। गणेशजी की बातचीत से उसे यही लग रहा था कि समाज में उन लोगों के बारे में एक प्रतिकूल राय बन रही है। नहीं, आनन्द नहीं, उसे ही लक्ष्य बनाकर आघात हना जायेगा। आनन्द को अपने करीब रखने के लिए बहार ने जैसे

निन्दा-प्रशंसा की उपेक्षा की है, अपनी स्वाधीन इच्छा को ही क़बूल कर लिया, उसे आज उसी का पलटकर जवाब मिल रहा है। आनन्द की प्रतिभा पर लगाम लगाने की कोशिश करते हुए क्या उसने भूल की है? क्या इसीलिए आनन्द लगाम तोड़कर लापरवाह परिणति की ओर चल पड़ा है? तो क्या बहार हार गयी?

कभी भी नहीं! हरगिज़ नहीं! बहार ने अपनी गोरी हथेली से गाड़ी की खिड़की कसकर थाम ली। गाड़ी के आइने में उसकी छाया उठती-गिरती रही। वह अभी भी वही बहार है, जिसकी हँसी में बिजली खेलती है; अनाड़ी, जवान श्रोता जिसकी एक रात की मजलिस की क़ीमत चुकाने में अपने सर्वत्र उड़ेल देने को तैयार रहते हैं; बनारस की बनारसी, जिसका नाम है। वह हार नहीं सकती। उसे जीतना ही होगा।

फरास पर अधलेटी चतुरान गुड़गुड़े का दम लगा रही थी।

बहार को देखकर उसने सादर अभ्यर्थना की, '"आ जा...आ जा! इतने दिनों बाद याद आयी? आने की फुर्सत मिली?"

चतुरान की हथेलियों की आठ-आठ उँगलियों में अँगूठियाँ जगमगा रही थीं। उसने चमकता हुआ पानदान बहार के सामने कर दिया।

उसने कहा, "बहार, तुझे तो गहने बेहद पसन्द हैं। देख तो, ये गहने कैसे हैं?" चतुरान ने ज़ेवरों की एक बकसिया खोलकर उसके सामने कर दी।

बहार ने कहा, "ख़ूबसूरत हैं।"

"ख़ूबसूरत कह रही हो, तो ख़ूबसूरत ही होंगे। भोगीलाल ने भेजा है। मेरा कहना है कि यह सब क्या अब हम लोगों को शोभा देता है? अब, हम लोग पुरानी भयीं, यह मानना ही नहीं चाहता। हम भई, बंगालिनों की तरह सोना नहीं लाद सकतीं, इसलिए मैं तो हीरा ही ख़रीदती हूँ।"

"सही करती हो!" बहार को कोई और जवाब नहीं सूझा। दोनों ही एक-दूसरे की तरफ़ शिकारी नज़रों से निशाना लगाने लगीं।

चतुरान ने कहा, '"उस्तादजी की क्या ख़बर है, बहार? सुना कि वे बीमार थे?"

"अब ठीक हैं।"

"तकलीफ तो तेरी है, बहार! नहीं, नहीं; मैं तो तुझे बचपन से ही देखती आ रही हूँ। किसी को दुख-कष्ट पाते बहुत तकलीफ होती है, बहार!"

"तकलीफ कैसी?" मन का असन्तोष मन में ही दबाकर बहार ने होंठों पर मुस्कान खींचकर अपनी बात पूरी की, "आदमी क्या बीमार नहीं पड़ता?"

हमदर्दी और ममताभरे करुण लहजे में चतुरान ने कहा, "तेरा क्या कोई

मुकाबला है, बहार? इसलिए तो कहती हूँ, उस्तादजी जब कई-कई रात मेरे यहाँ पड़े रहते थे। तब मैं कितना-कितना कहती थी कि घर जाइये!, बहार आपके इन्तज़ार में बैठी होगी। लेकिन वे क्या मानने वाले थे? ऐसा एक बार नहीं, कई बार हुआ है।"

"आख़िरी बार वह कब आया था?"

"करीब महीने भर पहले! विनायकजी की हवेली में हल्ला-गुल्ला मचाने से पहले की बात है। उस दिन तो कैसी फूहड़ वारदात हो गयी थी कि..."

बहार बीच में ही बोल उठी, "चतुरान, जो बात हम दोनों जानती हैं, उसका ज़िक्र मत छेड़। बाकी हाल-समाचार बताओ। क्या हाल-अवहाल है?"

"आजकल तो काफ़ी काम का समय है, बहार! होली पर इस बार भोगीलाल जयपुर से होली-नाच मंडली बुला रहा है। बाप के मरने पर उसे जितनी दौलत मिली है सब बहाये दे रहा है वह छोकरा! उसी की कोठी का जलसा देखने लायक होगा। तू वहाँ जा रही है न, बहार?"

बहार ने सिर हिलाया, "मुझे तो बुलाया नहीं और क्यों नहीं बुलाया मैं यही बात जानने आयी हूँ, चतुरान! बताओ, यह कौन-सा खेल चल रहा है?"

"कौन-सा...कैसा खेल, बहार? मुझे तो तेरी बात ही समझ में नहीं आयी।"

"मैं ख़ूब समझती हूँ। लेकिन, यह भी जानती हूँ कि ख़ुद सच्चे हो, तो दुनिया भी सच्ची रहती है। मैंने तो कोई ग़लती नहीं की, चतुरान!" बहार आवेग में बोलती रही, "मैंने ऐसा कुछ भी नहीं किया जो बेनज़ीर हो। ऐसा तो मेरे-तुम्हारे घराने में हमेशा ही होता रहता है।"

"लेकिन तेरे उस्ताद ने तो यह बात नहीं समझी, बहार!"

"नहीं समझी, इसलिए तो वह इतनी तकलीफ पा रहा है।"

बहार दुख पा रही है। उसके दिल में आग लगी है, यह देखकर ही चतुरान यथेष्ट मात खा गयी।

उसने कहा, "चल, छोड़ बहना, ये सब बातें! तू आयी है मैं इसी में ख़ुश हूँ। तुम मेरी पुरानी दोस्त हो। तेरा हाल देखकर दुख होता है इसलिए दो-एक बातें कहे बिना मुझसे रहा नहीं जाता।"

"ठीक है, चतुरान! जिसके मुँह में जो आयेगा, वह तो कहेगा ही। लेकिन इस वज़ह से मुझे भी सारी बातें सुननी ही होंगी, इसका भी कोई मतलब नहीं है।"

"किस बात का तुम क्या जवाब दे रही हो, बहार? तुम बात को बहुत ग़लत समझ लेती हो।"

"हाँ, ग़लत समझती हूँ और ग़लत करती हूँ! क्यों यही बात है न, चतुरान? लेकिन जो कोई, चाहे कुछ भी कहे, मैं, यह हरगिज़ मानने को तैयार नहीं हूँ कि मैंने कुछ ग़लत किया।"

बहार उठ खड़ी हुई।

उसने कहा, "घूमते-फिरते, बस यूँ ही चली आयी। मैं कोई चिन्ता-फिक्र लेकर नहीं आयी, चतुरान! तुमसे भेंट हो गयी, चलो, अच्छा हुआ। अब चलती हूँ, बहना।"

बहार को सीढ़ी तक पहुँचाने आकर अचानक चतुरान ठिठक गयी; मानो उसे कुछ याद आ गया हो।

उसने कहा, "अरे, हाँ, रोहतगी बनारस आया हुआ है, जानती हो?"

"बुड्ढा रोहतगी?"

"नहीं, नहीं, बुड्ढा तो पिछले साल ही मर गया, बहार! अब तो कुन्दलाल मालिक है।"

"अच्छा?" इतना भर कहकर बहार ने विदा ली।

चतुरान अपने होंठ चबाने लगी।

हुँहः इस लड़की का अहंकार मरकर भी नहीं मरा। हाँ, कभी काफ़ी उठान पर थी। वह क्या अपने हुनर के बल पर? अरे, तेरी कुल पूँजी तो तेरी सूरत थी और तुझे धकियाकर ऊपर चढ़ाने के लिए कोई बन्दा था। प्यार करके ही तो तू फँस गयी। जिससे प्यार किया उससे तो चन्द बोतल देने का वादा करो, तो वह जहाँ-तहाँ बैठ जाता है। तेरे नाम को दस गालियाँ देकर बातें करता है; जुआरी मुहाल में गाने गाता है। इसके बावजूद तुझे इतना दिमाग़? इतना गरूर?

चतुरान बड़े-से आइने के सामने पत्थर की चौकी पर बैठ गयी। आजकल वह ज़रा मुटिया गयी थी। लेकिन जवानी अब भी कायम है। अपने गोरे चेहरे पर पड़े दाग-धब्बों पर मलाई-बेसन का लेप लगाते-लगाते बहार का नाम लेकर उसने पीकदान में पच्च् से पीक थूक दिया।

बुद्धू नौकरानी को उसने डपट दिया, "अरे, ओ छोकरी! खड़े-खड़े क्या देख रही है? तमाशा? जा, पानी ले आ।"

इधर घोड़ागाड़ी से पीठ टिकाकर बहार अपनी सोच में डूब गयी। पिछले पाँच वर्ष कितनी तेज़ी से गुज़र गये। बहार ने दुनिया-जहान छोड़कर ज़िन्दगी गुज़ार दी। उसने कोई ख़बर ही नहीं रखी। रोहतगी परिवार का बेटा कुन्दलाल अब 'रोहतगी स्टेट' का मालिक बन गया है! जो सम्पत्ति गाँजा-तम्बाकू की

खेती करके अर्जित की गयी हो, वह शराब और औरत के पीछे ही ख़र्च होगा, यह निश्चित नियम है। इसीलिए छः वर्ष पहले जब यह छोकरा बहार के पीछे दीवाना हो गया था तो सभी लोग समझ गये थे—हाँ, बहार ने इस बार विशाल दरख़्त से अपनी नाव बाँधी है।

अमीर आदमी का बेटा। अपना जीवन-यौवन, धन-मान-सभी कुछ बहार के क़दमों पर अर्पित करने को तैयार था—कुन्दलाल! लेकिन उसकी चाल ग़लत हो गयी। बहार से वह ब्याहता पत्नी जैसी विश्वसनीयता की उम्मीद कर रहा था। बहार, अब कहीं नहीं जा सकती; बहार अब गा नहीं सकती। लेकिन, बहार के लिए यह अनुशासन मानना असहनीय था। उसे आज़ाद जीवन के स्वाद का गहरा नशा लग चुका था।

कुन्दलाल ने कहा था, "तुम रुपये ले लो, बहार, जितनी ख़ुशी रुपये लेती रहो। लेकिन बार-बार तुम इतनी निष्ठुर क्यों हो जाती हो? क्या तुम मुझे प्यार नहीं करतीं?"

"आप देते हैं, मैं ले लेती हूँ! आपको प्यार करना मेरे लिए कितना सम्भव है बाबू और अगर आप घर की जोरू जैसा प्यार चाहते हैं, तो एक और शादी कर लें न, मैं आपकी तीन नम्बर की बीवी नहीं हो पाऊँगी।"

उस दिन कुन्दलाल दुख में डूब गया था। उसने कहा, "मैं बेहद काइयाँ इन्सान हूँ, बनियागिरी समझता हूँ। भला मुझे तुम क्यों प्यार करने लगीं? मुझसे ही भूल हो गयी, बहार।"

वही कुन्दलाल आज लाखों-लाखों रुपयों का मालिक है। जिस बहार ने उसके अधीन होने से इनकार कर दिया था और जो तेज़ दिखाकर चली आयी थी, उसी बहार ने किसी खानाबदोश, अज़ीबोग़रीब इन्सान की बेड़ियाँ पहन लीं। उसके तर्क, उसी के पास रहे। दुनिया की इन्सानों की नज़र में तो यही दिखेगा न कि बहार ने भूल की। अगर अधीनता क़बूल करनी ही थी तो उसे वह आदमी पकड़ना चाहिए था, जो चाँदी के सिक्कों से उसके ढेरों क्षय-क्षति भर देने में सक्षम होता।

इतने गहरे दुःख में भी बहार को हँसी आ गयी। बहार दुनिया के बारे में नहीं सोचती, लेकिन काश आनन्द उसका दुःख, उसी की तरह समझ पाता।

बहार के लौट आने के इन्तज़ार में आनन्द उद्ग्रीव बैठा था। बहार उदास चेहरा लिए लौट आयी। उससे कोई बात किये बिना ही वह कमरे में चली गयी।

आनन्द अपने कमरे में दाखिल हुआ। बहार बाहर की तरफ़ मुँह किये पलंग

पर बैठी थी। बत्ती बुझी हुई! सड़क पर रौशन गैसबत्ती की थोड़ी-सी रोशनी कमरे में आ रही थी। आनन्द आकर उसकी बगल में बैठ गया।

उसने स्नेहिल आवाज़ में कहा, "तुम्हें क्या हुआ है? बहार?"

"कुछ भी तो नहीं!"

"तुम रो रही हो, बहार?" गहरी ममता से आनन्द ने बहार को अपने करीब खींच लिया।

बहार चुपचाप उसके सीने पर सिर रखे बैठी रही।

बहार के सिर पर हाथ फेरते-फेरते आनन्द ने फिर पूछा, "गणेशजी ने कुछ कहा, बहार?"

सिर उठाये बिना ही बहार ने जवाब दिया, "ना! किसी ने कुछ नहीं कहा...।"

"फिर क्या हुआ है? किसने, क्या कह दिया? बताओ, तुम ये चेहरा लटकाये घर क्यों लौटीं, बहार?"

आनन्द की आवाज़ में लिपटी गहरी ममता ने बहार के ढेरों दुखों को मानो शीतल कर दिया। उसकी आँखों से बूँद-बूँद आँसू बह निकले। आनन्द ने उसका चेहरा अपनी हथेली में ले लिया। रोशनी-अँधेरे की छाया में बहार बेहद ख़ूबसूरत नज़र आयी। जो औरत हमेशा सिर ऊँचा किये चलती-फिरती है, जो बाहर से बिल्कुल रूखी-सूखी है, जो अपने पैरों पर तनकर खड़ी होना चाहती है। इसलिए हज़ारहा आँधी-तूफान के झटके उसके आ पड़े हैं, वही लड़की मलिन चेहरा लिए घर लौटी है और कोने में बैठी आँसू बहा रही है, यह देखकर आनन्द को बेहद तकलीफ हुई। कोई आकस्मिक और निष्ठुर आघात पाकर जैसे किसी शिशु का चेहरा असहाय नज़र आता है, बहार का चेहरा भी बिल्कुल वैसा ही लग रहा था।

आनन्द ने कहा, "तुझे मैं बहुत-बहुत तकलीफ देता हूँ, बहार...मेरे पाप की कोई माफ़ी नहीं है।"

शुरू-शुरू के दिनों में आनन्द उसे तू कहकर ही सम्बोधित करता था। वह बात याद आते ही सुख-दुख की मिली-जुली अनुभूति दुबारा आँसू बनकर उमड़ आयी।

बहार ने कहा, "कहाँ, आनन्द, मुझे तो कोई दुख नहीं है।"

"सच्ची?"

"सच्ची।"

अर्से बाद दोनों प्राणी ज़रा करीब आये थे। उनमें से किसी ने भी उन शुभ

पलों को नष्ट नहीं करना चाहा। दोनों एक ही भाव-भंगिमा में ख़ामोश बैठे रहे, मानो इसके बाद भी अगर कोई बात की, तो इन पलों का मोह कट जायेगा।

कुछेक पलों बाद आनन्द ने कहा, "चलो, बहार, हम कहीं घूम आयें।"

यह सुनते ही बहार की वास्तविक चेतना लौट आयी।

वह उठकर बैठ गयी।

उसने कहा, "चलूँगी, लेकिन होली के बाद।"

"होली से हमारा क्या वास्ता, बहार?"

"होली में ही तो बनारस में धूम मच जाती है, आनन्द! तुम्हें याद नहीं कि इसी मौसम में हम कितने-कितने रुपये घर लाते थे?"

फिर वही रुपयों का प्रसंग! करारा तमाचा खाकर आनन्द हक़ीकत की दुनिया में लौट आया। उसने बहार को गौर से पढ़ने की कोशिश की।

बहार ने चेहरे पर करुण हँसी खींचकर कहा, "रुपयों का प्रसंग उठाया, इसलिए तुम मुझे छोटी मत समझना, आनन्द!"

"छिः-छिः!" आत्मधिक्कार में आनन्द ने सिर हिलाया, "मैं क्या इतना गिरा हुआ इन्सान हूँ, बहार?" अगले ही पल वह भी हँस पड़ा, "बेशक, रुपयों की हमें ज़रूरत है। लेकिन कैसे, क्या होगा, बहार?"

"मैं स...ब कर लूँगी, आनन्द, बस तुम देखते जाओ।" बहार घुटने मोड़कर बैठ गयी।

उसने उत्सुक निगाहें आनन्द पर थिर रखकर अगला वाक्य जोड़ा, "जितने दिनों ज़िन्दा रहूँगी। मैं लड़ती रहूँगी, आनन्द! मैं अभी मरी तो नहीं हूँ।"

"तुम्हें भरोसा है?" बहार के उत्साहित संकल्प के ज्वार में आनन्द की आवाज़ में गूँजता करुण सुर कहीं खो गया।

बहार ने जवाब दिया, "मैं सब कुछ करूँगी। जब तुम मेरे साथ हो, तब मुझे क्या फ़िक्र, बताओ? हार मैं क़बूल नहीं कर पाऊँगी, आनन्द!"

अचानक आनन्द को अहसास हुआ कि वह बेहद कमज़ोर इन्सान है। उसे लगा, बहार उस पर इस हद तक भरोसा करना चाहती है, लेकिन उसमें लड़ने का ऐसा कोई दम-ख़म नहीं जागा है। उसके मन में विश्रान्ति जाग उठी, निर्लिप्तता ने सिर उठाया। सब कुछ छोड़-छाड़कर अगर वह कहीं जा पाता, तो उसे भला लगता। लेकिन बहार जो छोड़ना नहीं चाहती। वह भाग्य को कसकर थामे रहना चाहती है। उस पर भरोसा करके बहार इस लड़खड़ाहट का दुस्तर समुद्र पार करना चाहती है। हालाँकि नाव के अन्दर घुन लग चुका है। उसकी

पोर-पोर छलनी हो चुकी है! पता नहीं, कितनी दूर तक इसका चलना जारी रहेगा। शायद बीच राह में ही सफर ख़त्म हो जायेगा।

उसने कहा, "ठीक है, बहार, जो बेहतर समझो, करो! मोहन से सलाह कर लो।"

आनन्द थकान महसूस करते हुए सो गया।

बगल के कमरे में बहार उत्साहित लहजे में निर्देश देती रही, वह सुनते-सुनते आनन्द के मन में चाह जागी—इस वक़्त अगर वह थोड़ी-सी शराब चढ़ा लेता तो उसे सब कुछ बेहद भला-भला लगता। चिरन्तन निःसंग एकाकीपन के हाथ से मुक्ति पाने का और कोई तरकीब आनन्द नहीं जानता था।

सात

फागुन के उत्ताप में गंगा के पानी में अब खिंचाव आने लगा था। समूचा शहर रंगों के नशे में मतवाला हो उठा। औरत-मर्द कपड़ों पर रंग चढ़ाने में व्यस्त हो उठे। चौक की कतार-दर-कतार दुकानों में दुकानदारों ने अपनी-अपनी दुकानों के सामने चादर बिछाकर अभ्रक-मिले अबीर के ढेर लगा दिये। गुलाल, कुमकुम तैयार करने की धूम मच गयी। होली के समवेत नाच-गान से शहर की गली-सड़क गूँज उठी।

बाहर जब रंगों का इतना खेल चल रहा था, उसकी बूँद भर-भर मस्ती बहार के मन को स्पर्श क्यों नहीं कर पायी, यह सोच-सोचकर आनन्द उदास होता रहा। लेकिन वह निरुपाय था। सद्यः रोग-मुक्ति के बाद, उसका देह-मन अवसन्न था। बहार की ख़बर पाकर, रोहतगी परिवार की गाड़ी हर दिन ही उसके दरवाज़े पर पहुँच जाती थी। बनारसी साड़ी और ज़ेवरों से लकदक होकर बहार उस गाड़ी में आ बैठती थी। श्रान्त देह और क्लान्त चरण। जब वह घर लौटती थी, तब किसी दिन रात के दो बजे होते थे, किसी दिन एक! सुबह काफ़ी दिन चढ़े, उसकी नींद टूटती थी। तब तक सारंगिया बैठा-बैठा सारंगी के कान मरोड़ता रहा होता। मोहन हारमोनियम का मिजाज़ ख़ुश करने की साधना में जुटा होता, तबलची पीतल की हथौड़ी से पीट-पीटकर सुर मिला रहा होता। बहार और आकर रियाज़ के लिए बैठ जाता। रियाज़ ख़त्म करके,

आहार-भोजन करते-न करते दिन ढल जाता था। उसके बाद आराम, प्रसाधन और जाने की तैयारी करते-न करते सँकरी गली में टापों की आवाज़ के साथ विशाल घोड़ागाड़ी उसके दरवाज़े आ लगती थी। आनन्द से दुआ-सलाम करके बहार तेज़-तेज़ चाल में नीचे उतर जाती थी।

बाप-दादों की संचित दौलत खर्च करने की जितनी सारी राह कुन्दलाल ने ग्रहण कर ली थी, उसमें कोई नयापन नहीं था। वे तमाम राहें सिर्फ़ पुरानी ही नहीं, सड़ी-गली और जरा-जीर्ण हो चुकी थीं। रुपये बहाने की इससे बेहतर और कोई राह नहीं थी। रुपये फेंककर समूची दुनिया को अपने वश में किया जा सकता है, कुन्दलाल जानता था। हाँ, बहार उसे व्यतिक्रम लगी थी, इसीलिए बनारसवाली बहार बाई उसे याद रह गयी थी।

बहार! बहार! नाम रटते हुए, कुन्दलाल के मन में कहीं एक प्रत्याशा भी थी। लेकिन उसे देखकर कुन्दलाल को मन-ही-मन कहीं धक्का भी लगा। कहीं अन्दर से इस औरत की उम्र बढ़ गयी थी। बहार बदल गयी थी। उसके चेहरे-मोहरे पर पिछले पाँच वर्ष अपना निशान छोड़ गये थे। वैसे बाहर से उसकी सूरत पहले जैसी ही थी। लेकिन अपने अन्दर होते हुए भी, बहार मानो मौजूद नहीं थी। उसकी आँखें अब, कुछ और बोलने लगी थीं। जब वह हँसती थी तो बेहद करुण नज़र आती थी। मानो बहार अपनी धुरी से डगमगा गयी हो। उसके जीवन का मूल्यांकन बदल गया हो। जवानी के अहंकार में चूर, वह गर्वीली लास्यमयी औरत आख़िर कहाँ गयी? जिसे देखकर बाईस वर्षीय कुन्दलाल एकदम से दीवाना हो गया था? गाने तो यह बहार भी गाती थी, लेकिन उन गानों का आकर्षण कहीं अन्यत्र चला गया था। इस दुख, वेदना और आनन्द का उत्स भी कुन्दलाल के लिए अनजाना था। यह सब देखते-देखते कुन्दलाल ठीक-ठाक समझ गया कि बहार को देखकर अब उसे नशा नहीं चढ़ता।

आख़िरी मजलिस में उस दिन सभी श्रोताओं के अनुरोध पर बहार अर्से से सिंचित बेहद प्रिय-स्मृतिस्वरूप वह गीत– *"ओ रंगवाले..."* गा रही थी। गाते-गाते उसके मन में हाहाकार जाग उठा। आवाज़ में वही दर्द उभर आया। उसका वह गाना सुनकर श्रोता के दिलों में आ...ह...उमड़ आयी।

विदा लेने से एक दिन पहले, नदी-तट पर स्थित झूला बरामदे में खड़े-खड़े कुन्दलाल अपने मन की कुछ बातें ज़ाहिर करने का लोभ सँवरण नहीं कर पाया।

उसने कहा, "हमारी काफ़ी पुरानी जान-पहचान है। इसे आप मेरी बेअदबी न समझें। एक बार आप गाजीपुर चलें...।"

"आप दावत दे रहे हैं?"

"हाँ, क़बूल फरमाएँ तो मैं धन्य हो जाऊँगा।"

"कभी...किसी ज़माने में, इस बारे में दीवार खड़ी थी...।"

"वह तो पुरानी बात है! आज अपने सम्मानित मिहमानों की उपयुक्त अभ्यर्थना करने की आज़ादी है मुझे। आप चाहें तो परख लें!" कुन्दलाल ने उसकी गोरे, शिथिल-नसों से मयूर हथेली, अपने हाथों में ले ली। नवरत्न अँगूठी में जड़ा हीरा एकदम से जगमगा उठा।

उस अँगूठी को देखकर बहार के चेहरे पर कौतुक और करुणामिश्रित हँसी खेल गयी। गहरी नीली बनारसी साड़ी का आँचल सिर तक खींचकर उसने अपने बाल अच्छी तरह ढक लिए।

उसने कहा, "दीवार तो अब भी खड़ी है, बाबू साहब! मेरी अपनी तरफ़ से ही! रुपये-पैसों की तरफ़ से मेरी कोई अमर्यादा नहीं होगी, यह मैं जानती हूँ।"

"सम्मान के नज़रिये से भी नहीं होगी।"

"मैं अब और किसी को भी सुखी नहीं कर सकती, बाबूजी! मेरी वह ग़लतफहमी टूट चुकी है।"

"बहार बाई!"

"मेरी यह बदनसीबी है, बाबू साहब, आपकी बात मान लेती तो मेरा भला ही होता, मगर मुझे यह क़बूल नहीं है।"

इन बातों का जवाब कुन्दलाल नहीं जानता था। वह झेंप गया। लेकिन बहार भी जवाब नहीं सुनना चाहती थी। वह सिर्फ़ बताना चाहती थी। गंगा के जल में कोठी की छाया झिलमिला रही थी। नाव के उतार-चढ़ाव के साथ रोशनी की बूँदें भी झलककर गायब होती रहीं। दूसरी तरफ़ से तूफानी हवा के झपट्टे आ रहे थे। दूर पुल पर से ट्रेन गुज़र रही थी।

इन सबके बीच कुन्दलाल को बहार जाने कैसी तो बेहद थकी-थकी जान पड़ी।

बहार ने कहा, "लेकिन बात क्या है, जानते हैं? आप ठहरे सेठ आदमी! जाने कितने ही लोग आपकी मेहरबानी पाकर धन्य हो उठेंगे? तब कभी दो-चार दिनों के लिए किसका नाम चमकता रहा, कौन थी वह बाईजी, उसके बारे में आप भूल ही जायेंगे! ऐसा ही होता है। कोई किसी को याद नहीं रखता, बाबूजी!"

कोठी सूनी हो चुकी थी। नौकर-चाकर रंगीन काँच जड़े विशाल-विशाल दरवाज़े बन्द कर रहे थे; ओने-कोने में जलते हुए चिराग़ बुझ रहे थे। बहार की बेसुधी टूटी। कुन्दलाल को अलविदा कहकर, बहार तेज़-तेज़ चाल में नीचे उतर

आयी और गाड़ी में सवार हो गयी। इस बीच कोई आदमी दौड़ता हुआ आया और बहार के हाथ में मोटा-सा लिफ़ाफ़ा थमाकर चला गया। वह लिफ़ाफ़ा खोलने का बहार का मन नहीं हुआ। वह सिर टिकाये बैठी रही।

अपने घर की सीढ़ियाँ चढ़ते-चढ़ते वह थकान से निढाल हो आयी। कमरे में दाखिल होते ही वह बिस्तर पर लुढ़क गयी। आनन्द कमरे में नहीं था। कहाँ गया है? पिछले पन्द्रह-सोलह दिनों की लगातार जी-तोड़ मेहनत और आधी-अधूरी नींद से बहार की आँखें उनींदी हो आयीं।

कुछ देर बाद ही आनन्द कमरे में दाखिल हुआ। अर्से बाद, नशा करके उसे भला-भला लग रहा था। नशे में डूबी निगाहों से निरखते हुए आनन्द को बहार और भी अच्छी लगी। बहार ने अपने पाँवों से ज़री की चप्पल तक नहीं उतारी थी। आनन्द उसकी चप्पल उतारने के लिए ज़रा झुका तो उस मोटे लिफ़ाफ़े पर उसकी नज़र पड़ी। शिथिल हाथों से उठाते हुए लिफ़ाफ़ा खुल गया और रुपयों की गड्डी में से ढेर सारे नोट फर्श पर बिखर गये! बहुत सारे रुपये थे। उतने रुपये देखकर आनन्द का तो नशा ही टूट गया। उसके चेहरे पर विचित्र-सी हँसी झलक उठी। उसी पल अचानक बहार की भी नींद टूट गयी और उसकी नज़र आनन्द की उसी भावमुद्रा पर पड़ी। उसकी नींद और विस्मयभरी आँखें उसके चेहरे पर गड़ गयीं। कोई परिचित इन्सान क्या हँसते हुए क्या इतना अपरिचित नज़र आता है?

आठ

तानपूरे का तार टूट गया था। वह टूटा हुआ तार अब जोड़ा नहीं जा सकता था। उसकी अगर मरम्मत भी की जाये तो भी अब वह सुर नहीं निकल सकता। यह हक़ीक़त जानते हुए भी बहार आख़िरी कोशिश करने का लोभ नहीं सम्हाल पायी। अगर कोई महान शिल्पी किसी टूटे हुए काँच को जोड़ भी दे, तो भी बीच की महीन रेखा का व्यवधान नहीं मिटता। इन्सान से इन्सान का मन अगर एक बार टूट जाये तो उस टूटन को जोड़ना और भी ज़्यादा मुश्किल है। ऐसा सम्भव नहीं है। उसे कसकर भी पकड़े रखें, तो भी उसे क़ायम नहीं रखा जा सकता। सिर्फ़ मन है कि दूर से दूरतर चला जाता है।

शिकस्ते आईना और शिकस्ते दिल
जोड़ा नहीं जाता, जोड़ा नहीं जाता।

बहार यह समझकर भी समझना नहीं चाहती। इतने बड़े विच्छेद का ख़्याल आते ही उसकी आँखों में विश्व-संसार अँधेरा हो आता है। अगर वह आनन्द को लेकर कहीं और चली जाये, तमाम दिनों को स्नेह-प्यार-ममता से भर सके, तो सब कुछ ठीक-ठाक हो जायेगा—उस रात बहार ने आनन्द को बार-बार यही समझाया था। आनन्द ने भी ज़्यादा सोचना नहीं चाहा।

थोड़े आराम, थोड़ी शान्ति की प्रत्याशा में उसने बच्चों जैसे अन्दाज़ में कहा, "तुम सब कुछ दे सकती हो, बहार? मैं और कुछ भी नहीं चाहता। यह जो सारा कुछ सूना-सूना नज़र आता है, निःसंग लगता है; ख़ुद अपने ही लिए मैं बोझ बन गया हूँ—इन सबके हाथों से तुम मुझे मुक्ति दिला सकती हो, बहार? मैं अपने ही लिए बर्दाश्त से बाहर हो गया हूँ।"

हालाँकि बहार में ऐसी कोई क्षमता नहीं थी, फिर भी किसी अन्धी उम्मीद के बल-भरोसे बहार ने उसे आश्वासन देते हुए कहा था, "चलो, हम दोनों कहीं और चले जायें, आनन्द!"

बच्चों की तरह उत्साहित होकर आनन्द ने भी कहा था, "चलो, हम गया चलते हैं। चलोगी?"

इतनी सारी जगहें होते हुए आनन्द ने घर के करीब बसे गया चलने की इच्छा क्यों ज़ाहिर की, बहार अन्दाज़ा नहीं लगा पायी।

इसके बावजूद उसने पूछा, "तुम्हें वहाँ अच्छा लगेगा, आनन्द?"

"ख़ूब अच्छा लगेगा, बहार, ख़ूब-ख़ूब अच्छा, लगेगा। तुम्हें जानकारी नहीं है लेकिन मैं वहाँ रह चुका हूँ न!"

दोनों ही एक-दूसरे को सुखी बनाने की कोशिश में बेहद सजग हो उठे। इसलिए जबरन और ज़्यादा उत्साह ज़ाहिर करते हुए बहार राज़ी हो गयी।

वह घर गोबाछुआ झरना से आगे, बंगाली डॉक्टर बाबू के विस्तृत खेत के बीचोंबीच स्थित था। सद्यः रंग-रोगन की गयी दीवारें। फूस की झुकी-झुकी छाजन! वहाँ लम्बा-चौड़ा एक इँदारा भी था। महिष द्वारा खींचे जानेवाले चकरीदार पात्रों में उस इँदारे से पानी भर-भरकर, मउजे के नौकर-चाकर खेत में पानी उड़ेलते थे। घर की खुली खिड़की से लहर-दर-लहर हरे-भरे खेतों पर नज़र पड़ती थी।

खेतों के पार बौद्धगया की तरफ़ एक सड़क चली गयी है। उसके भी पीछे शेरघाटी और डोवर पहाड़ों की आन्दोलित बहिःरेखा बाँहें बढ़ा-बढ़ाकर विवागी मन को अपने पास बुलाती हुई!

गर्मी की शुरूआत! सुबह आठ बजते ही, शुरूआती ताप गर्माने लगता था। माली तब तक कमरे के खिड़की-दरवाज़े बन्द करके खसखस के पर्दे भिगो देता था। तपती हवा में खेत पर मानो आग की चिनगारियाँ उड़ने लगती थीं। जामुन के पेड़ की हल्की-फुल्की छाया में वह भैंस घूम-घूमकर चकरी खींचती रहती थी और उसके नाक-मुँह से झाग निकलती रहती थी।

ऐसे परिवेश में बहार और आनन्द ने अपना घर बनाया। वहाँ अजस्र शान्ति विराजती थी। विस्तृत नीरवता थी। उन दोनों के बीच बातचीत भी अब कम होती थी। विश्राम की इच्छा ही प्रबल थी। पाँच वर्षों में इतनी थकान जम चुकी थी, कौन जानता था? बातें तो ढेरों हो चुकी थीं, अब हाथ जोड़कर थके-थके मन से बैठकर जीवन को सहज भाव से ग्रहण करने की साधना करनी थी।

शहरी जीवन के तीखे शोरगुल और गहमागहमी के माहौल के बाद सुविशाल फुर्सत के आसमान तले खड़े होकर एक जोड़ी औरत-मर्द, एक-दूसरे को प्यार करने के करुण प्रयास में व्यस्त हो गये थे। बहार जीवन को पुरिया-राग के विलम्बित छन्द के सुर में बाँधने की कोशिश कर रही थी।

अत्यन्त भोर-भोर मुँहअँधेरे ही वे दोनों निकल पड़ते थे। किसी दिन ब्रह्मयोनि की राह पकड़कर चढ़ाई-उतराई पार करके पहाड़ के शिखर पर पहुँच जाते थे। वहाँ छोटी-सी कोठरी में बैठे-बैठे वे दोनों सूर्योदय के दर्शन करते थे। इतिहास के स्वर्णिम अतीत की गौरव-समृद्धि के बाद बिहार की भू-प्रकृति आज भी मानो किसी वैराग्य साधना में लिप्त है। उसके सौन्दर्य में वैरागी की गैरिक निःसंगता मौजूद है। सुबह की पहली किरण फूटते ही वह धू-धू छवि ही एकदम से उजागर हो उठती है। पूरी ख़ामोशी के साथ वे दोनों थके-थके क़दमों से वापस लौट आते थे। झरने के जल में नहाते-नहाते आनन्द चट्टान पर लेट जाता था और उथले पानी में रेत की शैया पर मछलियों को कल्लोल करते हुए निरखता-परखता रहता था। वह झरने के पानी से बाहर ही नहीं निकलना चाहता था। समूचा दिन जिसकी मुट्ठी में हो, उसे जल्दबाज़ी करने की क्या ज़रूरत? यह आलस्य भी तो विलास ही था। झरने के स्वच्छ जल में सुराही भरकर, गीले बाल, बहार घर लौट आती थी। लकड़ी चूल्हा जलाकर चाय बनाती थी। सप्ताह के अन्त में माली बाज़ार कर लाता था। बंगाली डॉक्टर

बाबू के खेत से टोकरी भर-भरकर देहाती लड़कियाँ तरी-तरकारी बेच जाती थीं। वे ही दूध भी ले आती थीं। कभी-कभी कुंड से मछलियाँ भी ले आती थीं।

दोनों प्राणी साथ-साथ चाय पीते थे। साथ में माली भी बैठ जाता था। उस समय ढेरों ज़रूरी प्रसंग पर बातचीत होती थी। आनन्द चित लेटा हुआ सिगरेट का धुआँ उड़ाता रहता था और बीच-बीच में दो-एक सवाल करके विचार-पर्व को जमा देता था। गया के विष्णुपाद मन्दिर का माहात्म्य, विष्णुपुरा में बरगद के पेड़ तले भूतनी-प्रेतनियों का आना-जाना, महावीर के पिता का फूलों का शौक, कलियुग में भगवान रामजी दुबारा अवतार लेंगे या नहीं—इन सब विषयों पर ज़ोरदार चर्चा होती थी। "आप सच्चा, तो जगत् अच्छा"—यह भारी-भरकम हिदायत देकर माली उठ खड़ा होता था। तब तक गर्मी की तपिश और बढ़ जाती थी। सड़क के किनारे, बरगद के पेड़ तले माली की बीवी प्याऊ खोलकर बैठ जाती थी। वह प्यासे राहगीरों को भीगे चने और गुड़ खिलाकर पानी पिलाती थी।

संगीत-साधना की तरह ही बहार, सम और ताल के सामंजस्यपूर्ण छन्द में पूरे दिन को भर देने की कोशिश करती थी। जागते प्रहरों को सेवा-जतन की माधुरी से मधुर बना देने की तदबीर करती थी—बहार! दैनिक जीवन के आम कामकाज में इतना आकर्षण होता है, बहार को पहले जानकारी नहीं थी। उसने किसी अन्धे आकर्षण में जीवन को जकड़ रखा था। उसने सोचा था कि पूरे ज़ोर से थामे रखने भर से, इसे जकड़कर रखा जा सकता है। "प्यार करती हूँ, करती हूँ प्यार"—यह जुमला पंचम में बाँधकर बजाने भर से शायद संगीत के कल्लोल में मन-प्राण डुबोया जा सकता है। आज ऐसा लगता है, जैसे उन्हीं सबमें भूल हो गयी। किसी निर्जन में बैठकर किसी एक चाह को मन्त्र की तरह नित्य दोहराते हुए मन के अन्दर इसकी उपलब्धि के लिए धैर्य की ज़रूरत थी। हज़ारहा रंगों की पण्य-सामग्रियाँ दरकिनार करके श्वेत-श्याम सुस्पष्ट रेखाओं में आँका गया, उनका युगल जीवन की पृष्ठभूमि में धीरे-धीरे अल्पना भी आँकने की ज़रूरत थी। वाकई, बहुत बड़ी भूल हो गयी।

चलो, भूल तो हुई, मगर क्या देर भी हो गयी? देवता इतने निष्ठुर हो जायेंगे कि फिर समय ही नहीं मिलेगा? अब, देखो न, आज अपना सब कुछ त्यागकर वह सिर्फ़ आनन्द को पुनःस्थापित करने की साधना कर रही थी। आनन्द केन्द्रच्युत हो गया है। ज़मीर ख़ाँ साहब के पूर्वज-जादूगरों की तान-तरकीब के उत्तराधिकारी, आनन्द की आवाज़ अब थक चुकी थी। आनन्द की वही आवाज़...

जिसे सुनकर कभी लखनऊ-आगरा के श्रोता धन्य हो उठते थे, आज थकान से भर उठी है। जिस शिष्य में, भास्वर होने की प्रतिरफ़ति मौजूद थी, आज वह धूम्रमलिन हो गया है। ऐसा क्यों हुआ? बहार अपने को सैकड़ों धिक्कार भेजती थी। उसका प्यार अधिकार-लोलुप था। उसने आनन्द को अपनी दोनों बाँहों में जकड़ रखा था, इसलिए उसकी ज़िन्दगी की राह में फूलों की मालाओं का अम्बार नहीं लगा बल्कि वह भारी बोझ बनकर रह गया।

उससे ग़लती हो गयी। प्रायश्चित्त भी वही करेगी। वह इन्सान अपने ही जीवन में लक्ष्य-भ्रष्ट होकर मानो अपने ही अन्दर वीतरागी होकर राह ढूँढता फिर रहा है। बहार उसे घर वापस लौटा लायेगी। इन दिनों वही उसकी साधना है।

बहार घर के कामकाज परम जतन से करती है। ठीक समय पर काठ-फूस जलाकर चूल्हा सुलगाती है। बड़े जतन से आहार पकाने का आयोजन करती है। घर की झाड़ू-बुहारू करने के बाद बड़े जतन से थाली सजा लाती है। मन्दिरतला से वह काला पथरौटा ख़रीद लायी थी। उसमें दही जमाती है। दूध से मलाई निकालकर पर्त-दर-पर्त पथरौटे में जमाती जाती है।

आनन्द यह सब देखकर हँसता रहता था।

उसने कहा, "यह सब तुम क्या किया करती हो, बहार? यहाँ हम क्या गृहस्थी बसाने आये हैं?"

जिन-जिन कामों की आनन्द हँसी उड़ाता था, उसी में उसके ढेरों सुख छिपे हैं, बहार यह शर्मिन्दगी कहाँ उठा रखे? हँसने की कोशिश करती है तो चेहरा म्रियमाण हो आता है। उसकी आँखें आनन्द पर गड़ी रहतीं। उसकी मनोदशा देखकर आनन्द भी दुखी-दुखी हो जाता था।

एक समय उसने खुद ही कहा, "तुम्हें बेहद कष्ट है, बहार!"

"नहीं, आनन्द!"

बहार की घर-गृहस्थी में सहमति और उत्साह ज़ाहिर करके कुछ दिन गुज़र जाते थे, लेकिन आनन्द के अपने मन का शून्यता-बोध और हाहाकार और उनके तकाज़ों से वह बेतरह बेचैन रहता था। उसे अच्छा नहीं लगता था, शायद अब लगेगा भी नहीं। उसे मुक्ति चाहिए, मुक्ति दो, बहार।

वह मुक्ति चाहता है? छिः-छिः कितना कृतघ्न है वह? यह जो औरत जिसने उसके लिए अपनी समूची ज़िन्दगी उपेक्षा में बहा वह दी उसे छोड़कर जा सकता है? अपने हाथों से अपने को टटोलने के लिए आनन्द निकल पड़ा।

सुबह ढल गयी, दिन भी ढल गया।

बोधगया के मन्दिर की राह पकड़कर, कभी-कभी वह लीलाजन के तट पर पहुँच जाता था। शान्त परिवेश! वह मन्दिर वर्षों से सिर उठाये खड़ा है। दुनिया के सृजन में सृष्टा का आशीर्वाद था। उस आशीर्वाद को जीवन में फलीभूत करने के लिए जिस त्याग और साधना की ज़रूरत थी, वह ज़रूरत आज भी ख़त्म नहीं हुई। इन्सान की ज़िन्दगी हज़ारहा विसंगतिभरी है, फिर भी युग-युगों से वहीं, शिव और सुन्दर का आसन विराजमान होता है। जो इस विसंगति का दर्द महसूस करता है, उसे तो रास्ते पर निकलना ही होगा।

शाक्य वंश का राजकुमार उन्हीं लोगों में से एक था। इन्सान का दुख-दर्द दूर करने के लिए कोई देवता नहीं, इन्सान ही हाथ में भिक्षा-पात्र लेकर निकलता है और इन्सानों के ही दरवाज़े-दरवाज़े पुकार लगाता फिरता है। उस अनन्य-चरित्र इन्सान को हमने देवता के आसन पर बिठाया।

आनन्द को इतिहास की जानकारी नहीं थी। लेकिन उसे मन्दिर का शान्त परिवेश अच्छा लगता था। मन्दिर में लगे पत्थरों-शिलाओं पर खुदी हुई सुषमा उसे मोहक लगती थी। गैरिक, लाल और पीतवसन भिक्षुकों के सौम्य चेहरे उसे मुग्ध करते थे।

मन्दिर के पिछवाड़े फलों का बाग़! स्वल्पतोया अन्तःसलिला लीलाजन की विस्तीर्ण रेत पर अपनी छाया डालता हुआ आनन्द और-और पीछे तक पहुँच जाता था। नदी की बाँक पर आम के पेड़ों की छाया! वहाँ टूरी-फूटी बुद्ध-मूर्तियों का स्तूप! बुद्ध-मूर्ति पर सिन्दूर लीपकर, फूलों की माला पहनाकर, वहाँ जो बूढ़ा बैठा रहता था उसने भी आनन्द को आकर्षित किया था। अतिशय भक्त इन्सान! बुद्ध को महावीर बनाकर पूजा करते हुए उसने किस शास्त्र की अवमानना की है, आनन्द नहीं जानता। लेकिन वह इतना ज़रूर जानता था कि अन्तःधर्म के समक्ष उस वृद्ध ने कोई भूल नहीं की। उसे भक्ति का अनुमति-पत्र उपलब्ध हो चुका था।

वृद्ध को देखकर आनन्द ने प्रश्न किया, "क्या हो, मिश्रजी, कुछ मिला?"

"हाँ जी, आनन्द मिला।"

आनन्द उसकी बगल में बैठ गया। इस उद्भ्रान्तचित्त नौजवान के चेहरे-मोहरे, आँखों में जो दुख और हताशा लिखी हुई थी उसे पढ़कर मिश्र दुखी हो आया।

उसने पूछा, "तुम्हारे मन में इतनी अशान्ति क्यों है?"

"क्यों? तुम्हारे मन में कोई अशान्ति नहीं है, मिश्रजी?"

"जो थी, वह सब रामजी को अर्पित कर दी है।"

आनन्द मुस्कराते हुए ख़ामोश हो गया। प्रतिवाद जताकर उस वृद्ध के सरल विश्वास की मर्यादा उसने कम नहीं की।

उसने वृद्ध से कहा, "कुछेक शान्ति वाणी सुनाओ न, मिश्रजी! कल कितनी दूर पहुँचे?"

"राम और सीता गुहक चांडाल को दर्शन देकर गंगा तट पर लौट आये। अब, ज़रा सोचें, साहब, ज़रा ख़्याल करें..."

इतना कहकर तुलसीदासजी का ग्रन्थ खोलकर वृद्ध ने सुन्दर-पाठ शुरू कर दिया।

सुन्दर-पाठ सुनते हुए भी आनन्द का मन कहीं और दौड़ गया। इधर पेड़ के तने से लेकर ऊपरी डाल तक एक गिलहरी उतरती-चढ़ती रही। रेतीला तट पार करके गाँव की औरतें इस तरफ़ आकर रेत खोदकर पानी निकालने लगीं। वे औरतें दुसाध और अछूत थीं। सभी लोगों के साथ हिल-मिलकर गाँव के कुएँ में हिस्सा बँटाकर पानी लेने का अधिकार उन लोगों का नहीं था।

दोपहर के रौद्र प्रखर ख़ामोशी में जैसे किसी उत्सव का स्वाद था। प्यासी माटी पानी के लिए हाहाकार कर उठी, चील-गिद्धों की तीखी चीत्कार से आकाश विदीर्ण हो उठा—इस दिगन्तव्यापी उदासीन रिक्तता के बीच उसका मन आँधी-तूफान में भँवरे लेता हुआ लौट आया। वन्हि-उत्सव की परिसमाप्ति के बाद शाम उतर आयी। उस वक़्त अपनी लम्बी-लम्बी छाया डालते हुए आनन्द घर लौट आया। रूखे बाल! आँखों की प्रखर दृष्टि मानो मूर्त निःसंगता हो। उसे इस हाल में देखते हुए बहार मानो गूँगी हो आयी। उसकी तरफ़ ख़ामोश और करुण मिन्नतभरी निगाहों से देखती रही।

रात गहरा आयी। खुले आँगन में लेटे-लेटे, आकाश की तरफ़ उत्सुक नज़रें गड़ाये आनन्द निशीथ की मर्मवाणी सुनता रहा। इस विस्तीर्ण विश्व-चराचर के अन्तस् में यह किस संगीत का महासमुद्र नित्य गूँजता रहता है? ग्रह-नक्षत्र, पेड़-पत्ते, पहाड़-प्रान्तर सभी कुछ उस संगीत के तारों से बँधे हुए हैं। इतना कुछ है मगर सिर्फ़ आनन्द को ही वह संगीत सुनाई नहीं देता।

उधर बेहद ख़ामोशी के साथ बहार आँसू बहाती रही। इसी मनःस्थिति में पूरी रात गुज़र गयी।

निर्वासन में बैठे-बैठे टूटन में जोड़ लगाने की कोशिश में व्यस्त औरत-मर्द की युगल जोड़ी; इन्सान के संग-साथ के लिए किस कदर प्यासा हो उठ था, वह पकड़ में तब आया जब बिना आमन्त्रण के ही मोहन आ धमका।

बुद्धुओं की तरह उसने हँसकर कहा, "चला आया। मैंने सोचा, काफ़ी लम्बे अर्से से भेंट-मुलाकात नहीं हुई। चिट्ठी लिखने का अभ्यास तो ख़ैर किसी को भी नहीं है, चलो, मेरी बात तो छोड़ ही दो। मैंने तो यह धन्धा कभी किया ही नहीं।"

बहार एकदम से उच्छ्वसित हो उठी, "ख़ूब अच्छा किया! भला किया! मैं तो कितनी ही बार कहती थी कि मोहन ही जाये, तो गनीमत है। बताओ, मैं कहती थी या नहीं...?"

आनन्द ने सहमति जतायी।

मोहन को पाकर बहार को मानो बहुत बड़ा भरोसा मिला हो, वह इस ढंग से उसे अपने दुख का बारहमासा सुनाने लगी।

अन्त में उसने कहा, "वह आदमी क्या था और क्या हो गया। बताओ तो, मोहन, अब मैं क्या करूँ?"

राजरानी की आवाज़ में भिखारी जैसी आकुलता थी। मोहन अतिशय दुखी हो आया। बहार को अगर कोई पहचानता था तो सिर्फ़ वही। वह जानता था कि बहार की बाहरी सत्ता बेहद गर्वभरी और क्षमताप्रिय थी। लेकिन मन-ही-मन बहार स्नेह-ममता के लिए कंगाल थी। बेहद परनिर्भरशील थी वह।

मोहन ने उसे तसल्ली देते हुए कहा, "तुम्हें क्या हुआ है, बहार? यहाँ कुछ भी तो नहीं हुआ। मुझे तो तुम दोनों अच्छे-खासे नज़र आ रहे हो।"

"हम तुम्हें अच्छे-ख़ासे नज़र आ रहे हैं न?" बहार किसी शिशु की तरह उसकी बातों पर भरोसा करना चाहती थी।

बहार को लगा कि यार-दोस्तों के आ जाने से अब शायद सब कुछ ठीक हो जायेगा। यह खींच-तान का दुःस्वपन अब ख़त्म हो जायेगा।

आनन्द ने भी अर्से बाद सहज महसूस किया।

उसने कहा, "हम दोनों बाज़ार कर लाते हैं। तब तक तुम हमें ज़रा चाय तो पिला दो।"

माली को चूल्हा सुलगा देने को कहकर, बहार ख़ुश-ख़ुश गृहस्थी के कामों में जुट गयी। बहार को कामकाज करते देखकर मोहन को बेभाव हँसी आने लगी। अर्से बाद बहार के होंठों पर गुनगुनाहट गूँज उठी। प्याली-चम्मच की टुँग-टाँग की आवाज़ भी बेहद मीठी लगी।

कौतुक से हँसकर, घरनी-गिन्नी के अन्दाज़ में बहार ने कहा, "तुम दोनों घूम आओ! देखो, मैं क्या करती हूँ..." अचानक अक्ल चकरा देने की कल्पना करते हुए बहार की आँखें चमक उठीं।

डॉक्टर बाबू के बाग़ का माली अगर मिल गया तो उससे कुछ सब्ज़ी-तरकारी ख़रीदेगी; सड़क। किनारे खड़ी होकर अहीरों को आवाज़ देगी और थोड़ा दूध लेगी।

इधर आनन्द मोहन को खींचते हुए झरने के किनारे ले गया। शिला की छाँह में जा बैठा। बातचीत आनन्द ही शुरू करे, निगाहों में यह भाव लिए मोहन इन्तज़ार करने लगा। बात कहाँ से शुरू करे, आनन्द को समझ नहीं आ रहा था। मोहन उसकी कशमकश समझ गया। उसके चेहरे पर करुण हँसी झलक उठी।

मोहन ने ही सवाल किया, "क्यों? हिसाब नहीं मिला?"

बिना किसी भूमिका के आनन्द बोल उठा, "ना! अब मुझसे बर्दाश्त नहीं हो रहा है। जो हुआ, ख़ूब हुआ! अब मुझे छुट्टी चाहिए।"

"तुम्हें पकड़ किसने रखा है, आनन्द?"

"यही तो मेरी अड़चन है, मोहन! बहार का ख़्याल आते ही मैं अटक जाता हूँ। पता है, मैं बेहद कमज़ोर पड़ गया हूँ। अगर पाँच साल पहले वाला मन होता तो कब का चला गया होता। अब तो जैसे ज़ोर ही नहीं मिलता। यह जो दिन-पर- दिन यूँ ही गुज़ार रहा हूँ, तुम ही कहो, यह जुआचोरी नहीं कर रहा हूँ? बहार को धोखा दे रहा हूँ, अपने को धोखा दे रहा हूँ लेकिन बहार तो यह बात समझेगी नहीं...।"

"नहीं समझेगी? तुमने समझाकर कहा?"

"किस मुँह से कहूँ, बताओ?" मारे आवेश के आनन्द का चेहरा सुर्ख हो आया, "बोलो? मैं अति काँइयाँ, गँवार, टुच्चा नहीं हूँ। मेरे लिए उसने कितना कुछ छोड़ दिया यह क्या मैं नहीं समझता? लेकिन समझने के बावजूद मन नहीं मानता। यह नसीब का पागलपन ही तो है, वर्ना पाँच वर्ष पहले, उसके सिर्फ़ एक बार कहने पर मैं सब कुछ छोड़-छाडकर चला आया। पाँच वर्षों से मेरे लिए उस औरत ने अपनी ज़िन्दगी मिट्टी कर दी। उसका क्या हाल हुआ है, तुम ही बताओ? कई-एक काँइयाँ पंडे और बनिया-घरों को छोड़कर, अब कोई उसे नहीं बुलाता। बनारस उसकी अपनी जगह है मगर वहाँ भी उसने अपनी क़द्र गँवा दी। मेरे लिए ही न? मैं उसे यूँ तिल-तिल मरते हुए अब नहीं देख सकता, मोहन।'

मन-ही-मन दोनों की पीड़ा समझकर मोहन असहाय हो आया।

उसने कहा, "बहार को मैं भी जानता हूँ, आनन्द! उसे दस वर्षों से देखता आ रहा हूँ। अब वह पहले जैसी इन्सान नहीं रही। असल में, उस औरत

को किसी ने पहचाना ही नहीं, आनन्द! ख़ुद वह भी अपने को नहीं जानती। असल में वह बेहद कमज़ोर, बेहद बच्चा, बेहद असहाय इन्सान है। मैं उसे समझता हूँ, इसीलिए उसे छोड़कर जा नहीं सकता। उसका बाहरी रूप भी अगर सख़्त-पुख़्ता लगता हो, तो यह भी भूल है। सभी लोग यह सोचते हैं कि वह बेहद तेज़-तर्रार, बेहद जबर्दस्त औरत है। वह ख़ुद भी यही सोचती है, लेकिन देखो न, तुम्हारे साथ दिल का कारोबार करते हुए नासमझ शिशु की तरह उसने सारा कुछ उलट-पुलटकर एकाकार कर डाला।"

आनन्द मोहन की तरफ़ अवाक् निगाहों से देखता रहा। मानो वह किसी नये इन्सान को देख रहा हो। मोहन भी समझ गया।

उसने हँसकर कहा, "लेकिन बहार तुम्हें ही प्यार करती है, आनन्द।"

"उसके प्यार की मैं श्रद्धा करता हूँ। चूँकि मैं श्रद्धा करता हूँ, इसीलिए उसे छोड़कर जाना चाहता हूँ। हाँ, उससे भेंट हुई। सुख-दुख के कुछ दिन भी साथ गुज़ारे। अब दोनों अपनी-अपनी राह लें, यही बेहतर है। जन्म से ही मैंने घर नहीं जाना। छुटपन में घाटों पर लेटा-सोया, छतरी में खाया। राजबाड़ी का आदर-जतन भी मुझसे सहा नहीं गया। मुझे क्या इतना-इतना बन्धन बर्दाश्त होगा, मोहन?"

"तुम अगर कोई और इन्सान होते तो मैं तुमसे नाराज़ होता, आनन्द, तुम्हारा अविश्वास करता..."

"लेकिन, मैं कोई और इन्सान नहीं हूँ, मोहन, मैं...मैं हूँ।"

"जानता हूँ!" इतना कहकर मोहन उठ खड़ा हुआ और उसने अपना अधूरा जुमला पूरा किया, "जो भी हो, अब कुछ तो करना होगा! चलो, शहर हो आयें।"

सौदा-सुलुफ लेकर मोहन घर लौट आया। आनन्द मन्दिर की तरफ़ चला गया।

मन्दिर की सड़क पर काले पत्थर जड़े हुए थे। दोनों किनारों पर दुकानें-ही-दुकानें! गया के विख्यात पत्थर के बर्तन क़तार-दर-क़तार सजे हुए! वहाँ तीर्थयात्रियों की भीड़! वे लोग सिर्फ़ पुण्य ही नहीं, थोड़ी चीज़ें भी इकट्ठा करना चाहते थे। मायाजाल एक बार काटना, फिर दुबारा उसमें बँधना—बस, इसी काम में समूची ज़िन्दगी गुज़र जाती है। लाख की स्थानीय दुकानों में औरतें चूड़ियाँ पहनती थीं। दुकानदार कंगन का मुँह आग में पिघलाकर कलाई को पहनाकर दुबारा जोड़ देता था। वहाँ लाख की गन्ध बसी थी। फूलों के डाले पर फूलवाली पानी छिड़कती रहती थी। चारों ओर भीगी-भीगी ख़ुशबू बिखरी

रहती थी। निराभरण मन्दिर! सुबह-सुबह पानी से धुला हुआ। चन्दन-धूप की ख़ुशबू से महकता हुआ पवित्र परिवेश।

सीढ़ियाँ फल्लू नदी की रेतीली छाती तक उतर गयी थीं। आनन्द सीढ़ियों से नीचे उतर आया। करीब दस बजे का समय। गर्मी के भैरव राग के बाद, आषाढ़ के मेघराग का पहला प्रहर करीब था। उसी की श्याम-गम्भीर प्रशान्ति आकाश के कोने-कोने में बिछी हुई थी। आसमान के आँगन में गहरे नीले रंग की चादर बिछी हुई थी। स्निग्ध और छाया-आच्छादित दिन! इन बादलों से बारिश नहीं होनेवाली। यह तो बारिश का सिर्फ़ अहसास भर लाया था। वाताश को स्निग्ध बना गया था। बरसात तो और बाद में आयेगी। किसी दिन गुच्छे-गुच्छे बादल समूचे आकाश को भर देंगे। ठंडी-ठंडी हवाएँ बहने लगेंगी। शेरघाटी और डोवर रोड की दोनों ओर के ऊँचे-ऊँचे दरख़्तों के घने हरे पत्तों में हर्ष का संचार होने लगेगा। मोटी-मोटी बूँदें टप-टप करके प्यासी मिट्टी पर पड़ेंगी। माटी वह पानी सोख लेगी। लाल-लाल धूल से परिच्छन्न और भीगी ख़ुशबू आयेगी। अपनी गाय-भैंस लेकर लौटते हुए काले-काले चरवाहे बच्चे भैंस की पीठ पर लेटकर गाने गायेंगे। उसके बाद बरखा उतरेगी। घनघोर बरसात उतरी, तो नयेपन का रोमांच नहीं रहेगा। तब फल्लू नदी किनारे-किनारे तक भर उठेगी और बेठिकाना अनगिनत जल-धाराएँ जहाँ-तहाँ से राह बनाती हुई, गेरुआ सैलाब बनाती हुई दौड़ पड़ेंगी। कुँओं में लबालब पानी भर जायेगा। किसानों के लिए पानी खींचने की तकलीफ कम हो जायेगी। अविराम बारिश इतनी फुर्सत देगी कि दैनिक दुख-कष्टों के किस्से-कहानियों को एक बार फिर दोहरा लिया जाये और दार्शनिक मानसिकता वाले किसान, किसी से रामायण पाठ करा रहे होंगे और बाकी दस लोग सुन रहे होंगे और मन-ही-मन उस पुरानी कहानी को ही नयी-नयी व्याख्या देंगे। जानी-चीन्ही पृथ्वी नये दूर्वादलों के आवरण में रूखी नग्नता की लज्जा ढंककर नयनाभिराम हो उठेगी।

लेकिन वह दिन अभी भी दूर था। सीढ़ियों से नीचे उतरकर फल्लू नदी-तट की रेत पर चलते हुए आनन्द पानी की ओर बढ़ता गया। उसके सामने ही किसी धनी और सम्भ्रान्त परिवार के लोग पिंडदान करने आये थे। वहाँ लोग-बाग़ जमा थे। काठ से धुआँ उठ रहा था। भिखारी भी भीड़ लगाये बैठे थे। सहसा ऊँचे रेतीले तट पर आनन्द ठिठक गया। नंगे पाँव, नंगे बदन, उत्तरीय धारण किये कोई नौजवान खड़ा था। कौन है वह नौजवान? परिचित चेहरा! परिचित आवाज़!

अचानक दिल को ज़ोर का धक्का लगा। अस्फुट नहीं, आनन्द ज़ोर-ज़ोर से आर्तनाद कर उठा।

प्रेतक्रिया समाप्त हुई। फल्लू के जल में अन्न समर्पित करके, कुश तर्पण के बाद वह नौजवान वहाँ से हट गया। कर्मचारी वर्ग भिखारियों में दान बाँटते रहे। आनन्द से अब रहा नहीं गया।

उसने चीखकर आवाज़ दी, "शिव!"

कुछेक पल शिव अवाक् निगाहों से उसकी तरफ़ देखता रहा। अगले ही पल उसके उदास, सुदर्शन चेहरे पर कहीं परिचित मुस्कान खिल उठी। उसे पहचानकर वह बच्चों की तरह उसकी तरफ़ दौड़ आया।

शुभ्र-श्वेत वस्त्र में सरयू और भी दिव्य-पवित्र नज़र आयी। लेकिन उस सूनी-खाली मूर्ति की तरफ़ आनन्द से देखा नहीं गया। मारे अनुताप और दुख के वह फर्श पर नज़रें गड़ाये बैठा रहा। इतने दिनों पद-मर्यादा और आभिजात्य की दृष्टि से उसने सरयू को काफ़ी ऊँचे आसन पर स्थापित कर रखा था। किसी दिन भी लोगों से उनका सहज ही मिलना-जुलना नहीं हुआ। न समय मिला, न मौका। लेकिन बीच की अनेक बाधाएँ नहीं रहीं। शोक के माध्यम से ही मानो ढेरों संस्कार और प्रथाओं की प्राचीर वे पार कर गयीं। जो-जो अमोघ जान पड़ता था, अब वह तुच्छ हो गया और तुच्छ चीज़ें भी मानो कोई मूल्य पाकर विशेष हो उठीं। उन्होंने स्नेहभरे लहजे में आनन्द का कुशल-समाचार दरयाफ़्त किया।

उन्होंने कहा, "बहुत बार वे तुम्हारा ज़िक्र किया करते थे। शिव से भी वे तुम्हारी खोज-ख़बर लेने को कहते थे। इधर वे काफ़ी बीमार रहने लगे थे। बताओ, किसने सोचा था कि यहाँ ऐसे आना होगा?"

आनन्द से कोई जवाब देते नहीं बना। उसे मन-ही-मन बेतरह पछतावा होता रहा।

शिव उसे छोड़ना ही नहीं चाहता था।

उसने कहा, "अब मैं तुम्हें कलकत्ता ले जाऊँगा। इस बार तुम्हें चलना ही होगा।"

शिव के चेहरे पर तरुणाई का सरल उत्साह! उसकी तरफ़ देखते हुए आनन्द बड़े भाई की तरह ही स्नेह-ममता महसूस करता रहा।

उसने कहा, "तुम्हें ख़बर नहीं है, शिव, आज भी क्या पहले जैसा दिन-काल है कि तुमने चलने को कहा और मैं चल पड़ूँगा।"

किसी और के कहने पर तो तुम चल पड़े थे, आनन्द—शिव ने यह ज़िक्र नहीं उठाया।

उसने कहा, "तुम तो काफ़ी समझ-बूझकर बोलना सीख गये हो, आनन्द! पहले तुम ऐसे नहीं थे। आनन्द'दा तुम्हें बचपन की बातें याद हैं?"

आनन्द के लिए उन दिनों की यादें बेहद प्रिय थीं। किसी स्वार्थी इन्सान की तरह वे दिन उसके नितान्त अपने थे। शिव की बातें सुनकर, स्मृति-वेदनातुर निगाहों से आनन्द ईषत् मुस्करा उठा। उसकी तरफ़ देखते हुए शिव भी काफ़ी व्यथित हो उठा।

शिव ने फिर कहा, "तुम चाहे जो कहो, यह तुम्हारी कैसी सूरत निकल आयी है! सुना है कि तुमने गाना-वाना भी कम कर दिया है। तुम्हें अपनी ज़िन्दगी बर्बाद करने का क्या हक़ है, बताओ? तुम्हें कलकत्ता चलना ही होगा।"

"कलकत्ता जाकर क्या होगा?"

"यह तुम कैसी बातें कर रहे हो? गुणीजन की असली क़द्र की जगह बंगाल ही तो है। आनन्द'दा अपने लिए तैयार जगह तुम छोड़कर चले आये और खाली जगह पाकर जाने कितने ही लोग अपना कमाल दिखा गये। नहीं, मैं तुम्हारी कोई बात नहीं सुनूँगा। इस बार मैं तुम्हें कलकत्ता लेकर ही जाऊँगा।"

कलकत्ता जाने का ज़िक्र सुनकर और कुछ भले न हो, मौजूदा अचल-अटल स्थिति के हाथों से मुक्ति पाने का ख़्याल ही आनन्द को बेहद भला लगा।

उन दोनों की बातचीत में बहार का ज़िक्र एक बार भी नहीं आया। शिव ने मानो जान-बूझकर वह प्रसंग क़बूल नहीं किया। आनन्द के मन में कहीं कुंठा जाग उठी। और लोगों की बात अलग थी, शिव को उसने छुटपन से ही देखा था। इसके अलावा अपने जीवन की भूल-चूक के बारे में शिव के सामने ज़िक्र उठाकर फ़ायदा भी क्या था?

अगले ही पल उसे लगा कि वह निहायत कायर है। यह ज़िक्र छेड़ने में उसे शर्म आ रही है। छिः!

उसने कहा, "सुनो, शिव, मैं चलूँगा—यह कहने भर से मैं नहीं जा सकता। किसी और को भी बताना होगा...।"

"यह मैं सुन चुका हूँ। तुम शायद नहीं जानते, तुम्हारी बहुत-सी बातों की ख़बर मैं रखता हूँ। वहाँ मैं ही जाऊँगा, आनन्द'दा!"

"नहीं, नहीं, तुम मत जाना! मैं ही बात करूँगा।"

"मैं उनका कोई असम्मान नहीं करूँगा, आनन्द'दा! तुम कुछ दिनों के लिए घूमने जा रहे हो, मैं यही कहूँगा। यह कहने में तो कोई दोष नहीं है?"

"नहीं, दोष तो नहीं है।"

"फिर क्या? चलो, आज हीं उनसे बात कर लें। आज रात की ट्रेन से ही लौटना है न।"

"आज ही?"

"हाँ, हमें निकले हुए तीन महीने हो गये। माँ के लिए रुकना अब सम्भव नहीं है। काशी, प्रयाग होते हुए, गया में बाबुल का श्राद्ध निपटाते चलें, माँ की यही इच्छा भी थी।"

शिव की बातचीत, चाल-चलन में पद-मर्यादा की गम्भीरता भले न आयी हो, जिम्मेदारी का अहसास ज़रूर आ गया था।

कुछेक पल बाद आनन्द ने दरयाफ़्त किया, "तुम्हारी दीदी कैसी है, शिव?"

"जाकर खुद ही देख लेना! हमारे यहाँ ही है।"

नौ

आनन्द आयेगा, इसलिए बहार सज-धजकर उसका इन्तज़ार कर रही थी। बड़े जतन से खाना बनाकर सजा दिया और नहा-धोकर मोहन से गपशप करने बैठ गयी। बहार की आवाज़ में अपराधी जैसी दीनता, बात-बात में आरजू-मिन्नत का सुर झलक उठता था। काजल बिना ही, आँखों तले सियाही। बहार का दम-ख़म जाने कहाँ तो खो गया था। मन बेहद कमज़ोर पड़ चुका था। उसे देखकर मोहन के मन में असीम ममता उमड़ आयी।

काफ़ी वक़्त गुज़र गया। बहार ने बड़े जतन से मोहन को खाना खिलाया। सफ़र की थकान के मारे मोहन गहरी नींद सो गया।

जब उसकी नींद टूटी, तब तक शाम को आलोक ने बदलीभरे आकाश को रंगीन और उदास बना डाला था। बरामदे में खम्भे से टिकी हुई, बहार फ़र्श पर ही बैठी हुई थी। उसे आनन्द पर गुस्सा आने लगा।

मोहन ने कहा, "ख़ासा अविवेकी इन्सान है तो! अभी तक नहीं आया?"

"तुम क्या अभी भी यही सोच रहे हो कि वह आयेगा? ना, मोहन, ग़लती कहीं मेरी ही है।"

"यह तुम क्या कह रही हो, बहार?"

"मैं सच कह रही हूँ! अब देखो न, इतनी-इतनी भूल पर कहीं जोड़ या थिगली लगायी जा सकती है?"

"बहार!"

दोस्त की हमदर्दी पाकर, बहार शायद बहुत कुछ कह डालती, लेकिन दरवाज़े पर कोई गाड़ी आ रुकी। आनन्द अकेले नहीं, उसके साथ कोई और भी आया था।

आनन्द ने जैसे ही कमरे में क़दम रखा, उसका चेहरा देखते ही बहार को जैसे कुछ अन्दाज़ा हो गया। वह उसकी तरफ़ ईषत् विस्मय से देखती रही। आनन्द बेहद ख़ुश नज़र आ रहा था। उसके चेहर-मोहरे और आँखों में मानो ख़ुशी उमड़ पड़ रही थी, फिर भी कहीं सकुचाया हुआ! वह जो कहने आया था, वह कहे या न कहे, वह मानो दुविधा में हो। उसका मनोभाव देखकर बहार मानो बहुत दूर तक समझ गयी।

उसने पूछा, "साथ में कौन आया है?"

"कलकत्ता के श्रीनटपुर के कुमार! तुम उनके यहाँ एक बार गयी थीं...।"

"उन्हें तुम बाहर खड़ा कर आये? वे क्या अन्दर नहीं आयेंगे?"

"यह बात नहीं है, बहार! तुमसे एक बात कहनी है। आज मैं एक बार कलकत्ता जा रहा हूँ, बहार!"

बहार एकदम से ख़ामोश हो गयी। उसकी मानो जुबान ही नहीं फूटी।

आनन्द ने कहा, "बस, कुछ दिनों के लिए...ये लोग भी इतना इसरार कर रहे हैं...।"

बहार उसकी तरफ़ अपलक देखती रही। आनन्द मानो सकुचा रहा हो।

उसकी तरफ़ एकटक देखते हुए बहार के होंठों पर ईषत् मीठी-मीठी हँसी झलक उठी, "यह बात कहने में तुम इतना किन्तु-परन्तु क्यों कर रहे हो? ज़रूर जाओ। उन्हें भीतर बुला लाओ। तुम्हें अपना सामान वग़ैरह भी तो लेना है...तुम्हारा सामान-पत्तर मैं लगाये देती हूँ। उतनी देर वे बाहर ही खड़े रहेंगे?"

उसकी इतनी सहज बातें सुनकर आनन्द मानो आश्वस्त हो आया।

"मैं बुला लाता हूँ उन्हें...", उसने कहा।

"अरे, नहीं-नहीं, मैं ही बुला लाती हूँ।"

शिव के मन में बहार के खिलाफ जाने कितने ही तर्क...कितनी ही बातें मौजूद थीं, लेकिन उसे देखकर वह बिल्कुल ही विस्मित रह गया।

बहार के चेहरे पर सस्नेह अभ्यर्थना की हँसी उभर आयी।

उसने कहा, "आप लोगों की हवेली में मैं गाना गा चुकी हूँ, आपको शायद याद न हो। आइए, एक बार मेरे ग़रीबख़ाने में तशरीफ़ लाइये।"

"मुझे ज़रा जल्दी है। आज ही निकलना है...।"

"बेशक़! बेशक़! लेकिन उनका सामान वगैरह तो ठीकठाक कर दूँ। तब तक आप ज़रा देर बैठेंगे नहीं?"

शिव को साथ लेकर बहार कमरे की तरफ़ बढ़ी।

आते-आते भी वह कहती रही, "मैं भी कितने दिनों से कह रही थी कि सेहत गिरती जा रही है। इस तरह एक ही जगह पड़े रहने से बेहतर है कि बाहर कहीं घूम आयें।"

"इसीलिए तो मैं भी उसे साथ लिए जा रहा हूँ। बस, कुछ ही दिनों के लिए...।"

"नहीं, नहीं, ऐसी क्या बात है? तन और मन ही तो बड़ी चीज़ है। जितने दिन उन्हें अच्छा लगे, ज़रूरी समझें, रह आयें।"

बहार ने मूढ़ा रखकर उस पर शिव को बिठाया। बगल में आनन्द के लिए भी जगह बना दी। खुद कमरे में जाकर आनन्द का सामान व्यवस्थित करने बैठ गयी।

उसने आनन्द को आवाज़ देकर कहा, "देख लो, सारा सामान लगा दिया। सब ठीक है, न?"

"बहार!"

और हाँ, देखो...आनन्द की तरफ़ देखते हुए आकुंठ ममताभरे लहजे में कहा, 'देखो, लो यह अपने पास रख लो।"

छोटी-सी थैली! आनन्द ने अन्दाज़ा लगाया, उसमें रुपये थे।

उसने कहा, "रुपये क्यों दे रही हो, बहार?"

"क्यों, की क्या बात है?"

आनन्द मानो बच्चा हो, बहार उसे इस ढंग से समझाती रही।

उसने कहा, 'क्यों? रुपयों की ज़रूरत नहीं पड़ेगी? कलकत्ता जा रहे हो, वहाँ घूमोगे-फिरोगे। क्यों? क्या कहते हो?'

आयोजन समाप्त! आनन्द बहुत कुछ कहना चाहता था मगर सारी बातें गुम हो गयीं।

उसने कहा, "मैं फिर आऊँगा, बहार! बहुत जल्दी। तुम देख लेना!"

बहार हँसी, "हाँ, आओगे तो सही! कुछ ही दिनों के लिए तो जा रहे हो! इतनी फिक्र क्यों कर रहे हो? यहाँ मोहन है...माली है...मैं बिल्कुल ठीकठाक रहूँगी।"

आनन्द जो मौका ढूँढ़ रहा था, वही इतना अचानक आ पड़ा कि उसका मन मानो इसके लिए तैयार ही नहीं था।

उसने दुबारा जुबान खोली, "अब मैं चलता हूँ, बहार!"

"हाँ, ज़रूर!"

सहसा बहार आनन्द के करीब चली आयी। उसके हाथ पर अपना हाथ रखकर उसने कहा, "तुम ठीकठाक रहना।"

"बहार!"

बहार कुछेक पल ख़ामोश रही। अगले ही पल उसने आनन्द की तरफ़ देखा। उसकी उस दृष्टि में एक साथ इतना प्यार, इतना दुख, इतनी प्यास, इतनी ममता बोल उठी कि आनन्द भाषाहीन हो आया। उसे अपलक निहारती हुई बहार ने एक बार आँखें मूँद लीं।

अगले ही पल उसने बमुश्किल अपने चेहरे पर हँसी खींचकर कहा, "जाने कितने अपराध किये हैं, उन्हें याद मत रखना।"

"यह कैसी बात कर रही हो, बहार?"

"बस यूँ ही...कह दिया।"

बहार बाहर निकल आयी। माली को बुलाकर सामान पहुँचा आने को कहा।

आनन्द ने मोहन को अपने करीब बुलाकर कहा, "मोहन, कैसे तो क्या हो गया, ब्रदर!"

"ठीक ही तो हुआ, आनन्द! तुम जो चाहते थे, वही हुआ...।"

"बहार का ख़्याल रखना, मोहन! मैं रहूँ, न रहूँ..."

"ठीक है, आनन्द, तुम फिक्र न करो!"

शाम हो आयी थी। आँवले के पेड़ों से छायाच्छन्न कंकड़-पत्थर बिछी सड़क! गाड़ी की तरफ़ जाते-जाते छोटे-छोटे जुमलों में, बहार, आनन्द को हिदायतें देती रही।

गाड़ी में सवार होते समय, बहार ने हँसकर कहा, "तुम कितना ठीक रहोगे, मुझे पता है। फिर भी कहे बिना नहीं रह पायी।"

गाड़ी चल पड़ी। बहार खड़ी-खड़ी देखती रही। शाम आकाश छोड़कर

माटी पर उतर आयी। बोधगया की सड़क पर भैंसागाड़ी कैंक-कैंक का शोर मचाती हुई और धूल उड़ाती हुई चली जा रही थी। सफेद-झीनी एक अदद धुली साड़ी का आँचल, दीर्घ देह से लिपटा, ज़मीन पर लोटता रहा! माथे पर एक हाथ से आँखों पर आड़ किये बहार उस सड़क पर नज़रें गड़ाये रही। उसकी काली-सियाह आँखों में दो बूँद आँसू निस्संकोच डबडबा आये। उसकी वह तस्वीर काफ़ी लम्बे अर्से तक मोहन को याद रही। कोई विशाल शून्यता, निःसंग और एकाकी पीड़ा! बहार के चेहरे-मोहरे आँखों में तैर रही थी। साथ ही होंठों पर ईषत् करुण मुस्कान की झलक जाग उठी।

कोई बात छेड़कर, मोहन ने उन पलों को छोटा नहीं किया। उसमें एक निजी संयम-बोध था। ख़ासकर वह बहार के बारे में काफ़ी सजग था, इसलिए वह धीरे-धीरे उसके करीब खिसक आया। उसने बहार के कन्धे पर हाथ रख दिया। बहार ने मुड़कर उसकी तरफ़ देखा।

"कहो?" उसने पूछा।

"चलो, बहार, हम कहीं और चले जायें।"

"शहर की सैर के लिए? नहीं, मोहन।"

"चलो न, ज़रा मौज करें।"

"मौज?"

बहार अबूझ आँखों से उसे देखती रही। अगले ही पल वह ईषत् हँसी।

"मौज में तो हूँ ही, मोहन।"

"तुम अकेली रहोगी?"

"आराम से तो हूँ।"

काफ़ी रात हो आयी थी। कितनी रात हो चुकी थी, उन दोनों प्राणियों के लिए कोई हिसाब नहीं था। निचली खिड़की से रात की ठंडी-ठंडी हवा कमरे के अन्दर आ रही थी। आज हवा में बुंदकी-बुंदकी जल-कण का भी आभास था। वर्षा उतरने से पहले ही आधी रात को आँधी भी आयी। बारिश हो रही थी, लेकिन हवा का झपट्टा उस बारिश को उड़ाये ले जा रहा था और अन्धड़ बना घूम रहा था। बिजली की कौंध में तमाम पेड़ आसमान की तरफ़ सिर उठाये हाहाकार करते हुए नज़र आये। घर के बाहर के विस्तीर्ण खेतों को वाताश ने

मथ डाला था मानो यह रात कोई समुन्दर उठा लायी हो और वह घर संगच्युत द्वीप बन गया था।

कमरे के अन्दर सिर के ऊपर झूलते हुए धरण से एक लैम्प झूल रहा था। कमरे के खिड़की-दरवाज़े खुले हुए थे। तूफानी हवा कमरे को अस्त-व्यस्त करती हुई मनमाने ढंग से बेरोक-टोक आ-जा रही थी। चूँकि मन का इन्सान कहीं खो गया था, इसलिए घर के इन्सान का कोई होश-हवास नहीं था।

शराब पी-पीकर मोहन नशे में टुन्न हो गया और घुटनों पर ठुड्डी गड़ाये बहार सोच में डूब गयी।

मोहन ने कहा, "तुम्हें मैं कैसे समझाऊँ, बहार? मैं फिर कहता हूँ, तुम्हें दुख पाते देखकर मुझसे बर्दाश्त नहीं होता।"

"मैं जानती हूँ।"

"मुझे लगता है, तुम नहीं जानतीं।"

"जानकर भी, मैं क्या कर सकती हूँ?"

"भरोसा कर सकती हो।"

"मेरे भरोसे से किसका क्या आता-जाता है, बताओ? विश्वास करना चाहा...वह भी देख लिया। छोड़ो, ये बातें...।"

"हर कोई आनन्द नहीं होता, बहार! मैं भी तो उसे प्यार करता था लेकिन..."

बहार ख़ामोश रही।

यह जो शख़्स दारू के नशे में झूम रहा है, झुका पड़ रहा है, इसे वह बख़ूबी पहचानती है। वह जानती है कि उसकी काली बंडी और मैली कमीज़ के नीचे जो दिल है, उसकी पर्त-पर्त में सिर्फ़ माया-ममता ही लिपटी हुई है। वह बहार का सबसे बड़ा शुभाकांक्षी है। बहार सोचती रही—जानती हूँ, जानती हूँ, सब जानती हूँ लेकिन सिर्फ़ उसी एक व्यक्ति के अलावा मैंने कोई अन्य मर्द ऐसा नहीं देखा। अब क्या सिर्फ़ चाहने भर से मन बदल सकती हूँ? नहीं, मैं दुख नहीं करती। मगर मुझे क्या मिला, बताओ? मुझे मिली एक रूखी-सूखी प्यास। वह आँधी की तरह मेरी ज़िन्दगी तहस-नहस कर गया।

"सच! इतना कहकर, मोहन और झुक पड़ा, और ज़्यादा झूमने लगा। बहार ने उसके लिए तकिया खींच दिया। मोहन लुढ़क गया। एक अदद निःसंग की पीड़ा लिए, आकाश-पाताल में पतवार हिलाते-डुलाते लंगर डालने के लिए बहार ठोस मिट्टी ढूँढ रही थी। रात बढ़ती गयी। खिड़की के करीब कहीं सियार

हुँआ-हुँआ पुकार उठा। तूफान की मनमानी कम हो आयी। बारिश होने की सम्भावना भी कम हो आयी। बादल कहीं उड़ चुके थे।

गहरी रात! बादलों को चीरकर चाँद निकल आया। उससे चाँदनी नहीं बिखरी। सिर्फ़ रात का रंग ज़रा उजला आया। बहार उठ खड़ी हुई। मोमबत्ती जलाकर वह बगल के कमरे में चली आयी। उन दोनों के युगल जीवन के अन्तिम अध्याय का साक्षी—वह कमरा! उसने गृहस्थी के आयोजनों पर नज़र डाली। युगल जीवन भी कैसा? दो अदद ज़िन्दगी की धारा ही बिल्कुल अलग थी। उन धाराओं को एक करने की कोशिश ही तो बहार का पागलपन था। जिस शाखा में फूल नहीं आते, फूल नहीं खिलते, उसके पीछे भी माली का भरपूर जतन था, दर्शक क्या यह स्वीकार करेंगे? बहार की तमाम कोशिशों के पीछे जो आन्तरिकता थी, यह भी भला कौन जानेगा? इन्सानों द्वारा जानने-समझने की वह परवाह नहीं करती लेकिन आनन्द भी क्या उसे ग़लत ही समझता रहा? उस अँधेरी रात में खड़ी-खड़ी बहार ने अपने को पूरी तरह अनावृत्त करके देखा। वहाँ तो कोई अभिमान या अभियोग नहीं था। बाकी और लोग भले कुछ भी कहें वह अपने पर अविश्वास नहीं करती। उसका प्यार सच्चा था, इसलिए उसकी कोशिशें भी आन्तरिक थीं। लेकिन कहीं, कोई भूल ज़रूर थी। आनन्द ने उसे एक दिन कौन-सी तो कविता सुनायी थी—

भूल! सब भूल! यह अच्छा लगता, प्यार!
जनम-जनम विदा लेना, वापस लौटना—
सब कुछ भरम! जानता हूँ यह हक़ीक़त!
फिर भी भूले से करता हूँ प्यार, बार-बार
वह सब कुछ लगे भला, जो भला लगने योग्य!
सब है—भ्रान्तिविलास! सनातन नशा!

कवि की बात ही सच है! प्यार अगर भूल है तो बहार ने वह भूल की है। इसीलिए तो उसकी तपस्या के अन्त में किसी जलवाही मेघ की प्रसन्न बरसात से उसका उद्यान भर नहीं उठा। उसे तो मिली ग्रीष्म की दावदाह और भूखी माटी की गूँगी प्यास।

चलो, भूलों का यह बोझ बहार यहीं उतार देगी। अब इसे वहन नहीं करती फिरेगी। सूटकेस खोलकर बहार ने काग़ज़-कलम निकाली। मोमबत्ती को तिरपाई पर बिठाकर, उसे अपने सामने खींच लिया उसने। उसे क्या लिखना आता है? गाने के अलावा, अन्य किसी भाषा में बहार ने संवाद करना ही नहीं

सीखा। आनन्द भी तो वही भाषा समझता था। बहार सिर्फ़ गाना जानती है। लेकिन वह जो जानती है, आज उससे उसका काम नहीं चलेगा। उसे लिखना तो होगा ही। अपना मन स्थिर करके बहार ने लिखना शुरू किया–

काफ़ी देर से मोहन की नींद टूटी। बहार की कहीं कोई आहट नहीं थी। शायद वह भी सो रही होगी। मोहन उठ बैठा। कुत्ता बगल के कमरे से निकलकर, रसोई के सरंजाम उलट-पलट रहा था। उसे देखकर कुत्ता भाग खड़ा हुआ। लेकिन बहार कहाँ गयी? क्या वह सोने के कमरे में है?

बहार की खाट के बिस्तर पर दो ख़त और कुछ रुपये पड़े थे। यह क्या मामला है? बन्द लिफ़ाफ़े पर कोई पता नहीं लिखा था। दूसरे ख़त पर उसका नाम अंकित था। लिफ़ाफ़ा फाड़कर मोहन ने ख़त बाहर निकाला। ख़त में लिखा हुआ था–

मोहन, ग़लती मैं करूँ और तकलीफ़ पायें दूसरे लोग। यह ग़लती अब और दूर तक नहीं खींचूँगी। माली को साथ लेकर मैं स्टेशन जा रही हूँ। कुछ दिनों ज़रा घूम-फिर आऊँ। कुछ रुपये छोड़े जा रही हूँ। तुम बनारस लौट जाना। अगर आनन्द वापस आये तो दूसरा ख़त उसे दे देना। मेरी तलाश मत करना। वक़्त आने पर मैं बनारस लौट आऊँगी।–बहार।

गन्दा-पानी? करोबार?–मोहन ढह गया। अपने दोनों हाथों से बाल नोंचता हुआ, ख़ामोशी में डूब गया।

वह कुत्ता घूम-फिरकर दरवाज़े पर आ खड़ा हुआ था। जाने क्या समझकर अचानक उसने मुँह उठाकर संक्षिप्त-सा आर्तनाद करते हुए, वह ज़ोर-ज़ोर से रो पड़ा। परित्यक्त मकान भी किसी भीषण रिक्तता के अहसास से हाहाकार कर उठा।

दस

प्यासा पथिक जैसे सरोवर की तरफ़ दौड़ा चला आता है, वैसी ही प्रत्याशा लिए आनन्द इन्दु के पास दौड़ पड़ा। उसका मन इन्दु के शान्त, स्निग्ध और गहरे स्नेह के लिए कंगाल हो उठा था। इन्दु उसे जानती-समझती थी। आनन्द उसके

सामने अपना अपराध क़बूल कर ही लेगा। इसमें कोई शर्म की बात नहीं थी। दोनों ही प्राणी एक-दूसरे के लिए जाने-पहचाने थे। इन्दु अपनी स्नेह-ममता देकर उसकी अनेक क्षय-क्षति भर देगी!

आनन्द अधीर आग्रह लिए उससे मिलने आया। लेकिन इन्दु को देखकर उसके मन को ज़ोर का धक्का लगा। पश्चिमी महल में योगीश्वर का निवास था। उन कमरों को जस-का-तस रखकर शिव ने नया महल खड़ा किया था। योगीश्वर की बैठक, स्टडी, जापानी ड्राइंगरूम, काँच का बरामदा—सब-के-सब। बन्द खिड़कियों के रंगीन काँच से अब रोशनी नहीं छिटकती थी। कई-कई विचित्र रंगों की छाया में कमरे और ज़्यादा रहस्यमय हो उठे थे। इन्दु भी इस पश्चिमी महल के हिस्से में रहती थी। इस तरफ़ का हिस्सा काफ़ी निर्जन था, इसलिए उसकी माँ को यहाँ उसके रहने-सहने में एतराज था। लेकिन इन्दु अकेली ही रहना चाहती थी। उसकी इच्छा समझकर उन्होंने दुबारा कुछ नहीं कहा।

आनन्द के मन में ढेर-ढेर बातें मुखर हो उठीं। वे सारी बातें धीरे-धीरे थम गयीं। उसके मन में जो तरुण-सुन्दर तस्वीर अंकित थी, उसके साथ विषाद की इस प्रतिमा का कहीं, कोई मेल नहीं था।

भोर-भोर इन्दु ने नहा-धो लिया। उसने काली किनारदार श्वेत साड़ी पहन ली! उसके गोरे बदन पर आभूषण न के बराबर था। जो न हो, तो काम न चले, बस, वही उसकी कलाई और गले में जगमगा रहा था। माँग में सिन्दूर की महीन रेखा, उसके घने-घने बालों में लगभग गुम हो गयी थी, लेकिन उसका लावण्य कहाँ गया?

आनन्द को देखकर इन्दु हँसी! लेकिन उस हँसी में कोई उज्ज्वलता नहीं थी। वह औरत मानो अन्दर से बुझ गयी थी। उसका समूचा चेहरा निष्प्रभ हो आया था।

आनन्द को देखकर इन्दु ने ईषत् हँसकर सिर झुका लिया। थोड़े पल ख़ामोशी में गुज़र गये।

थोड़ा ठहरकर उसी ने बातचीत की पहल की, "क्या देख रहे हो?"

"तुम्हें!"

"कैसी लग रही हूँ?"

"क्या कहूँ...बताओ?"

"कुछ तो कहो..."

"कैसी हो, इन्दु?"

"तुम कैसे हो, आनन्द'दा?"

"अच्छा हूँ!"

"अच्छे होने का चेहरा क्या ऐसा होता है? कैसी सूरत निकल आयी है, बताओ तो? नाम-यश तो इतना कमाया...मैं भी ख़बर तो रखती हूँ। सोचती थी, चलो आनन्द'दा ने अब सुख का मुँह तो देखा। नाम तो किया। सभी लोग एक पुकार में पहचानते हैं।"

"ये सब बातें रहने दो न, इन्दु।"

"क्यों? तुम्हारी यश-ख्याति पर हमें ख़ुश नहीं होना चाहिए?"

अब आनन्द अपने को दबाकर नहीं रख पाया।

उसने उच्छ्वसित होकर कहा, "ये बातें छोड़ो, इन्दु। तुम्हारी सूरत-शक्ल ऐसी क्यों हो गयी? बताओ न, इन्दु। कैसे, क्या हो गया?"

जवाब देते हुए, इन्दु ने होंठ दबाकर अपने को संयत किया।

अगले ही पल उसने ईषत् तीखे लहजे में कहा, 'मेरे बारे में जानने की कोशिश मत करो! मेरे बाबत कुछ मत पूछो। करुणा और हमदर्दी अब भली नहीं लगती। इससे ज़्यादा भला और क्या होगा? मैं ख़ूब मजे में रहूँगी, सुखी होऊँगी—क्या यही तय था? सब कुछ क्या यूँ ही होता है? नहीं!'

उसका उत्तेजित लहजा सुनकर आनन्द सकपका गया।

उसने कहा, "चुप करो, इन्दु! चुप करो! मैं समझ नहीं पाया। मुझसे ग़लती हो गयी।"

इन्दु ख़ामोश हो गयी। लेकिन मारे उत्तेजना के उसके गाल और माथे पर मानो खून दौड़ गया। अपने को संयत करने की कोशिश में उसके होंठ कँपकँपा उठे।

अचानक वह पूछ बैठी, "मुझे गाना सिखाओगे, आनन्द'दा?"

आनन्द अचकचा गया, "तुम गाना सीखोगी? मुझसे?"

इन्दु हँस पड़ी, "याद है, आनन्द'दा? इसी कमरे में बाबुल के चरणों में बैठकर विधू बाबू का गाना?"

आनन्द स्मृतियों की वाष्पभरी आँखों से उसे देखता रहा। उसे अपने किशोर कंठ की यादों का अनुरणन सुनाई दिया—

तुम करो, ना करो प्यार
मैं तो करूँगा प्यार
उम्र भर उम्मीद को रहेगा इन्तज़ार!

दोनों एक-दूसरे की आँखों में देखते रहे। महाराज की विदेही सत्ता मानो दोनों की स्मृतियों में जीवनन्त हो उठी। याद आयी...वह प्रसन्न ललाट! मधुर हँसी! यादों की भीड़ में बेचैन ख़ामोश पल-छिन!

आनन्द ने पूछा, "तुम सच ही गाना सीखोगी, इन्दु?"

अचानक पहले की तरह ही इन्दु के होंठों पर कौतुकी हँसी उभर आयी, "अब मुझे ढेरों आज़ादी है, तुम नहीं जानते? मेरे पास कितनी सम्पत्ति है, कितनी दौलत है? अब मैं एक पूरे स्टेट की बहूरानी हूँ। तुम यह बात शायद भूल गये हो?"

"तो फिर मुझे कुछ रुपये दो..."

"क्या करोगे?"

"देश-देश घूमूँगा।"

"सच्ची जाओगे, आनन्द'दा?" इस बचपनाभरी कल्पना पर इन्दु उल्लसित हो उठी, "चलोगे? चलो न, हम देश-देश की सैर करेंगे...यहाँ-वहाँ...जाओगे?"

"तुम्हारे पास ढेरों रुपये आ गये हैं। है न?"

"हाँ, आये तो हैं!" उसकी हँसी में दुबारा कौतुक खिल उठा, "बैठी नहीं रहूँगी! तुम देखना स्कूल...अस्पताल...सेवाश्रम...बैठे-बैठे कितना-कितना दान-ध्यान करूँगी।"

'पढ़ना-लिखना क्या बिल्कुल ही छोड़ दिया?'

'पकड़ा कब था जो अब छोड़ दिया, बताओ? लेकिन हाँ, बाबुल की ज़िद पर नये सिरे से संस्कृत ज़रूर पढ़ डाली। बाबुल ने ही कह-कहकर इंटर मीडिएट भी करा दिया था। घर में ही पढ़ाई-लिखाई दुबारा शुरू की है, देखूँ अगर सारी सीढ़ियाँ पार कर सकूँ। कुछ तो लेकर रहना होगा। धर्म-कर्म मेरे वश की बात नहीं है। प्रयाग-काशी वगैरह घूमकर मैंने यह बात समझ ली है।'

"बनारस कब गयी थी?"

"प्रायः दो बरस पहले। तुम लोगों के घर भी गयी थी। उन दिनों तुम लोग लखनऊ में थे।"

"ओह...!" आनन्द का चेहरा तटस्थ हो आया।

अचानक वह उठ खड़ा हुआ, "अब मैं चलूँ, इन्दु!"

"क्यों? नाराज़ होकर जा रहे हो? इसमें नाराज़ होने की क्या बात है? मैंने सोचा था जो तुम्हें भा गयी उसे एक बार अपनी आँखों से देख लूँ। मुझे भी वह ज़रूर पन्सद आती।"

दासी आकर ख़बर दे गयी कि पंडितजी आये हैं। मौका पाकर आनन्द भी उठ खड़ा हुआ।

इन्दु ने कहा, "सुनो, फिर आना। ठीक है?"

"हाँ, आऊँगा।"

बाहर निकलकर, अपने कुर्ते की दोनों जेबों में दोनों हाथ डालकर चलते-चलते आनन्द, इन्दु के बारे में सोचता रहा। शिव ने थोड़ी-बहुत बातें उसे बतायी थीं। इस शादी से इन्दु सुखी नहीं हो पायी।

योगीश्वर का घराना जैसे शिक्षा-दीक्षा, संस्कृति और उदारता के लिए जाना-पहचाना जाता था। इन्दु के पति के घराने को वह गौरव प्राप्त नहीं था। सात वर्ष विलायत में रहकर इन्दु के पति ने जो डिग्री हासिल की थी, योगीश्वर उसी पर मुग्ध हो गये थे। उन्होंने सोचा था कि नये ज़माने में ऐसे ही पढ़े-लिखे शिक्षित लड़कों की ज़रूरत है। लेकिन वर-पक्ष का अनेक इतिहास दबा लिया गया था। पहले अष्टमंगल के बाद इन्दु जब जोड़े में लौटी, उसका उदास चेहरा देखकर ही इस घर के सभी लोग चिन्तित हो गये थे।

शिव ने कहा, "पता है, दीदी कैसी चुप्पी लड़की थी...कुछ भी नहीं बताया। उस पर से जीजाजी ही बाबुल को सुना गये कि दीदी को ज़रूरत से ज़्यादा आज़ाद ढंग से बड़ा किया गया है। बाबुल ने दीदी के पक्ष में अच्छी-अच्छी बातें कहीं! ढेरों बातें दबाकर दीदी वहाँ दो बरस किसी तरह रहीं। लेकिन जब विलायत से जीजाजी की मेम बीवी, दो-दो बच्चों समेत यहाँ आ धमकी, तब दीदी का वहाँ रहना सम्भव नहीं हुआ। वह ख़ुद ही चली आयी।"

आनन्द, इन्दु के ख़्यालों में डूबा-डूबा आगे बढ़ रहा था। पश्चिमी बैठकख़ाने के सामने पहुँचकर वह अचानक ठिठक गया। बरामदे की तरफ़ की खिड़की खुली हुई थी। उस कमरे के साथ उसकी ढेरों यादें जुड़ी हुई थीं। सत्रह वर्ष पहले, इसी कमरे में सड़क का एक लड़का आ खड़ा हुआ था। राजा की बेटी ने सादर सम्भाषण से उसकी शर्म ढक दी थी। पाँच वर्ष पहले की एक और तस्वीर उसे याद आ गयी। उस रात इसी कमरे में बेला के फूलों का चँदोवा डाला गया था। विशाल-विशाल गद्दे बिछाकर महफिल सजायी गयी थी और गुलाबी रंग की बनारसी साड़ी में लकदक बहार बैठी थी। कैसा शृंगार किया था उसने! उन दिनों बहार ख़ूब-ख़ूब सज-धजकर रहा करती थी। तमाम शोख-शोख रंग उसे पसन्द थे। रंग से रंग भले मेल न खाते हों मगर वह ज़बर्दस्ती मिला लेती थी। गुलाबी, हरे, ज़र्द, जाफरान, नीले, बैंगनी—सभी रंग-बेरंग। जिस दिन

वह आ रहा था, ठीक उसी दिन वह जाने कैसी तो फीकी नज़र आ रही थी... मानो पहली बार आनन्द की नज़र पड़ी कि बहार का चेहरा बेहद बेरंग और आकर्षणहीन हो गया है। अचानक अपने मन को डाँवाडोल होते देखकर आनन्द ख़ुद ही अवाक् रह गया। वह बहार के बारे में ही सोच रहा था, बार-बार उसी की याद आ रही थी।

आनन्द इस हद तक बदल चुका था कि उसे देख-देखकर शिव मन-ही-मन भयंकर विस्मित हो उठा। वैसे वह काफ़ी व्यस्त इन्सान था, चाहे-अनचाहे स्टेट की तमाम ज़िम्मेदारी भी उसी पर थी। इतना बोझ सम्हालते-सम्हालते वह परेशान हो उठा था। आनन्द को पाकर वह बेहद ख़ुश हुआ था। उसे लगा था कि अब, पश्चिम के बैठकख़ाने में दुबारा चिराग़ जगमगा उठेंगे। कुछ दिनों खासतौर पर महफिल सजाकर, आनन्द का गाना-बजाना सुना जायेगा। पिछले कई वर्ष आनन्द ने निरे पागलपन में तबाह कर दिये। अब आनन्द को उपयुक्त सम्मान और स्वाधीनता देकर, बरानगर की बागान-कोठी में स्थापित कर दिया जाये, तो सिर्फ़ आनन्द का ही भला नहीं होगा, उसे ख़ुद भी बहुत अच्छा लगेगा।

लेकिन आनन्द के मन की गति उसकी समझ में नहीं आ रही थी। उसके लिए शिव ने गाड़ी का भी इन्तज़ाम कर दिया था।

उसने आनन्द से कहा, "अब तुम आराम से घूमो-फिरो, आनन्द'दा, जो तुम्हें पसन्द है।"

उसने अपनी कोठी में भी हिदायत जारी कर दी थी कि आनन्द के मामले में कोई कुछ न कहे।

असल में, "आनन्द को मन-ही-मन जबर्दस्त धक्का लगा था। कलकत्ता उसे अच्छा लगता था। कलकत्ते के परिचित लोगों से जुड़ी उसकी ढेरों सुखद यादें थीं। इसीलिए उसने सोच लिया कि कलकत्ता शायद जस-का-तस है। सिर्फ़ उसके वापस लौटने के इन्तज़ार में है। उसकी यह असम्भव कल्पना अब चकनाचूर हो चुकी है। इसके अलावा ज़िन्दगी के भी कुछ दावे थे, कुछ माँग थी। पिछले पाँच वर्ष ज़िन्दगी ने निर्मम हाथों से अपने दावे वसूल किये। अब कुछ भी पहले जैसा नहीं रहा। दुनिया भर के लोग अपने-अपने कामकाज में जुटे हुए हैं। उस जैसे निकम्मे इन्सान के लिए अटूट सुख-समारोह लिए कोई भी इन्तज़ार में नहीं है। बदल गया है, सब कुछ बदल गया है और सबसे अधिक बदल गयी है—इन्दु! ज़िन्दगी ने उसकी प्रवंचना की है और इस शून्यता-बोध

ने उसे दिशाहारा कर दिया है। उसे पढ़ना-लिखना भला नहीं लगता। किसी भी चीज़, किसी भी काम में उसका मन नहीं लगता। वह कोई एक काम पकड़ता है, पिछला छोड़ देता है। कोई कुछ बोलता है तो रो-धोकर अभिमान करके बेचैन हो जाता है।

कभी-कभी वह अपनी गाड़ी निकालकर कहता, "चलो, सैर कर आयें..."

इधर साज-सज्जा की कोई बला नहीं थी। काली किनारीदार बेगमबहार साड़ी, काली वैल्वेट का पूरी बाँह का ब्लाउज़; हाथ से ही लपेट लिया गया जूड़ा! पाँवों में नागरा–इसी वेशभूषा में इन्दु राजेन्द्रानी जैसी दिखती थी।

कभी-कभी वे दोनों दक्षिणेश्वर जाकर गंगा किनारे बैठ जाते। उनमें ढेरों बातें होती थीं–महाराज के बारे में, बचपन के बारे में! कभी-कभी इन्दु अपने वैवाहिक जीवन के बारे में भी बातें करती थी।

उसी ने बताया, "शिव भेंट करने गया था। मैं उससे लिपटकर ख़ूब-ख़ूब रोयी। बस, इसी बात पर उस कोठी में शिव का आना-जाना बन्द हो गया। उन लोगों को आशंका हुई कि कहीं मैं उन लोगों के बारे में शिव को बता न दूँ। वे लोग किसी पर भी भरोसा नहीं करते थे, आनन्द'दा! अपनी माँ-बहन का भी नहीं। उसका भाई अपने मँझले भाई को ज़हर देना चाहता था। वह बीवी का विश्वास कहाँ से करता, बताओ? लेकिन गुरु-भक्ति बेभाव थी। सालभर में आठ महीने गुरुदेव कोठी में मौजूद रहते थे। बहू-बेटियों की सेवा पाये बिना उनका नहीं चलता था...। ऐसी ही ढेर-ढेर बातें थीं, आनन्द'दा।" इतना कहकर वह मन्द-मन्द हँस पड़ी।

थोड़ा ठहरकर उसने अगला वाक्य जोड़ा, "तुम नहीं जानते, मुझे देख-देखकर ही बाबुल अन्दर-ही-अन्दर दुख की आग में सुलगते रहे और अन्त में जलकर खाक हो गये। उनका इन्तकाल हो गया। उसकी मेम. बीवी के बारे में सुना है न? लेकिन उस औरत पर मुझे ज़रा भी गुस्सा नहीं है। जब वह आयी, काश, तुम देखते। उम्र होगी यही कोई तीस वर्ष! बेटा-बेटी–दो छोटे-छोटे बच्चे! बड़ी उम्मीद लेकर आयी थी–यहाँ पहुँचेगी और राजरानी बनकर आसीन हो जायेगी। शिमला में घर बनाकर रहेगी...कश्मीर की लेक में विहार करेगी। जब वह आयी, तो मेरा चले आना आसान हो गया। चलो, छोड़ो ये बातें! तुम कोई गाना सुनाओ, आनन्द'दा..."

दूसरों के बारे में बातें करना आनन्द को भी नहीं सुहाता था। इन्दु के कहने पर उसने गीत छेड़ा–

आशा थी मन में, दोनों संग-संग में
गूँथेंगे कुसुम-माला!
आशा थी मन में, तब हिये-कोने
बिछाऊँगा प्यार का आसन
टूट गया सुख-सपना मोर
निशि हुई भोर, छिन्न माला-डोर
टूटी आस लिए लूँगा विदा, प्रिये
अब, लौटकर नहीं आनेवाला!

गाना ख़त्म होते ही इन्दु ने अनमने लहजे में कहा, "पता है, आनन्द'दा, मैं ठीक चले आना भी नहीं चाहती थी। मुझे उम्मीद थी कि..."

इन्दु ने क्या उम्मीद की थी, यह बात वह आनन्द को नहीं बता सकती। उसे उम्मीद थी कि जयशंकर उसे समझेंगे। धीरे-धीरे वह सारी बात भूल जायेगी। ईश्वर कहीं विद्यमान है, अब, इन्दु को इस बात पर भरोसा नहीं रहा। पति बिल्कुल अयोग्य है। यह जानते-समझते हुए भी उसने कोशिश की थी कि वह उन्हें प्यार कर सके। उसके मन में कहीं ऐसी लज्जाहीन उम्मीद भी थी कि किसी दिन वह भी माँ बनेगी। एक तरह से उसकी अधूरी ज़िन्दगी पूरी होगी।

लेकिन ऐसा कुछ नहीं हुआ। इन्दु का सहज आभिजात्य देखकर जयशंकर ने अपने को बेहद छोटा महसूस किया। अपने बर्ताव और बातचीत में और ज़्यादा नीचता पर उतर आने में वे ज़रा भी नहीं झिझके। पति के सामने और ज़्यादा नीचे झुकने में भी इन्दु को कोई एतराज़ नहीं था। लेकिन उसके विनय को उन्होंने परोक्ष-अहंकार समझ लिया। सबसे ज़्यादा इन्दु को तब चोट लगी जब उसे पता चला कि विलायत में उसके पति की एक और ब्याहता बीवी है। उससे सन्तानें भी हैं। उसी दिन, अपनी पूरी कोशिश लगाकर अपने और जयशंकर के बीच निर्मित पुल एकदम से भहराकर टूट गया। इन्दु ने क्या देखा? उसने पूरे दो वर्ष, एक अदद झूठ को सच बनाने में गुज़ार दिया लेकिन जो झूठ था, वह आसानी से रद्द हो गया। इन्दु अपने आपसे डर गयी। यह क्या? न तो वह पत्नी है, न माँ, न वधू। फिर वह क्या है? उसका परिचय क्या है? उसका समूचा विफल जीवन मानो रेगिस्तान की रेत भर है। उस रेत को लाँघकर ज़िन्दगी की सार्थकता की हरियाली में किसी दिन भी क़दम नहीं रख सकेगी।

इन्दु ने आगे कुछ नहीं कहा। लेकिन आनन्द काफ़ी कुछ समझ गया।

उसने ममताभरे लहजे में कहा, "तुम बताओगी, तभी मैं समझूँगा? तुम क्या मेरे लिए परायी हो, इन्दु? मैं समझता हूँ, सब समझता हूँ।"

"तुम सब समझते हो, आनन्द'दा?"

"हाँ, समझता हूँ।"

"तुम गंगा के सामने, गंगा की गवाही में यह बात कह रहे हो न? देखो, तुम झूठ मत बोलना।"

इन्दु ने मानो मज़ाक ही करना चाहा था, लेकिन उसकी आवाज़ कैसी तो टूट-फूटकर बिल्कुल और तरह की हो आयी।

आनन्द ने अचकचाकर कहा, "तुम रोओ मत, इन्दु! तुमसे क्या मैं झूठ बोलता हूँ? तुम्हारी सा—री बातें मैं समझता हूँ।"

नम आँखों से इन्दु हँस पड़ी। उसे लगा, मुद्दतों बाद उसने अपने पुराने आनन्द को इतने करीब पा लिया है। किसी समय, जो आनन्द उसकी बातें सुनते हुए, उसकी सूरत निरखते-परखते हुए दिनोंदिन बड़ा हुआ था, यह वही आनन्द है। बीच में वह कहीं खो गया था, लेकिन अब दुबारा लौट आया है।

आनन्द को पाकर इन्दु के मन में जीने की स्पृहा ज़रा-ज़रा करके लौट आयी। अर्से बाद वह बड़े जतन से अपने बाल सँवारने लगी। दासी को बुलाकर, बगीचे से फूल मँगाकर अपने कमरे में सँजोने लगी। उसने परम उत्साह के साथ ख़ुद सामने खड़े रहकर महाराज का कमरा साफ़ कराया।

इस तरह अब, वह, अपने बनाव-शृंगार में मन लगाने लगी। पीले पड़े गालों पर ज़रा-ज़रा करके रंग आने लगे। यह देखकर सरयू काफ़ी ख़ुश हुईं।

शिव ने माँ को बुलाकर कहा, "माँ, दीदी जो करना चाहती है तुम उसमें ज़रा भी रोक-टोक मत करना। ज़ोर-ज़बर्दस्ती उसे पूजा-अर्चना में भी मत भिड़ा देना। तुम्हें तो पता है वह ज़ोर-ज़बर्दस्ती कतई सहन नहीं कर पाती।"

उम्र छोटी होने के बावजूद शिव ने ही अपनी दीदी की देखरेख का ज़िम्मा सम्हाल लिया था। बाबुल होते तो जो-जो करते, उसमें कहीं कोई त्रुटि न हो, शिव ने इस तरफ़ भी पूरी नज़र रखी थी।

इसलिए जब उसे सामने बुलाकर इन्दु ने कहा, "शिव, आनन्द मुझे गाना सिखाएगा, तू इन्तज़ाम कर दे।"

शिव बेहद ख़ुश हो गया।

उसने कहा, "कोई और सुर नहीं, आनन्द'दा। उसे बाबुल का लिखा हुआ गाना सिखा दो तो!"

महाराज का लिखा हुआ, वही गीत! आनन्द को याद आया कि वही गाना रिकॉर्ड भी किया गया था।

इन्दु की आवाज़ काफ़ी रिन-रिनी और सुरीली थी। "याद रखना, मितवा, सुख के वे दिन..." गाते हुए एक दिन उसकी आवाज़ में कैसी तो रुलाई आ समायी। इन्दु थम गयी। गाते-गाते आनन्द भी विस्मय से ठिठक गया।

"क्या हुआ, इन्दु?" उसने पूछा।

"कुछ नहीं।"

इन्दु इतना कहकर उठी और कमरे से बाहर निकल गयी। हाथ-मुँह धोकर कुछ ही देर मैं वापस भी लौट आयी। उसकी नाक की पोर लाल थी!

उसने कहा, "आनन्द'दा एक बात है..."

"कौन-सी बात, इन्दु, कहो न?"

विशाल कमरे के धुँधलके में इन्दु को हरे काँच की छाया, कैसी तो थकी-थकी और करुण नज़र आयी।

इन्दु ने कहा, "यह गीत मेरा है, आनन्द'दा! यह गीत तुम किसी और के सामने मत गाना।"

"नहीं गाऊँगा, इन्दु!"

गाना सीखने का पाठ समाप्त हुआ, लेकिन वह जो इन्दु की गर्दन पर अशान्ति का भूत सवार हुआ, वह नहीं उतरा। इन्दु को तस्वीर आँकने का शौक चर्राया। इज़ेल, रंग, कैनवास, तूलि—सब कुछ हाज़िर हो गया। मशहूर चित्रकार भी आ गये, लेकिन दो दिन गुज़रते न गुज़रते इन्दु ने सारा कुछ फेंक-फाँक दिया।

उसने कहा, "यह क्या बचपना है? इस उम्र में अब यह सब नहीं होनेवाला।"

ज्योतिषी जी आ पहुँचे। वे उसे रत्नों की पहचान करना सिखानेवाले थे। हथेली की रेखाएँ पढ़कर भूत-भविष्य का विचार करना सिखायेंगे।

इन्दु की हथेली की रेखाएँ पढ़कर वे शुरू में ही बोल उठे, "तुम्हारी हथेली बता रही है, बिटिया कि तुम्हारी तक़दीर में ढेरों सुख लिखे हैं। तुम परम सौभाग्यवती हो। पति वंश की गौरव हो।"

"क्या कहा आपने?"

"मैंने क्या कहा?"

पंडितजी चकित रह गये।

अपनी हथेली हटाकर इन्दु उठ खड़ी हुई। उसने तीखे लहजे में कहा,

"आपको किसने बुलाया है? आपको कुछ आता-जाता नहीं। मज़ाक करने को आपको किसने बुलाया है? आप चले जाइये।"

ऐसी बेरूखी इन्दु के स्वभाव के खिलाफ़ थी। इन्दु को देखकर सभी लोग डर गये। सरयू ने ज्योतिषी जी को ढेरों रुपये देकर विदा कर दिया।

अपनी परेशानी देखकर ख़ुद इन्दु भी आतंकित हो उठी।

उसने आनन्द से कहा, "आनन्द'दा, लगता है मैं पागल हो जाऊँगी। मुझे यह क्या हो गया, बताओ तो?"

इन्दु को यह क्या हो गया? इतनी अस्थिरता, इतनी छटपटाहट आख़िर कहाँ छिपी थी? इन्दु अपने से ही डरने लगी। उसकी रातों की नींद हराम हो गयी। वह छटपटाहट में बस घूमती फिरी। विशाल निद्रित प्रासाद के अँधेरे कमरे से बरामदे तक वह प्रेतिनी की तरह चहलक़दमी करती रही।

कभी वह कमरे की बत्तियाँ जला देती थी।

तेज़ रोशनी करके वह दासी से कहती थी, "आलमारी खोल!"

हीरे-मोती, पन्ना-चुन्नी पहनकर वह तीन पल्लोंवाले आइने के सामने आकर खड़ी हो जाती थी। अलंकारों से सजी-सजायी राज राजेश्वरी मूर्ति उस पर व्यंग्य करती थी। उसकी प्रतिछाया कहती थी—"जिसकी समूची ज़िन्दगी ही एक धोखा है, उसे इतने साज-सिंगार की क्या ज़रूरत है?"

"क्या कहा तूने?"

इन्दु अपनी छाया को झिड़क देती थी। और खींच-खींचकर सारे गहने उतार डालती थी। गहने माटी पर फेंक देती थी। गर्मी-सर्दी की परवाह किये बिना वह झरना खोलकर नहाने में व्यस्त हो जाती थी।

कभी अकेली ही गाड़ी लेकर निकल पड़ती थी। घूमती-भटकती थी। घूमते-भटकते जब वह तन-मन से थक जाती थी तब असमय ही घर लौट आती थी।

सरयू यह सब देख-देखकर दुखी हो जाती थीं। उनकी बेटी ऐसी क्यों हो गयी? और उसके मन में आनन्द से मिलने की ऐसी दुर्दम आकांक्षा क्यों बनी रहती है? वे मन-ही-मन डरी हुई थीं।

उन्होंने कहा, "शान्त हो, इन्दु! यूँ मन-ही-मन जलती-फुँकती मत घूमा कर!"

"मुझे थोड़ी-सी शान्ति दे सकती हो? अगर नहीं दे सकती तो झूठमूठ मत बोलो! तुम्हारे इस पूजा-पाठ में क्या शान्ति के लक्षण हैं? अगर नहीं हैं तो यह सब लेकर तुम क्यों पड़ी हुई हो, माँ?"

माँ को रूढ़ बातें कहकर बेटी भी रो पड़ी और माँ भी रोती रही। इन्दु ने उनके पाँव पकड़कर माफ़ी माँगी।

उसने कहा, "मुझे थोड़ी-सी ज़हर ला दो, आनन्द, मैं मर जाऊँ।"

"छिः, इन्दु!"

"आत्महत्या महापाप है, यही न?"

यह कहते हुए इन्दु हँस पड़ी। हँसते-हँसते वह अस्थिर हो आयी। बेहद भयंकर थी वह हँसी, देखा नहीं गया।

उसने हँसते-हँसते फिर कहा, "शास्त्रों की दुहाई दे-देकर तुम लोग इन्सानों को तिल-तिल मारते हो, वह पाप नहीं है? जबकि जिसके लिए ज़िन्दगी मौत से भी बदतर है वह अगर मुक्ति पाना चाहे तो वह पाप हो गया? यह तो गज़ब बात है।"

अचानक हँसी रोककर वह गम्भीर हो आयी।

उसने फिर कहा, "मैं पक्का जानती हूँ, आनन्द'दा, आत्महत्या करके परलोक इससे और ज़्यादा भयंकर तो नहीं होगा। मुझे पक्का विश्वास है।"

कभी वह बालिका की तरह दौड़ी चली आती थी और एकदम से सवाल करती थी, "सुनो, तुम्हारी जुबान से एक बात सुनने के लिए मैं घूम-घूमकर आती हूँ। तुम कुछ कह नहीं सकते, आनन्द'दा?"

आनन्द को तसल्ली देनी नहीं आती थी।

उसने कहा, "तुम कुछ करो, इन्दु! बिल्कुल बेसहारा होकर इन्सान जी सकता है भला?"

"मैं क्या करूँ, बताओ? तुम बता सकते हो?"

"कामकाज करो..."

"क्या काम? फ़िज़ूल की बात मत करो, आनन्द'दा! खून-मांस का एक इन्सान है। तुम सबने उसके हाथ-पाँव बाँध रखे हैं। सिर्फ़ यही कहते हो—काम करो! कुछ काम करो।"

हालाँकि ये बातें इन्दु उसे ही सुनाती थी, लेकिन वह सिर्फ़ निमित्त मात्र है, इस बारे में आनन्द बिल्कुल निःसन्देह था। इस औरत की वह कोई मदद नहीं कर सकेगा। उसकी समझ-बूझ उसके अपने ही साथ है।"

इन्दु यह समझकर भी मानो नहीं समझती। वह आनन्द के पास बार-बार मानो अकारण ही चली आती थी।

एक दिन, एक साथ बैठकर, आनन्द का वह रिकॉर्ड सुनते-सुनते इन्दु की

आँखें डबडबा आयीं। वह उठी और एक झटके में कमरे से बाहर निकल गयी। आनन्द उसके पीछे-पीछे आया।

उसने पूछा, "क्या हुआ, इन्दु?"

"कुछ नहीं..."

विमूढ़ आनन्द खड़ा का खड़ा रहा। इन चन्द शब्दों में ही मानो उसे इन्दु के मन की तस्वीर स्पष्ट दिख गयी।

दो दुनिया—बाहर, इन्सान, समाज-संसार की उपेक्षा करके, अपने में ही व्यस्त थे। लेकिन इस वज़ह से समाज-संसार तो चुप नहीं रहेगा। इन्दु का आचार-व्यवहार अदृष्टपूर्व था। आनन्द के साथ उसका मेलजोल अन्य लोगों के अलावा सरयू की आँखों को भी नागवार गुज़रता था। उन्हें धर्म-कर्म प्रिय था। पति उनके लिए वही राह ही साफ़ कर गये थे। बीच में, बेटी को लेकर ही उनकी जितनी परेशानी थी। अपनी अन्नदात्री, मालकिन के खिलाफ़ कानाफूसी करना दुःसाहस है, यह जानते हुए भी चुपके-चुपके बातें चलती रहती थीं। हज़ारहों दिन में अठारह घंटे ही, जिस औरत का जप-तप में गुज़रता था, उसके लिए सारी देखरेख ख़ुद करना सम्भव नहीं था। कर्त्तव्य-परायणा दो-एक आश्रिताएँ ही संगमरमर के पूजाघर में ख़बरें पहुँचा देती थीं। ख़बर सुनते ही सरयू तत्काल ही बातें बनानेवाली औरतों को राजबाड़ी से विदा करके उन लोगों को सीधे गाँव भेज देने का इन्तज़ाम कर देती थीं। वे असमय ही बेटी के महल में जा पहुँचती थीं। अन्दर से दरवाज़ा बन्द करके वे बेटी को दिवानिद्रा से जगा देती थीं। उन दोनों के बीच धीमी-धीमी आवाज़ में बातचीत होती थी, लेकिन उनमें खंड-प्रलय छिड़ जाता था, यह निश्चित था।

आँखों में प्रतिवाद की आग लिए सख़्त भाव-मुद्रा में इन्दु कमरे से बाहर निकल आती थी। आनन्द को ख़बर भेजती थी कि शाम को वह तैयार रहे, बाहर निकलना है।

गड़ेर माठ में दरी बिछाकर दरवान वहाँ से हट गया। इन्दु और आनन्द अगल-बगल बैठ गये। यूँ इत्तला देकर गड़ेर माठ में बुला लाने का मतलब आनन्द की समझ में नहीं आया।

इन्दु ने बिना किसी भूमिका के अपनी बात शुरू कर दी।

उसने कहा, "अब मैं यहाँ नहीं रहूँगी। दार्जिलिंग या पुरी चली जाऊँगी। वहीं रहूँगी। तुम चलोगे मेरे साथ?"

"मैं तुम्हारे साथ चलूँ? पुनरुक्ति करने के अलावा आनन्द को और कोई जवाब नहीं सूझा।"

"क्यों, नहीं चलोगे?"

"यह तुम क्या कह रही हो, इन्दु? तुम्हारा समाज नहीं है, संसार नहीं है?"

"समाज? संसार?" इन्दु की आवाज़ में विद्रूप की बजाय हाहाकार फूटा, "तुम लोगों के समाज ने मेरा क्या परिचय दिया है? मैं न तो पत्नी हूँ, न माँ, न सधवा, न विधवा! सभी लोगों ने मिलकर मुझे परिचयहीन कर दिया! तुम्हारा भी भला कौन-सा समाज है, बताओ? समाज-संसार छोड़कर यदि हम दोनों चले ही जायें....बोलो, आनन्द? बिल्कुल गैर-ज़रूरी होकर इन्सान भला जी सकता है?"

"इन्दु!"

आनन्द के घुटनों पर सिर रखकर इन्दु रो पड़ी, "मैं अपने को लेकर यूँ अकेले-अकेले अब, नहीं रह पाती, आनन्द'दा, तुम विश्वास करो।"

आनन्द ने गहरे स्नेहिल मुद्रा में उसे तसल्ली दी, "तुम ख़ुद नहीं जानतीं, इन्दु कि तुम क्या कह रही हो? निन्दा, कलंक और अपयश—यह सब क्या तुम बर्दाश्त कर पाओगी? आज तुम्हें लग रहा है कि तुम बर्दाश्त कर लोगी, लेकिन जब वह वक़्त आयेगा, तो तुम्हारे लिए यह सब सच ही बर्दाश्त-बाहर होगा। तुमने तो ज़िन्दगी में कभी अपमान सहन नहीं किया, इन्दु!"

"तुम ही सहन नहीं कर पाओगे, ऐसा कहो न?"

"हाँ, इन्दु यह बात भी सच है। मैं भी झेल नहीं पाऊँगा। दो दिनों बाद, तुम ही मुझे दोष देने लगोगी। मैं तुम पर गुस्सा उतारने लगूँगा। जान-बूझकर दुख को दावत देने से भला क्या फ़ायदा होगा?"

आँखों के आँसू पोंछकर इन्दु तनकर बैठ गयी।

उसने कहा, "तब तुमसे कुछेक बातें कह रखूँ, आनन्द'दा, तुम मुझे बीच में टोकना मत! यह सब कहने मैं दुबारा नहीं आऊँगी। तुम वापस लौट जाओ आनन्द'दा। मैं तुम्हें लौट जाने को इसलिए कह रही हूँ क्योंकि तुम यहाँ रहोगे, तो मेरा मन और अशान्त होगा। बारह वर्षों का चीन्हा-जाना मन, तुम उसे भयंकर फरेब देकर चले गये थे। तुममें दया-माया बिल्कुल नहीं है। बहरहाल, सभी लोग उस मन से गुड्डे-गुड्डियों की तरह खेलते रहे। तुम दुबारा क्यों लौट आये? जैसे ही तुम मेरी नज़रों के सामने आये, किसी असम्भव उम्मीद से मेरा

मन उतावला हो उठा! ना, ना, आनन्द'दा तुम लौट जाओ! मुझे पक्का विश्वास है कि अपनी यह हालत तुमने खुद बनायी है। वह तुम्हें सच ही प्यार करती है।"

"इन्दु!"

"और तुम भी...सिर्फ़ उसे ही प्यार करते हो, यह बात तुम शायद ख़ुद भी नहीं जानते।"

उत्तर की प्रतीक्षा किये बिना इन्दु ने धीरे-धीरे अगला वाक्य जोड़ा, "सिर्फ़ एक बात कहूँ आनन्द'दा, इस ढंग से सिर्फ़ तोड़ो मत। जो तुम्हें प्यार करती है उसे ज़रा समझने की कोशिश करो। देखना, सब कुछ कितना आसान हो जायेगा।"

गहरी श्रद्धा से आनन्द ख़ामोश रहा। उसने कहा, "इन्दु तुम मुझे माफ़ कर दो।"

अगले ही पल क्षीण चाँद की तरह इन्दु के चेहरे पर पीली हँसी उभर आयी, "नहीं, इसके बजाय तुम ही मुझे माफ़ी दे दो। मैं कितना कुछ कह गयी...। अब दुबारा भेंट नहीं होगी।"

"यह कैसी बात, इन्दु?"

"नहीं, आनन्द'दा, अब और नहीं, मैं जानती हूँ। वैसे भी झूठमूठ मिल-भेंटकर भी क्या होना है? बोलो? बेहतर है हम दोनों अपनी-अपनी ज़िन्दगी जियें...गुज़र ही जायेगी। कौन, किसे याद रखता है, बताओ?"

दोनों उठ खड़े हुए! गिरजाघर की घड़ी में उस वक़्त रात के दस बज रहे थे।

इन्दु की बातों में, आनन्द को अपने ही मन का निर्देश मिला। अगले दिन ही उसने भोर की ट्रेन पकड़ी।

बहार के मन में उसके लिए ऐसी तीखी प्यास जाग उठी कि आनन्द खुद ही विस्मित रह गया। एक महीने नहीं, मानो एक युग के निर्वासन के बाद वह लौट रहा हो। पाँच वर्षों के सुख-दुख के अभ्यास में वह औरत उसकी ज़िन्दगी से इस कदर जुड़ गयी है, यह बात आनन्द ने क्या पहले समझी थी? वह सिर्फ़ भूल करता रहा और भूल ही समझता रहा। ख़ैर, भूल का बोझ उतार देने के लिए एक निश्चित ठाँव है, यही बहुत बड़ा लाभ है। वही एक इन्सान है जिसके सामने उसे कोई नाटक करने या बहाना बनाने की ज़रूरत नहीं है। जिसने उसे गुण-दोष, त्रुटि-विच्युति के साथ देखा है। किसी आदर्श को प्यार

किया जा सकता है। खून-मांस के इन्सान को सहज और स्वाभाविक रूप से प्यार करने में त्याग और दुख विद्यमान होता है। आनन्द को अगर कोई सच ही प्यार करती है, तो वह बहार ही है।

यही बात समझने में उसे देर हो गयी। इन्दु का ख़्याल आते ही आनन्द के चेहरे पर कई-एक रेखाएँ उभर आयीं। ख़ूब सारी बातें उठेंगी, यह जानते हुए भी इन्दु उसे ट्रेन पर सवार करा गयी। उसी ने शिव को भी समझाया। "ख़ैर, मेरा कोई दावा नहीं है..." यह कहकर शिव ने अपनी नाराज़गी जता दी। इन्दु ने उसे भी समझा दिया।

इन्दु ने उसे राह में होशियारी से जाने की हिदायत भी दी। ट्रेन छूटने से पहले जब घंटी बजी, वह ट्रेन से उतरकर खड़ी हो गयी।

खिड़की के सामने खड़े होकर उसने कहा, "मैं फिर कहती हूँ अगर मैंने कुछ ग़लत कहा हो, तो मुझे माफ़ कर देना।"

आनन्द ने जवाब दिया, "तुम भी कुछ करो, इन्दु! ऐसे रहोगी तो मर जाओगी।"

इन्दु के चेहरे पर करुणाभरी मीठी हँसी तैर गयी, "चलो, कुछ करूँगी। श्रीनटपुर की बेटी और नन्दनगर की बहूरानी–इन दोनों परिचय को छोड़कर अब अपने नाम के दम पर जीने की कोशिश करूँगी। इसके अलावा और कोई उपाय भी तो नहीं है, लेकिन जितनी तलाश करनी है, इहलोक में ही करूँगी। परमार्थ की साधना मेरे वश की बात नहीं है।"

शिव, दीदी की बगल में आ खड़ा हुआ। समूचे प्लेटफॉर्म पर लोगों की भीड़। भीड़ की व्यस्तता; ट्रेन छूटने की अफरातफरी–उन सबके बीच इन्दु इतनी निःसंग नज़र आ रही थी, इसका ख़्याल आते ही आनन्द की आँखों में हमदर्दी की बेचैनी धधक उठी। उसकी दृष्टि वाष्पाछन्न हो आयी। आसमानी, रेशमी साड़ी के अवगुंठन में उसका चेहरा अतिशय पीला नज़र आ रहा था। उसी रंग का पूरी बाँह का ब्लाउज़, सियाह आँखों की दृष्टि में उदासी। इन्दु को देखकर आनन्द को लगा, मानो कोलाहल के समुद्र के बीचोंबीच खड़ी वह निःसंग वेदना की प्रतिमूर्ति हो। दूर से दूरान्तर, जितनी भी दूर तक निगाह गयी, इन्दु उसे जाते हुए देखती रही। उसके कन्धे पर हाथ रखकर शिव ने उसका चेहरा अपनी ओर घुमा लिया।

ट्रेन तेज़-तेज़ रफ़्तार में नज़रों से ओझल होती गयी। खिड़की के काँच पर उसकी छाया हिलती-डुलती रही। शीर्ण और रेखाओं से भरपूर उसका चेहरा,

आँखों तले सियाही उड़ेली हुई, बदन पर पंजाबी और जोधपुरी पहनावा, पाँवों में नागरा—आनन्द क्या इस इन्सान को पहचानता है? यह क्या वही आनन्द है जिसने काफ़ी अर्से पहले आगरा की एक ख़ास मजलिस में बैठकर ज़मीर ख़ाँ साहब के घराने के पुरखों की तान-तरकीब व्यक्त करके अपने लिए नाम ख़रीदा था? फल्गु नदी के रेतीले तट पर खड़े होकर, चाँदनी के उजाले में उसी का हाथ थामकर किसी रूपसी हसीना ने विनती की थी—"तुम्हें छोड़ने का मतलब है मेरे अपने जीवन का अर्थ खो देना। तुम समझते क्यों नहीं? मैं भी इन्सान हूँ।...क्या मुझसे भूल-त्रुटि नहीं होगी?"

अपनी तस्वीर देखते-देखते आनन्द ने परम थकान से अपनी आँखें मूँद लीं। गन्तव्य और जल्द-से-जल्द करीब आ जाये। बहार उसके करीब आ जाये।

प्रायः शाम को आनन्द गया पहुँच गया। उसका इक्का निर्जन राह पर चल पड़ा। न कोई चिन्ता, न फिक्र। बस, सिर्फ़ थकान थी।

अँधेरा घर! आवाज़ सुनकर माली सामने आ खड़ा हुआ। उसने सलाम ठोंका।

उसने बताया, "वे लोग घर पर नहीं हैं।"

"नहीं हैं? कहाँ गये? कब गये?"

"बाई पहले चली गयीं। बाद में बाबू भी चले गये। आपको बनारस जाने को कह गये हैं।"

उम्मीद टूटने पर आनन्द को बहार पर गुस्सा चढ़ आया। उसी इक्के से आनन्द दुबारा स्टेशन लौट आया।

करीब भोर-भोर वह बनारस पहुँच गया। ताँगा लेकर घर पहुँचते-पहुँचते सात बज गये। सुबह से ही आसमान में बादल घिरे हुए थे। पत्थर की टाइल्स पानी में चक्-चक् कर रहे थे। घर पहुँचकर आनन्द का धीरज जवाब दे गया। एक साथ दो-दो, चार-चार सीढ़ियाँ लाँघकर वह ऊपर पहुँचा।

उसने आवाज़ दी, "ब—हा—र!"

कोई जवाब नहीं मिला। बहार न इस कमरे में थी, न उस कमरे में। इतनी सुबह-सुबह वह कहाँ चली गयी? सोने के कमरे में पहुँचकर आनन्द खड़ा का खड़ा रह गया। बन्द कमरा! बन्द हवा! काफ़ी दिनों से कोई कमरे में नहीं आया था। बिस्तर ज्यों का त्यों पड़ा हुआ था। दीवार पर जाने कब की सूखी माला

झूल रही थी। हुआ क्या है? आनन्द की सोच से बाहर था। उसका विस्मय, आशंका में बदल गया।

इस बार आनन्द ने चीखकर आवाज़ दी—"बहार! बहार!"

हड़बड़ाई मुद्रा में मोहन कमरे में दाखिल हुआ, "उस्ताद तुम? मेरे दोस्त?" उसकी आवाज़ में विस्मय था।

"बहार कहाँ है, मोहन?"

आनन्द का हाथ पकड़कर मोहन ने उसे बिठाया।

"बैठो, बताता हूँ।"

आनन्द बेचैन हो उठा, "क्या बताओगे तुम? क्या हुआ है? बहार कहाँ है?"

"बहार नहीं है, आनन्द।"

"बहार नहीं है?" आनन्द विमूढ़ हो आया।

मोहन ने सहमी हुई आवाज़ में कहा, "नहीं, नहीं! कोई बुरी ख़बर नहीं है। जिस रात तुम कलकत्ता के लिए रवाना हुए, उसी रात भोर-भोर ही बहार भी चली गयी। कहाँ गयी है, नहीं जानता। तुम्हारे नाम एक चिट्ठी लिख गयी है।"

"कहाँ है वह चिट्ठी?"

मोहन ने लिफ़ाफ़ा निकालकर उसे थमा दिया।

उसने कहा, '"सी दिन से यह चिट्ठी साथ-साथ लिए घूम रहा हूँ। मुझे वह चौकीदारी का काम सौंप गयी है। मैं बैठा-बैठा घर अगोर रहा हूँ।"

आनन्द ने लिफ़ाफ़ा खोल डाला और ख़त पढ़ने लगा।

"...कोई एक दिन ऐसा भी था, जब मैं सोचती थी कि मेरे मन में जो आयेगा, करूँगी; जो चाहे कर सकती हूँ। ग़लत था, मेरा यह आत्मविश्वास! उसी भरोसे पर मैंने ज़ोर-ज़बर्दस्ती तुम्हें अपनी ज़िन्दगी से जोड़ लिया। मैंने भूल की। ज़ोर-ज़बर्दस्ती से और कुछ भले किया जाये, मन नहीं बाँधा जा सकता।

आज उसी भूल का प्रायश्चित्त कर रही हूँ। पाँच वर्षों से मैं एक ऐसे पल की उम्मीद लगाये बैठी थी, जब मेरी तरफ़ साधारण या रंगीन नज़रों से सचमुच की 'मैं' को देख पाओगे। वह दिन कभी नहीं आया।

इसलिए आज मैं तुम्हें मुक्ति देकर जा रही हूँ। तुम्हारे अपने साथ, तुम्हारी जो जंग चल रही है, उसके बीच में पड़कर मैं और टुकड़े-टुकड़े नहीं होना चाहती। मुझे तुम माफ़ करना।

तुमने सिर्फ़ एक बात नहीं समझी कि आख़िर तो मैं औरत हूँ। मेरी कोशिश में आन्तरिकता थी। हाँ, राह ग़लत थी। इसीलिए दिनोंदिन तुम फलोगे-फूलोगे,

सूरज बनकर दूसरों को निष्प्रभ कर दोगे—ऐसा नहीं हुआ। तुम कैसे तो बुझ गये, छोटे हो गये। ज़रूर मेरे ही पापों की वजह से।

इसलिए तुम्हें मुक्ति देकर जा रही हूँ। अब किसी दिन भी तुम्हारे पाँवों की बेड़ी बनने नहीं आऊँगी। तुम परेशान न हो, तुम्हें छोड़कर जाते हुए अच्छा लग रहा है। हाँ, तकलीफ़ ज़रूर हो रही है, दुख भी हो रहा है, दुनिया मेरी आँखों के सामने ही सूनी हो रही है। फिर भी मैं छोड़कर जा रही हूँ। काश, मेरे दुख से दुनिया की तमाम औरतों का दुख-दर्द मिट पाता।

आनन्द!

इसके अलावा और कोई राह नहीं थी। तुम ही कहो—बहार!"

दिन ढलकर दोपहर हो आयी। दोपहर से शाम हुई।

वह ख़त हाथ में लिए आनन्द पथराया-सा बहार की खाट पर ही बैठा रहा। आँधी-तूफान में पाले की मार खाई वनस्पति की तरह चेहरा विध्वस्त! छिन्न-भिन्न! नहाने-खाने की दो-एक बार याद दिलाकर मोहन भी वहाँ से हट गया।

जब शाम भी ढल गयी, तब माचिस की तीली रगड़कर आनन्द ने मोमबत्ती जलायी। सूना घर जैसे उसका मज़ाक उड़ा रहा हो। समूची राह पार करके आनन्द जब बहार के पास लौट आया, तभी बहार चली गयी। यह क्या हुआ?

ठीक हुआ! उसे यह सज़ा मिलनी ही चाहिए थी। सुख इतनी आसानी से मिल जायेगा, यह सोचना ही तो उसकी भूल थी। उससे भूल हो गयी। प्यार भी अर्जित करना पड़ता है, ख़ासकर बहार का प्यार। उसने आख़िर क्या मूल्य दिया? आनन्द ने किस दुस्साहस से यह उम्मीद लगायी थी कि बहार उसके लिए बैठी रहेगी?

उसकी छाती मथकर एकदम से हाहाकार कर उठी। अश्रुहीन गूँगी रुलाई फूट पड़ी। बहार के तकिये में मुँह गड़ाकर किसी आहत, विशाल जन्तु की तरह आनन्द रो उठा। वह मुँह गड़ाये पड़ा रहा।

रात गहरा आयी। रात के बनारस का जीवन-गुंजन, कानों में कुछ-कुछ आता रहा। हाथ में मोमबत्ती थामे आनन्द वह कमरा निहारने लगा। मोमबत्ती की रोशनी में उसकी छाया भी अज़ीब नज़र आ रही थी। बिस्तर पर धूल जम गयी थी। चौकी पर रखे हुए तानपूरे, पखावज, हारमोनियम के बक्से पर भी धूल की मोटी पर्त। चमड़े के पट्टे में गुँथे हुए घुँघरुओं का जोड़ा, दीवार पर

झूल रहा था। मेज़ पर बहार की प्रसाधन-सामग्रियाँ। आइने पर मकड़ा जाल बुनने लगा था। आईने के सामने खाली फोटो-फ्रेम!

सूने कमरे की तरह आनन्द के मन में भी महाशून्यता जाग उठी। अगर बहार कमरे में होती तो सभी टूट-फूट पर जोड़ लगा लिया जाता, सारी भूलें ठीक कर ली जातीं। कितने ही दिनों की जाने कितनी ही भूलें, कितने ही अपराध वह हँसते-हँसते माफ़ कर देती थी; अश्रुमोचन की इतिकथा, रात के गोपन में ही रखकर, हर सुबह वह नये सिरे से आशा की वाणी सुनाती थी। उसी की प्राणवन्त कोशिशों से आज रेगिस्तान में फूल खिल रहे हैं; पत्थर शस्य-श्यामल हो उठा है, विमुख हृदय में प्यार फूट पड़ा है—बहार ने यह सब देखने का भी इन्तज़ार नहीं किया?

बहार, मुझे तुम ही चाहिए—यही समझने के लिए मुझे दूर जाना पड़ा था। तुम्हारे अलावा मेरे लिए अन्य कोई उपाय नहीं है। अपने वीतरागी मन को मैं समूची दुनिया से समेटकर ले आया। भिखारी बनकर तुम्हारे दरवाज़े पर आ पहुँचा हूँ। बताओ, अब तुमने मुझे फिर से वीतरागी क्यों बना दिया?

अन्तस् का हाहाकार मान सूने कमरे की दीवारें चीरकर बोल उठीं। कितनी ही काली-काली छायाएँ उसका विद्रूप करने लगीं। उसके मन ने कहा—"सब कुछ छोड़-छाड़कर चल दो। तुम्हारे जीवन में विराट शुभ-लग्न समागत है—इतनी सारी मुक्ति तुम्हें कभी नहीं मिलेगी।

उद्भ्रान्त चित्र ने उस संकेत का जवाब दिया। अब बूँद भर भी देरी... नहीं चलेगी।

विश्वासी बन्धु, मोहन दरवाज़े पर ही सोया हुआ था। आनन्द ने उसे आवाज़ देकर जगाया नहीं। उसे लगा, कहीं वह रोक न ले। वह कहाँ जायेगा, इस बारे में उसने नहीं सोचा। साथ में कुछ लेने का भी उसे ख़्याल नहीं आया। बस, एक छोटा-सा सूटकेस उसने जल्दी-जल्दी में भर लिया।

आनन्द ने मोमबत्ती बुझा दी। इत्मीनान से दरवाज़ा बन्द करके मोहन की बगल से गुज़रकर वह बाहर निकल आया। समूचा घर किसी प्रेतपुरी की तरह निःशब्द था। पत्थरों की सीढ़ियों से वह नीचे उतर आया और पथरीली सड़क पर आगे बढ़ गया। उसके पाँवों की आहट भी हवा में घुलमिल गयी।

थकी-थकी नींद में ही धड़ाम से दरवाज़ा बन्द करने की आवाज़ सुनकर मोहन चौंक उठा। उसके बाद, सब कुछ निस्तब्ध हो आया। सब कुछ ठीकठाक है, यह सोचकर वह दुबारा नींद में बेसुध हो गया।

उसकी नींद तब टूटी जब बदन पर पानी के झपट्टे लगे। वाताश के साथ बुँदकी-बुँदकी बारिश, मानो कमरे में ज्वार बहा लायी थी। यह आनन्द कहाँ गया?

उसके मन पर आशंका का चाबुक पड़ा। मोहन उठ बैठा। कमरे का दरवाज़ा अपने आप खुल गया। सूना कमरा। आनन्द कहीं नहीं था। उसका सामान-पत्तर भी कहीं नहीं था।

दरवाज़े के दोनों सिरे पर अपने दोनों हाथ रखे मोहन ने पूरा मामला समझने की कोशिश की।

तूफानी हवा के अन्धड़ में खिड़की-दरवाज़े धड़ाम-धड़ाम करके खुलने-बन्द होने लगे। बरसात के तूफानी झपट्टे में घर-द्वार मानो बहने लगे।

ग्यारह

गया से राजगीर, राजगीर से सासाराम होते हुए बहार बनारस लौटी। उसे लगा टूटा हुआ मन लेकर लौटते हुए उसे अच्छा नहीं लगेगा। अगले ही पल, उसे लगा कि इस सोच का कोई मतलब नहीं है। असल में घर-बाहर, दोनों ही उसके लिए एक जैसा है। बल्कि बहते-उतराते-भटकते रहने में थकान आती है, इससे तो अपना घर ही भला। बनारस उसका अपना शहर है, जन्म से ही जाना-पहचाना। वहाँ तो वह अकेले बेखौफ़ भी रह सकती है। अन्यत्र यह सम्भव नहीं। उम्र, जवानी, रूप—सभी उसके दुश्मन हैं। अपने सामने वह अपना मोल, अब वह रूप-यौवन के तराजू पर नहीं तौलती, लेकिन यह दुनिया तो उसका फैसला नहीं मानती। उसे लेकर अब फिर कोई नयी समस्या अगर खड़ी हो...बहार इस ख़्याल से ही डर जाती थी।

बहार एक दिन चुपचाप चली गयी थी, अब चुपचाप लौट भी आयी। उसका दुख भी कितना विशद है? वह दुख झेलते-झेलते उसका व्यक्तित्व भी उपयोगी हो उठा है। उसका मन गम्भीर और अन्तर्मुखी हो चुका है। आँखों में प्रशान्ति उतर आयी है। बातें मृदुल हो आयी हैं, इसीलिए मोहन से कहने लायक सारी बातें ख़त्म हो चुकी हैं। बहार अब उसे कोई कैफियत नहीं देती। इस खींचतान में फँसकर मोहन की भी उम्र काफ़ी बढ़ गयी है। अब वह कुछ भी जानने का आग्रह नहीं दिखाता।

अपना कमरा खोलकर जैसे ही बहार बैठी, मोहन ने छूटते ही कहा, "तुम्हारी तलाश में आनन्द लौट आया है, पता है?"

"मेरी तलाश में?"

बहार की आवाज़ में थकी-थकी अनासक्ति, पर मोहन ने गौर नहीं किया।

उसने कहा, "वह तुम्हारे पास ही वापस लौट आया था। तुम हो, यह जानकर बड़ी उम्मीद लिए वह लौटा था। जब वह आया, तो तुम नहीं थीं। मैंने उसे तुम्हारा ख़त थमा दिया। पूरे दिन-रात वह तकिये में मुँह गड़ाकर तुम्हारे ही बिस्तर पर पड़ा रहा। न कुछ खाया-पिया, न बिस्तर से उठा। मैंने सोचा था कि मैं जागता रहूँगा, मगर जाने कहाँ से मुझे चोर-नींद ने आ घेर लिया। जब जागा तो देखा, कमरे में बन्दा नहीं है।"

इस अप्रत्याशित परिणति का बयान सुनकर, बहार सिर्फ़ देखती रही।

उसने अवसन्न लहजे में पूछा, "उसके बाद?"

मोहन ने एक बीड़ी सुलगा ली।

उसने स्वगत मुद्रा में कहा, "उसके बाद, एक महीने से घर अगोरता हुआ बैठा हूँ। बनारस, मुगल सराय, सारनाथ—उसकी तलाश में कोई जगह नहीं छोड़ी। लेकिन उसका कहीं पता नहीं मिला। मुझे तो तुम दोनों यहाँ क़ैद में छोड़ गये थे, इसलिए घर छोड़कर कहीं जा भी नहीं सकता था, वर्ना और-और जगह भी खोजता। वैसे खोजकर भी क्या हाना है? वह लौटने के लिए तो गया नहीं। वह नहीं लौटेगा, इसीलिए तो चला गया। चलो, अच्छा ही हुआ। कहाँ से आया था, यह भी नहीं पता। सड़क-घाट से उठकर आया था। सड़क का इन्सान दुबारा सड़क पर ही लापता हो गया। ख़ैर, चला गया, तो जाये। बीच में मुझे बर्बाद करके छोड़ गया।"

बहार धूलभरे बिस्तर पर ही बैठ गयी, "अब क्या होगा, मोहन?"

हताशा की भंगिमा में अपना हाथ उठाकर मोहन चीख उठा, "लाहौर के बैसाखी मेले में चेचक का शिकार होकर मरा जा रहा था। तुम मुझे उठा लायीं और मेरी जान बचायी थी तुमने। वह क़र्ज़ चुकाने में, मैंने अपनी जान ही तुम्हारे नाम लिख दी। सुनो, अब मुझे छुट्टी दो, बहार! मैं चला जाऊँ।"

"मैं क्या करूँगी?"

"कभी, किसी दिन भी तुमने मेरी एक भी बात सुनी है कि आज मैं भरोसा करके तुमसे कुछ कहूँ? लेकिन एक बात ज़रूर कहूँगा—तुमने औरत बनकर जन्म लिया है, तुम्हें बहुत ज़्यादा नरम होना चाहिए था। तुम्हें उसे सजा देनी

चाहिए थीं। उसका इन्तज़ार करना चाहिए था। तुम अगर यहाँ मौजूद होतीं या तुम लौट आओगी, अगर उसे पता होता तो क्या वह चला जाता, बहार?"

कोई जवाब नहीं मिला।

बहार ने माथा ठोंककर कहा, "मेरा नसीब!"

"मैं तुम्हें दोष नहीं देता। तुमने ग़लती की और सज़ा स्वरूप तुम ही जल-फुंक रही हो। तुम ही कहो, मेरा क्या? लेकिन ज़िन्दगी भर तुम इस हिसाब-किताब का फैसला कर सकती थीं। बीच से एक इन्सान जैसा इन्सान तबाह होकर गुम हो गया। अफ़सोस! इतनी आग, इतना मान-अपमान-बोध, इतनी चाह...क्या औरत को शोभा देता है, बहार? तुम स्निग्ध बनो! शान्त बनो, तभी न औरत जैसी औरत होतीं।"

चलो, एक बार आया था, अगर कहीं दुबारा लौट आये? यही सब सोचकर बहार ने हिम्मत बाँधी। महीनों की जमी धूल, कूड़ा-कचरा साफ़ करके बहार ने सारा घर धो डाला। इस काम में कई दिन गुज़र गये। बिना-इस्तेमाल के मलिन पड़े बिस्तर, बर्तन-भाँडे, असबाब-पत्तर, घर के साज़-सामानों की साफ़-सफ़ाई करने में, उन सबको चमकाने में और कई दिन निकल गये। बहार बनारस लौट आयी है; आनन्द साथ नहीं है, यह ख़बर पाने के बाद महज कौतूहलवश कितने ही लोग तमाशा देखने आ पहुँचे; कितने ही लोग सिर्फ़ बहार की ख़ातिर आये। बहार ने किसी का भी अनादर नहीं किया। सभी को प्यार-जतन से बिठाया। उसने हाथ जोड़कर बताया कि उस्तादजी यहाँ नहीं हैं। जब वे लौट आयेंगे तो पुराने दिनों की तरह ही पुराने अतिथि-अभ्यागत् महल में आमन्त्रण भेज दिया जायेंगा।

"उस्तादजी फिर आयेंगे? कब?"

श्रोताओं के विस्मित सवाल के जवाब में, बहार ने मुस्कराते हुए, विनम्र लहजे में जानकारी दी कि आनन्द जल्दी ही लौट आयेंगे।

श्रोतागण हताश-निराश होकर अपने-अपने घर लौट गये। वे लोग आपस में ही कहते-सुनते रहे—"कलकत्तेवाले गवैये ने बहार पर जादू कर दिया है। उस एक शख़्स का ध्यान करते-करते ही यह औरत ख़त्म हो गयी। अब, इस औरत के बूते में कुछ नहीं रहा।"

समागम में कभी-कभी माटा भी पड़ जाता था। इस वजह से भी बहार को कोई दुख नहीं था, बल्कि समय पाकर उसका भला ही होता था। वह कभी मोहन के साथ, कभी अकेले ही घाट-घाट, गली-गली घूमती-भटकती फिरती थी।

शरत् गुज़र गया, जाड़ा आ गया।

दशाश्वमेध घाट पर अपूर्व मायामय सन्ध्या उतर आयी। नये-नये कुहासे में जाने कैसी तो माया लिपटी रहती थी। परिचित शहर की कुरूपता और दैन्य काफ़ी कुछ ढक जाता था। विशाल छाया तले बैठे-बैठे कथावाचक ठाकुर आज भी गा-गाकर पाठ करते थे। ऊनी वस्त्र लपेटे, वहाँ बैठकर सुननेवाले भक्त कम हो आये थे।

शॉल के अवगुंठन में, जाड़े का निवारण करती हुई बहार ख़ामोश बैठी हुई थी। पानी पर जमा हुआ रात का कुहासा परिवेश को रहस्यमय बना गया था। नौकाओं में जलते हुए चिराग़, रात के बदन पर झिलमिलाती हुई बनारसी चुमकी जैसे जान पड़ते थे। वह चिर-परिचित दृश्य देखते-देखते बहार का मन मानो कोमल ममता से भर उठा–

जनम-जनम हम रूप निहारलुँ
नयन न तिरपित भेल

पद-रचयिता के गाने की बेचैन गुहार उस शाम को जैसे और मायामय बना गयी। गाल पर हाथ रखे, वहाँ बैठे-बैठे गाना सुनते-सुनते बहार की आँखों में संवेदना की छाया उतर आयी।

उसी समय सुरतिया सीढ़ियों से उतरकर नीचे आ पहुँची।

बहार को देखकर उसने कहा, "हाय भगवान! तुम यहाँ बैठी हो? चलो, एक बार घर चलो। मोहन साहेब तुमको खोज रहे हैं।"

घर लौटकर बहार ने देखा, मोहन उत्तेजित मुद्रा में समूचे कमरे में चहलक़दमी कर रहा है।

बहार को देखते ही बोल उठा, "तुम कहाँ थीं, बहार? आनन्द का पता मिल गया है। मेवालाल पुष्कर-तीर्थ पर गया था। वापसी में आगरा में वह उसका गाना सुनकर आ रहा है। उसने बताया कि नरसीप्रसाद के फूलबाग़ में भैरवी का जलसा हो रहा था। बिना निमन्त्रण के ही आनन्द वहाँ हाज़िर हो गया और उसने वहाँ गाना भी गाया। अब उसकी न पहले जैसी सूरत है, न सेहत! तीन घंटे तक गाने के बाद, सपेरे की बीन पर मुग्ध साँप की तरह श्रोता जब उसके गाने पर मन्त्रमुग्ध हो गये, उसी पल आनन्द वहाँ से खिसक गया। उस दिन समूचा आगरा तलाश करने के बाद भी उसका अता-पता नहीं मिला। सुना गया है कि पिछले कई महीनों से वह इसी तरह भागता फिर रहा

है। मेवालाल से भेंट भी हुई, लेकिन सिर्फ़ एक लम्हे के लिए। उसने कहा कि वह इसी तरह घूमता रहेगा। बस, और कोई बात नहीं हुई।"

"कितने दिनों पहले उसकी भेंट हुई थी?"

"करीब महीने भर पहले।"

तब मोहन उसे कैसे पकड़ेगा? बहार अपने कमरे में चली गयी। खिड़की के सामने खड़ी-खड़ी वह ज़मीन-आसमान के कुलावे मिलाती रही। बहार सोचती रही...सोचती रही...उसे कोई ओर-छोर नहीं मिल पाया।

रातभर जागते रहने के बाद, अगले दिन उसने मोहन को बुलाकर कहा, "सुनो, मैंने यही तय किया! यही ठीक है।"

"क्या ठीक है?" मोहन चकरा गया।

बहार ने जवाब दिया, "मैं तीरथ-वीरथ जाऊँगी, मोहन!"

मोहन के चेहरे की तरफ़ बिना देखे ही बहार ने करुण भंगिमा में हँसकर कहा, "यहाँ रहकर अब भला क्या होगा? बताओ, कोई फ़ायदा है? मैं तुम्हें चलने को नहीं कह रही हूँ। मैं वापस लौटूँगी या नहीं, इसी का कोई ठीक-ठिकाना नहीं है। तुम्हें मैं झूठमूठ क्यों लपेटूँ, बताओ?"

मोहन ने स्नेहभरे लहज़े में कहा, "तुम चाहो या न चाहो, मैं तो तुम्हें अकेले जाने नहीं दूँगा। चलो, साथ-साथ ही चलते हैं, लेकिन इस घर-द्वार का क्या करोगी?"

"कोई इन्तज़ाम करो! सारा कुछ नेकलाल को सौंप दो और हम निकल पड़ें। उससे कह दो कि लौटने में हमें छः महीने से सालभर लग सकता है।"

यही तय हो गया। बहार ने सारे गहने बेच दिये।

उसने कहा, "यह हीरे-मोती लेकर क्या करूँगी मोहन? जितना हो सके रुपये जुटा लो।"

हज़ारहा ज़रूरी सामान, गैर-ज़रूरी कहकर बहार ने सुरतिया को दे डाला। कमरों में ताला चढ़ा दिया। नेकलाल की गद्दी में भी उसने काफ़ी सारे सामान बेच दिये। घर पर ताला चढ़ाकर, चाबी उसने नेकलाल को सौंप दी।

इलाहाबाद की टिकट कटाकर वे दोनों ट्रेन में सवार हो गये।

मोहन ने कहा, "हारमोनियम साथ ले लिया है, बहार!"

"क्यों?"

"कभी-कभी बजाया करूँगा।"

बहार मन्द-मन्द मुस्करा उठी।

उसके बाद ट्रेन की खिड़की पर सिर टिकाये उसने अपनी नज़रें बाहर की तरफ़ गड़ा दीं।

बारह

मथुरा घाट पर बैठकर गाने गाते-गाते उस दिन आनन्द की आँखों से अपने आप ही धार-धार आँसू निकलकर उसके गाल भिगोते रहे। उसने हाथ जोड़कर प्रणाम किया। उसके बाद वह ख़ामोश बैठा रहा।

अब तक श्रोताओं का एक दल कुछ दूर बैठा-बैठा श्रद्धा सहित उसके गाने सुन रहा था। अब वे लोग उठ खड़े हुए।

उनमें से एक व्यक्ति ने आगे बढ़कर पूछा, “और नहीं गायेंगे आज?”

घाट के पुजारी ने सिर हिलाकर कहा, “दस दिनों से उन्हें यहाँ देख रहा हूँ। सुबह-शाम अपनी मन-मर्ज़ी से गाते हैं। किसी से बात नहीं करते। कुछ माँगते भी नहीं। यह साधुजी बड़े भक्त मानस हैं।”

“वे साधु हैं?”

“अरे, साधु क्या गेरुआ और कोपीन पहनने से ही बन जाते हैं, बाबूजी? वे सच्चे साधु हैं।”

घाट से कुछ दूर आकर एक परित्यक्त झोंपड़ी के किनारे आनन्द बैठ गया। आज गाना शुरू करते-न करते उसका मन गद्गद हो आया। आज उसे और गाने की ज़रूरत नहीं।

डेढ़ वर्ष पहले आनन्द जब काशी छोड़कर चला आया, तब राह चलते-चलते बस यूँ ही आगरा की तरफ़ पहुँच गया। किसी एक राहगीर ने जो गाना गाकर, उस गीत को अमर कर दिया था, वही भैरवी-ठुमरी—‘जमुना के तीर’ आनन्द भी गा उठा। जो बन्दा गाने के लिए ही इस दुनिया में आया है, वह जो गीतों का प्राण-गीत है, संगीत की अमर-आत्मा है, उसका सन्धान क्यों न पाये? उसी सन्धान का इरादा मन में लेकर आनन्द भी गाने बैठ गया। गाने की शुरूआत में एक वेदनाभरा अभिमान था—मुझे तुमने गाने के लिए भेजा है, लेकिन गाने के अन्तर्लोक में प्रवेश करने की चाबी-काठी मुझे नहीं दी। यह तुम्हारा कैसा अन्याय है? वह यह मानभरी शिकायत किससे कर रहा है, इसका ख़्याल उसे

नहीं आया। लेकिन जब वह गाने बैठा तो उसकी आवाज़ में वही अभिमान व्यक्त हुआ। उसके बाद, गाते-गाते उसे अहसास हुआ कि उसके अन्तर के अतल में कोई सुप्त कमल मानो एक-एक करके अपनी पाँखुरियाँ खोलकर खिल उठा है। उसने अपने भीतर एक अभूतपूर्व आनन्द-हिल्लोल महसूस किया। आनन्द को लगा कि इतने दिनों बाद वह अपनी कामना के लगभग करीब आ पहुँचा है। उसने अपने मन-प्राण को एकाग्र किया। अपनी समस्त सत्ता को एकमेव किया। मुग्ध भँवरे की तरह मधुमत्त होकर उसकी सत्ता अपने ही गानों के हर सुर में विचरण करने लगी। गाते-गाते तद्‌गत होकर असीम कृतज्ञता से उस दिन उसकी आँखों से जो आँसू गिरे थे, इसकी उसे ख़बर भी नहीं हुई।

काफ़ी रात गये उसका गाना समाप्त हो गया। वहाँ एकत्रित लोग उसके गीतों पर विस्मय-विमुग्ध! आज की भैरवी-ठुमरी के सुरों के पंखों पर सवार होकर मानो स्वयं वीणावादिनी उसके घर प्रादुर्भूत हुई थीं। उनके सर्वांग का कमल-सौरभ ही मानो सुर बनकर उसके घर के कोने-कोने में अभी भी गूँज रहा है। उसके मुँह से बोल नहीं फूटा।

पूरे श्रोता समूह की ओर देखते हुए आनन्द ने माटी पर लोटकर प्रणाम किया। उसके बाद निकलकर वह अँधेरे में मिल गया। सभी लोगों का जब विस्मय टूटा और आनन्द की खोज मची, तब आनन्द कहाँ था? उसका अता-पता नहीं मिला।

वह जो आनन्द के अन्तस् की जड़ता टूटी, वही जो एक बार उसने सोना-काठी का स्पर्श जाना, उसके बाद आनन्द ने भूल नहीं की। उसने ख्याति नहीं चाही, स्वीकृति त्याग दी। गीत गाना चाहिए अपने आनन्द के लिए, दूसरों को देखकर नहीं। आनन्द को इसकी जानकारी नहीं थी। जब उसने जाना तब वह लौटकर नहीं गया।

पूरे डेढ़ वर्षों तक आगरा से कानपुर, हरिद्वार, केदार, ज्वालामुखी—कितनी ही जगहों पर वह घूमता फिरा। उसकी भाषाा—गाना! सिर्फ़ गाना! इन्हीं गानों के माध्यम से उसे अपनी नित्य-पूजा भेजनी है। मंडली नहीं, श्रोता नहीं, इसलिए क्या गाना नहीं होगा? ये तमाम बातें उसे बेहद अप्रासंगिक लगीं। कितने ही दिनों हाट की धूल में बैठे-बैठे उसने इमन राग गाया। सुर की मुरकियाँ भले समझें या न समझें, जिस गीत में गायक की अन्तर्कथा बोलती है, उसने ग्रामवासियों के मन को सहज ही स्पर्श किया। वे लोग दूध ले आये, फल ले आये। कम्बल बिछाकर उन लोगों ने अनुरोध किया कि आनन्द वहीं रह जाये। वह जगह

अगर भली लगती थी तो आनन्द वहाँ दो दिन रुक जाता था। कभी असमय ही मन में फिर वही आह्वान जाग उठता था, जिसने एक बार चरैवेति का मन्त्र सुन लिया, वह एक ही जगह कैसे टिका रह सकता? आनन्द अनायास ही वह जगह छोड़कर चल देता था।

हाट-मैदान, तीर्थ-स्थान, यहाँ-वहाँ घूमते-घूमते आनन्द अन्त में मथुरा आ पहुँचा। उसका तानपूरा टूट गया था। इसके बावजूद उसने तानपूरा का अभाव महसूस नहीं किया। आजकल आनन्द जब भी गाना छेड़ता था, अदृश्य में कहीं उसके कानों को तानपूरे की संगत सुनाई देती रहती थी। किसी की उँगलियाँ मानो तानपूरा के रिमझिम सुर हों। आनन्द को लगता था वह इसी तरह गाये, बहार यही चाहती थी। चूँकि वह ऐसा चाहती थी, इसीलिए आनन्द गा पाया। बहार का प्यार इतना ज़बर्दस्त था, इतना शक्तिशाली था कि वह घर छुड़ाकर आनन्द को सड़क पर ले आया, उसे उसका जीवन असली जगह पर लौटा दिया। वह तो सड़क का ही लड़का था। उसका जीवन सड़क से ही शुरू हुआ था। बहार ने उसे सड़क को ही लौटा दिया और सड़क पर निकलकर ही आनन्द को सच्ची सार्थकता का सन्धान मिला।

मथुरा में झोंपड़ी की बगल में बैठे-बैठे आनन्द ने सोचा—मुझे जितना गाना आता था, सभी तो सुना डाला। जो भी मैंने सीखा और जाना अपनी क्षमता भर गाता रहा। काश! यह बात अगर बहार जान पाती तो बेहद ख़ुश होती।

अगले ही पल उसे लगा कि बहार को जानकारी देना उसका तो काम नहीं है। वह सिर्फ़ गायेगा, उसका यही काम है।

उस रात बैठे-बैठे, राग जोगिया में, “पिया की मिलन की आस...” आलाप लेते-लेते आनन्द को लगा कि इस यमुना की तरह ही उसका भी कहीं जाना तय है। काला आसमान! क्षीणतोया यमुना! इन दिनों भीषण गर्मी थी। जल्दी ही बारिश उतरने वाली थी। तब यमुनोत्री के प्रसाद से यमुना भर उठेगी। तब यह नदी दुबारा सागर- सन्धान में हहरा उठेगी।

जाने का तकाज़ा आनन्द भी महसूस कर रहा था। सभी चल रहे हैं, चलते जा रहे हैं। विश्व-संसार में चलने के मन्त्र में नियन्त्रित जितने ग्रह हैं, सभी... नदी, समुद्र सभी चल रहे हैं। आनन्द ने उन्हीं सबकी तरह अपने अन्दर भी चलते रहने का तकाज़ा महसूस किया।

जब वह रवाना हो रहा था, उसे लगा, शाम को जिस घाट पर वह बैठा हुआ था उसी तरफ़ से किसी परिचित आवाज़ में गाने का सुर सुनाई दे रहा

है। काफ़ी कुछ मोहन की आवाज़! अगले ही पल अपनी ही ग़लतफहमी पर उसने अपने को ही डपट दिया। उसके मन ने कहा—"देखो, अब फिर तुम माया में फँस रहे हो।"

बेचैन होकर आनन्द ने अपनी चाल तेज़ कर दी।

मथुरा के घाट पर गाना पूरा करके, मोहन ने बहार की तरफ़ देखा।

उसने कहा, "देख लिया न? आनन्द अगर यहाँ होता तो हमें वह दिखाई नहीं देता?"

बहार ने कहा, "चलूँगी, मोहन। लेकिन कल, एक बार जयपुर की तरफ़ भी हो लो। अगर कहीं वहाँ पहुँचा हो?"

"तीरथ-तीरथ आख़िर कितना भटकोगी, बहार?"

बहार के होठों पर क्षीण-सी हँसी तैर गयी, "मैंने शायद ढेरों पाप किये थे, इसलिए इस तरह घूम-घूमकर अपने पाप धो रही हूँ, मोहन!"

"शायद, यही सच हो..."

"फिर भी...देखो न...वह नहीं मिला।"

कोई जवाब न देकर, मोहन ने हारमोनियम पर सुर छोड़ दिया। परिचित ग़ज़ल सुनते-सुनते, अँधेरी-सियाह यमुना पर नज़रें गड़ाये बहार ज़मीन-आसमान की सोच में डूब गयी।

तेरह

वर्षों के नीलांजन घने छायापुंज ने आकाश को ढक रखा था। विस्तृत प्रान्तर में शाम उतर आयी थी। दूर-दूर तक विलीन पहाड़ों की कतार! उस ऊँचे-नीचे प्रान्तर में कहीं चट्टानें, कहीं लाल माटी, कहीं आम, कदम्ब या जामुन के दो-एक पेड़ नज़र आते हुए! सूरज डूब चुका था। उनकी लालिमा बादलों में अन्दर तक बिखरी हुई! मौन-गम्भीर परिवेश! प्रकृति मानो सूरज को सान्ध्य-प्रणाम अर्पित कर रही हो, इसलिए चारों तरफ़ विनम्र प्रशान्ति।

इसी राह पर बैलगाड़ी पर सवार, बहार भी चलती जा रही थी। अन्यान्य तीर्थयात्री दो दिनों की राह पहले ही तय कर चुके थे।

बैलगाड़ी से पीठ टिकाये, बहार बैठी हुई थी। रूखे बालों की वेणी बँधी

हुई। मोटी-नरम दुसूती चादर से समूची देह ढकी हुई। दोनों हथेलियाँ गोद में सिमटी हुईं।

लालटेन जलाकर, गाड़ीवान ने उसे निचली छादन पर टाँग दिया।

बहार ने पूछा, “और कितनी दूर है, मोहन?”

“कल शाम तक पहुँच जायेंगे, बहार!” मोहन ने जवाब दिया।

कल शाम तक? बहार ने हिसाब लगाया। अभी भी पूरा एक दिन बाकी है।

उसने कहा, “अगले गाँव तक पहुँचते-पहुँचते काफ़ी रात हो जायेगी न?”

“रात के ग्यारह बज जायेंगे।”

बहार ख़ामोश हो गयी। उसके लिए चिन्ता-फ़िक्र करने के दिन अब लद गये। अब उसने अपने को एकबारगी छोड़ दिया है। अब, जो होना है, हो ले। चूँकि कोई आशा नहीं है, इसलिए आशाभंग का ख़ौफ भी अब नहीं रहा।

पिछले डेढ़ वर्षों से आनन्द के चरण-चिह्न ढूँढ़ते-ढूँढ़ते वे लोग जाने कितनी जगह घूम आये। कनखल, ऋषिकेश, ज्वालामुखी, पुष्कर, अम्बर, अजमेर। उधर पुरी, कोणार्क। जहाँ कहीं आनन्द के होने की ख़बर मिली, बहार वहाँ पहुँच गयी। जाने कितने ही लोगों ने उसका पता दिया, कितने ही लोगों ने बताया—“उस गायक का नाम सुना तो है, गाना नहीं सुना।” कितने ही लोग तो कुछ बता ही नहीं पाये।

घर लौट जाने के अलावा और कोई उपाय नहीं था। वापसी में मथुरा छोड़कर आते समय उनको ख़बर मिली कि वज्र देहात—पिप्पलपाँती से आगे, यमुना की बाँक पर जन्माष्टमी का मेला बैठता है। वहाँ मुरली-मनोहर का मन्दिर है। चार सौ वर्षों के पुराने जरजीर्ण मन्दिर में पूरे वर्ष में शायद सौ दर्शनार्थी भी नहीं आते थे। जन्माष्टमी के हफ्तेभर पहले मन्दिर के मालिक ठाकुर साहब के आदमी आकर यमुना तट पर फूस के छादन बाँध जाते थे। दुकानदार अपनी-अपनी दुकनिया लगा लेते थे। यह इस अंचल का सालाना ‘शिकार हटाओ’ अभियान है। इसी समय गाय, घोड़ों, बकरी, भेड़, हाथियों की बिक्री होती थी। किसी मन्त्रसिद्ध संन्यासी के हाथ के आशीर्वाद से जन्माष्टमी के दिन यहाँ स्नान-दान से महती पुण्य-लाभ अवश्यम्भावी है। इसलिए आसपास के ग्रामवासी जिनकी मथुरा-प्रयाग जाने की औकात नहीं है, यहीं आते हैं।

इस मेले का नाम सुनकर बहार को जाने क्या हुआ।

उसने कहा, “चलो, यहाँ भी घूम लें, मोहन।”

“क्या फ़ायदा, बहार?”

"फ़ायदे के बारे में तो सोचा नहीं, मोहन! रास्ते में एक तीर्थ पड़ता है, चलो, घूमकर देख आयें।"

ये जो तीर्थकामी इतने-इतने लोग चल पड़े थे, इन लोगों के मन में कितना धधकता विश्वास था। दंडी काटकर, छाती के बल दंडवत् करते हुए, ये लोग लम्बी यात्रा तय करते थे और मानसिक शोध चुकाने के लिए चलते चले जा रहे थे। गर्मी के मौसम में जो नदी पार करके चरवाहे लड़के अपनी गाय-बछड़ों के साथ आते-जाते हैं; जाड़े के मौसम में जिसके रेतीले तट पर उत्तरी देश के पंछी-पखेरू अपना बसेरा बाँधते थे; चैत के महीने में जिसकी रेत खोदकर थके-थके राहगीर अपने लोटे में पानी भरते थे—वही अति परिचित नदी, आज उनकी नज़रों में विशेष हो उठी थी।

काश! इस पर विश्वास करने की क्षमता उसमें भी होती। काश! वह भी किसी अदृश्य शक्ति पर अपना शुभाशुभ छोड़ पाती।

कनखल की राह में उसके सहयात्री, वृद्ध साधु ने उससे कहा था, "अपने को और अपनी चिन्ता-फ़िक्र ईश्वर को समर्पित किये बिना जीव की मुक्ति नहीं होती।"

उस दिन भी बहार उसकी बात नहीं स्वीकार पायी थी। किसी एक इन्सान को जानने में ही ज़िन्दगी ख़त्म हो जाती है, फिर भी उसे जान नहीं पाते। इसलिए इन्सान को छोड़कर बहार ने अन्य किसी आराध्य की तलाश नहीं की।

गाड़ी की छादन पर सिर टिकाये-टिकाये बहार आकाश-पाताल सोचती रहती थी। अँधेरे में मुट्ठी-मुट्ठी जुगनू झिलमिला रहे थे। छादन की छोर पर लालटेन हिलडुल रही थी। बैलगाड़ी के पहियों से नीरस आवाज़ें गूँज रही थीं। बदलीभरी वाताश में भीगे झपटों में केया फूल की ख़ुशबू! बहार को लगा कि इसी तरह वह जाने कितने युगों से आनन्द की तलाश में चल रही है! अनादि, अनन्तकाल से चलती जा रही है। अभी भी चल रही है। इस चलने में कोई विराम नहीं है।

बैलगाड़ी जब गाँव के करीब पहुँची, तब यात्रियों का कोलाहल उसके कानों में भी पड़ा। अनगिनत लोगों के मिश्रित कोलाहल में कोई बात साफ़-साफ़ समझ में नहीं आ रही थी। जमुनाजोड़! नाम के भारी-भरकम अनुपात में वह गाँव काफ़ी छोटा था। उसी के केन्द्र में आज गाय, बैल और भैंसागाड़ियों का हाट बैठा था। तीर्थयात्रियों ने चार अदद बाँसों की छोर पर कम्बल डालकर, छादन-सा बना लिया था और उसी के नीचे वे लोग विश्राम कर रहे थे। कई-कई जगहों

में रसोई का आयोजन चल रहा था। वहाँ की आग पर भी नज़र पड़ी। उन्हीं सबके एक किनारे गाड़ीवान ने अपनी गाड़ी बाँध दी। गन्तव्य-स्थान करीब आ गया था, इसलिए यात्रियों में उत्साह की लहर दौड़ रही थी।

भोर होते ही यात्रा दुबारा शुरू हो गयी। अब, उन लोगों के अनगिनत संगी साथ हो लिए थे। यात्रा अगर इसी तरह चलती रही तो दोपहर तक वहाँ पहुँच जाना भी विचित्र नहीं था। आसपास अनेक गन्तव्य-स्थान और यात्री लोग समवेत स्वयं में जय-जयकार कर रहे थे—जय मुरली मनोहर! जय यमुना जी! सभी यात्री मन्थन-प्रक्रियास्वरूप पुकार उठते थे—जय-जय!

सुबह का उजाला फूट आया था, फिर भी अँधेरा नहीं कटा था। यूँ भी आसमान आज निकष काला हो आया था। मेघों के भार से आसमान मानो झुक आया था। बुँदकी-बुँदकी बरसात के साथ तीखी हवाओं के झपट्टे आ रहे थे। यात्री लोग अपना-अपना चेहरा ऊपर उठाकर हवा की रफ़्तार और आसमान के रागरंग का अन्दाज़ा लगा रहे थे।

काफ़ी दूर से लगातार कोई आवाज़ सुनाई दे रही थी। धीरे, अति धीरे वह आवाज़ स्पष्ट होती गयी। अब सड़क उतराई की तरफ़ आ पहुँची थी। भूमि, अति धीरे-धीरे यहाँ ऊँची होती गयी थी। उस ढलान पर जैसे-जैसे गाड़ी ऊपर उठती गयी; वैसे वाताश का झपट्टा भी ज़ोरदार हो उठा। साथ ही कोई बहुत बड़ा कोलाहल भी।

उसके बाद ही, सामने की तस्वीर पर नज़र पड़ी। वहाँ काफ़ी सारी गाड़ियों की भीड़, अनेक लोगों का चलना-फिरना। मेले के घर-द्वार भी नज़र आने लगे, लेकिन वहाँ से भी काफ़ी दूर पर! तो क्या यात्री लोग अभी तक नहीं पहुँचे?

जय-जयकार करते हुए उत्साही यात्री-दल आगे बढ़ता रहा। उस उत्साह की उत्तेजना, बहार के मन को भी छू गयी। वह झुक-झुककर सामने का नज़ारा गौर से देखती रही।

उन यात्रियों के बीच पहुँचते-पहुँचते जन-समुद्र की विशृंखलता पर भी नज़र पड़ी। लोगों की भारी भीड़ से सड़क इस ढंग से अटक गयी थी कि आगे बढ़ना मुश्किल था। गाड़ीवान ने गाड़ी रोक दी।

भीड़ के लोगों के बीच उत्तेजित विशृंखलता और चरम विभ्रान्ति! क्या हुआ है? एक जगह काफ़ी ऊँचा-सा शामियाना टँगा हुआ! वहीं से ज़्यादा कोलाहल उठ रहा था।

बहार विस्मित-सी उतर पड़ी। मोहन अन्दर की ख़बर लेने चला गया।

बहार भी उसके साथ चल पड़ी। बहार का हाथ अपनी मुट्ठी में कसकर थामे हुए अन्दर जाते-जाते मोहन को रोक दिया गया। वह सरकारी लोगों का तम्बू था। वहाँ पुलिस मौजूद थी। लेकिन मामला क्या है? हुआ क्या है? जवाब सुनकर वे दोनों अवाक् रह गये।

यमुना में 'बाढ़' आ रही है। पानी में अस्वाभाविक लहरें उठते देखकर अधिकारी वर्ग आतंकित हो उठे। मेले का अवस्थान हटा लेने का हुक्म ज़ारी किया था। सिर्फ़ मेला ही नहीं, यात्रियों को भी दूर हट जाने का आदेश ज़ारी कर दिया था। मुरली मनोहर का सुप्राचीन मन्दिर, जो अनगिनत वर्षों से यमुना की बाँक पर खड़ा था, उसी घाट पर नहाकर लोग मन्दिर में पूजा देते थे लेकिन परसों से ही जल की रफ़्तार अस्वाभाविक रूप से बढ़ गयी थी। पानी में विशाल-विशाल भँवरें लहरें ले रही थीं। पानी क्रमशः ऊपर उठता आ रहा था।

मेला या देवालय ही नहीं समूचे जनपद पर मुसीबत आ पड़ी थी। पुजारी लोग भी विपत्ति करीब देखकर, मन्दिर से मूर्ति हटाकर यहीं ले आये थे। नदी के दोनों किनारे छोड़कर लोग यहाँ भाग आये थे। मेले की घर-झोंपड़ी ज्यों-की-त्यों पड़ी थी। खूँटी के सिरे पर जलती हुई लाल बत्ती आगत विपत्ति की घोषणा कर रही थी। यहाँ रहना नहीं चलेगा, इसीलिए अधिकारी वहाँ से सब कुछ हटा देना चाहते थे। यह जगह ज़रा ऊँचाई पर थी, लेकिन नदी की गति की कोई निश्चितता नहीं थी। इसलिए घोषणा की जा रही थी—"हट जाओ! बाढ़ आ रही है! बाढ़ आ रही है।" इधर पुजारी वर्ग एलान कर रहा था कि मुरली मनोहर नया मन्दिर चाहते हैं, इसीलिए यह लीला दिखाकर वे अपना पुराना घर छोड़ आये हैं। उन्हें अब नया मन्दिर चाहिए।

देवता, भिखारी हो गये थे। जिस इन्सान के पास जो भी था, सब फैली हुई चादर पर डालते जा रहे थे। पैसों का अम्बार लग गया। स्वामी लोग पेय जल बाँटते फिर रहे थे।

यमुना का कल-कल्लोल कानों में पहुँच रहा था। लोगों की बातचीत भी छिटक-छिटककर यहाँ तक आ रही थी।

"...सब लोग आ गये न?...हाँ, हाँ, ज़रूर।"

वृद्ध किसान बोल उठा, "सब आ गये। यहाँ तक कि कीट-पतंग भी ऊपर की तरफ़ उठ आये। असल में, कीट-पतंगों को ही पहले आहट मिलती है न।"

"साधुजी आ गये?" किसी ने सवाल किया।

Presentation by *BookLeaf Publishing*

Web: www.bookleafpub.com

E-mail: info@bookleafpub.com

ISBN: 9789395969444

First edition 2022

DEDICATION

This book is dedicated to my Father in Heaven who gives eternal life to every person on the earth. Therefore, this book is also dedicated to every person on this earth who battles with depression, anxiety, PTSD, and everyone who strives to make it through each and every day one step at a time. In this life we will have trials and tribulation that we endure. But we need to take Heart, for Jesus has overcome the world (John 16:33).

ACKNOWLEDGEMENT

I want to take the time to thank the Book Leaf Publishing for giving this opportunity to take part in a 21-Day challenge of writing poems on each day of the challenge. It brought great satisfaction and revelation that impacted me a great deal. I also would like to thank Jot-Form for having the resources to connect to Book Leaf Publishing, that gave an extraordinary opportunity to each writer during this challenge. I would also like the time to thank the people who inspired me to put myself out there and take part in this challenge, giving myself the time to express myself. Last but not least, I want to thank my Father in heaven and Jesus Christ my Lord and Savior, for everything! There aren't enough words to use to describe how thankful I truly am.

PREFACE

"Beautiful Scars" the preface, gives us a glimpse into what it is like to go through trials and obstacles; that can bring depression, anxiety, ptsd, and other symptoms that each person can experience. Those experiences give a glimpse into mental health. But, each person has their own personal journey and experiences different things and have different outcomes. Each and every person on planet earth have a story. Each person has a past, a present and a future. The past can be filled with trauma and regrets, or filled with joy and lessons to be learned. The present can be filled with both life lessons, joy and peace, but also can be filled with many obstacles and trials to face and conquer. The present time can also give a perspective into one's future, but the future is usually unknown. A person can plan their future, but plans don't always go according to plan. Meghan learned lessons from her past trauma from an assortment of relationships, losses, and trials, and from her present relationships, and trials of this life. Meghan also has learned lessons through her trials through her faith, which brings her out of the pit of darkness and into the light of day. She is hopeful of what the future holds. Meghan wanted to give a glimpse of her journey, to make an impact on someone else's life, so that they can be transformed and renewed.

Picture Perfect

Behind the scenes is a picture that you cannot see
A frail and fractured frame,
And a Masterpiece

The picture starts to fade
The brightened colors slowly dissipate
The Brightest Smile with hidden parts
Make many deep deep marks

We all have a picture to maintain
Afraid to be who we are
We try to hide what lies behind a disguise
But that'll end in demise

They say don't hide your scars
Be who you are
They all are just
Beautiful Scars

Break down the walls
My God won't let me fall
They all are
Beautiful Scars

Beautiful, beautiful, beautiful scars
Beautiful Scars
Beautiful, beautiful, beautiful scars
Beautiful Scars

The pain that is kept inside
Cannot stay there and hide
Opening up is the hardest part
All I want is to protect my heart

We all have a picture to maintain
Afraid to be who we are
We try to hide what lies behind a disguise
But that'll end in demise

They say don't hide your scars
Be who you are
They all are just
Beautiful Scars

Break down the walls
My God won't let me fall
They all are just
Beautiful Scars

Beautiful, beautiful, beautiful scars
Beautiful Scars
Beautiful, beautiful, beautiful scars
Beautiful Scars

Look deep inside
God's right by my side
I'm not alone
I'm just trying to fight
But I can't fight on my own

They say don't hide your scars
Be who you are
They all are just
Beautiful Scars

Break down the walls
My God won't let me fall
They all are
Beautiful Scars

Beautiful, beautiful, beautiful scars
Beautiful Scars
Beautiful, beautiful, beautiful scars
Beautiful Scars

Burned

Will I ever learn to protect my own heart?
Keep it safe from being broken apart
I'm always left with wounds and scars
Now I'm here wishing on a star

I know this is not good for my heart
I shouldn't have let it go this far
I want to love and be loved in return
But how many times before I stop getting burned?

My heart is left blackened and crisp
The edges are burnt, scarred and ripped
Pieces are being singed and torn
When will my heart be reborn?

I know this is not good for my heart
I shouldn't have let it go this far
I want to love and be loved in return
But how many times before I stop getting burned?

The flames keep rising higher and higher
I will be a fighter, a fighter
I'll push all the pain aside
It's the fire that burns inside

I know this is not good for my heart
I shouldn't have let it go this far
I want to love and be loved in return
But how many times before I stop getting burned?

Betrayed

It began just like any day
I was praying all my troubles away
When it just came out of no where
I thought did he even care?

One day I'm his and the next day gone
It came in just like a nightmare
It felt like the pain would never be done
I thought how could he even dare?

Was she worth the pain he caused me
What did all the years spent together mean?
Cheated, neglected, and abused
Just completely taken for granted
Completely used

So many years just wasted away
I felt like I was in a haze
It all was gone in a blink of an eye
I felt like I was gonna die

When it was all set and done
When he left and was gone
I was all alone and by myself
How was I gonna take care of myself?

I put together all the mess he made
And went on my way

Hoping and praying for better days
Never wanting to be cheated again
Putting myself last had to end

I pushed and pressed on forward
And moved on
Better days I was moving toward
It wasn't the end, it was just the beginning
I'm thankful and grateful for it all
It was all just freeing

Flashbacks

It came back in as quick as a flash
All the thoughts began to clash
Back to back they came in
I prayed that the thoughts would end

Flash Flash Flash
Clash Clash Clash
Flash Flash Flash
Clash Clash Clash

I tried to ignore them
But they wouldn't leave
One moment here and gone the next
I just couldn't be at my best

Flash Flash Flash
Clash Clash Clash
Flash Flash Flash
Clash Clash Clash

Trauma

Trauma Trauma toil and troubled
Pain multiplied and doubled
Betrayed, lied to and cheated
Misused and Abandoned
Neglected and used
Traumatized and Abused

Trauma comes in many forms
Some are created and ignored
Some are hidden and in plain sight
Causing a terrible fright

Trauma Trauma toil and troubled
Pain multiplied and doubled
Betrayed, lied to and cheated
Misused and Abandoned
Neglected and used
Traumatized and Abused

Trauma comes in many forms
Some come from the past
Some are slow and fast
Some come from the present
Some are just not pleasant

Trauma Trauma toil and troubled
Pain multiplied and doubled
Betrayed, lied to and cheated
Misused and Abandoned
Neglected and used
Traumatized and Abused

Trauma causes so much pain
It only comes to steal and drain
It comes just like a thief in the night
Stealing joy inside, that's just not right

Trauma Trauma toil and troubled
Pain multiplied and doubled
Betrayed, lied to and cheated
Misused and Abandoned
Neglected and used
Traumatized and Abused

Trauma takes so much away
Claiming so many lives a day
Trauma just beats you down
Causing you to not come back around

Trauma Trauma toil and troubled
Pain multiplied and doubled
Betrayed, lied to and cheated
Misused and Abandoned
Neglected and used
Traumatized and Abused

PTSD

Walking down a road I didn't plan
Wondering how I got to where I am
Wondering why it had to be me
Why can't it just let me be?

Haunted by the past that is chained to me
Memories that remain and won't let me be
Praying and praying to be set free
Free from the pain and suffering

Walking down a road I didn't plan
Wondering how I got to where I am
Wondering why it had to be me
Why can't it just let me be?

Post traumatic stress
Has me in a mess
Putting me to the test
Why is it such a pest?

Walking down a road I didn't plan
Wondering how I got to where I am
Wondering why it had to be me
Why can't it just let me be?

Afraid and Anxious and in misery
From all the ghosts haunting me
Trying to break free inside
Free from what lies behind

Walking down a road I didn't plan
Wondering how I got to where I am
Wondering why it had to be me
Why can't it just let me be?

Please let me be free
Free from the pain and anxieties
Please let me be free
Free to dance and sing to melodies

Walking down a road I didn't plan
Wondering how I got to where I am
Wondering why it had to be me
Why can't it just let me be?

Let me break free
Free from the chains holding me down
Let me break free
Free from tearing myself down
I want to break free

Walking down a road I didn't plan
Wondering how I got to where I am
Wondering why it had to be me
Why can't it just let me be?

Trigger

Triggers are fears and the tears kept inside
Triggers are exposed on the outside
Triggers are sometimes slow and fast
Triggers just seem to last

Triggers come from sight
Triggers come from sound
Triggers come from smells
Triggers come from senses

Triggers come as a surprise in disguise
Triggers come out of nowhere
Triggers come from lows and highs
Triggers come and make a dare

Triggers are painful memories and sensations
That begin to resurface and come to the surface
Triggers are a stimulus and full of symptoms
That begin to increase in momentum

Triggers make you jump
Triggers cause you to bump
Triggers make you cry
Triggers that you can't deny

Triggers make me tense and increase my anxieties
Triggers expose the fears inside of me
Triggers make me uneasy and queasy

Triggers make me panic and cause me to be manic

Triggers activate or worsen symptoms
Heating up in momentum
Triggers activate and worsen reactions
Making me aware to take action

Triggers are fears and the tears kept inside
Triggers are exposed on the outside
Triggers are sometimes slow and fast
Triggers just seem to last

Fear

Close and near, far and wide
The shadows are within the night
Never hiding but in plain sight
Are the fears within the night

Darkness surrounds the light inside
Dimming the flame burning bright
Like a Thief in the night
Fear comes to steal the light

The thief comes to steal and destroy
And comes to steal your joy
The thief comes to steal your peace
Knocking you right off your feet

Bondage and chained like a slave
To fears that keep me enslaved
Chained to the fears from the past
Fighting not to look back

Close and near, far and wide
The shadows are within the night
Never hiding but in plain sight
Are the fears within the night

Anxiety

Wrestling with the restlessness
Wrestling with every mess
Wrestling with the dread inside
Wrestling to push the anxiety aside

Feeling all the worry inside
Fighting the fear inside
Feeling tense and tried
Fighting the twists and ties

Being alert and sensing a threat
Panic attacks and coping with stress
A full ball of yarn twisted and tied
A tangled mess left inside

Hard to manage a day at a time
Trying to get your thoughts in line
All jumbled and bumbled inside
Facing the worries and the tides

Wrestling with the restlessness
Wrestling with every mess
Wrestling with the dread inside
Wrestling to push the anxiety aside

Worries

Worries are like the raging waves
The winds blow across the surface
Causing ripples beneath the surface
Creating waves that cause you to cave

The waves are high and low
The waves are fast and slow
The waves are strong and weak
The waves meet minimum or their peak

Worries cast our hope away
Taking our joy from the day
Worries overflow with stress
Streaming into a big mess

The waves of joy and waves of gladness
The waves of hopelessness and of sadness
The waves of calm and the waves of peace
The waves of doubt and the waves of cease

Worries cast our hope away
Taking our joy from the day
Worries overflow with stress
Streaming into a big mess

Worries are like the raging waves
The winds blow across the surface
Causing ripples beneath the surface
Creating waves that cause you to cave

Depression

Deep Deep into the dark
Depression makes it's mark
Deep Deep into the pit
Rockbottom depression hits

Deep down into a dark pit
Is where deep sadness sits
Deep down in the ground
Is where depression is found

Feeling lost and all alone
With nowhere to go
Trying to climb your way out
Fighting all of the doubts

Climbing from the bottom to the mountaintop
Fighting the tears inside
Hanging from the cliff at the top
Fighting not to die

Stress

Stress leaves you in a mess
Stress puts you to the test
Stress takes away your time
Stress I'm taking back what's mine

Stress makes you feel on edge
Stress makes you never want to leave your bed
Stress keeps you stuck in place
Stress has its own kind of pace

Stress makes you feel out of place
Stress can put you in a daze
Stress is like a monster under your bed
Stress that keeps messing with your head

Stress leaves you in a mess
Stress puts you to the test
Stress takes away your time
Stress I'm taking back what's mine

The Climb

I'm coming from the bottom and climbing to the top
I know I'm gonna make it, I'm not gonna stop
Im not gonna quit, I'm gonna make it to the top

Not looking back at what is left behind
Not going back gonna leave the past behind
Moving forward to the prize to what's on the other side
Climbing towards the goal and not wasting any time

I'm coming from the bottom and climbing to the top
I know I'm gonna make it, I'm not gonna stop
Im not gonna quit, I'm gonna make it to the top

One step at a time and one prayer at a time
I'm praying for a way to see what is mine
I'm gonna see a blessing and I'm gonna see what's true
I'm gonna reach the top and gonna be made new

I'm coming from the bottom and climbing to the top
I know I'm gonna make it, I'm not gonna stop
Im not gonna quit, I'm gonna make it to the top

I'm reaching to the highest high and I'm reaching toward the goal
I'm gonna see the bright blue sky and I'm gonna be made whole

I’m gonna be a brand new me
For everyone to see

I’m coming from the bottom and climbing to the top
I know I’m gonna make it, I’m not gonna stop
I'm not gonna quit, I’m gonna make it to the top

Transformation

A inner change has just begun
A timeless change that can't be undone
A transformation from old to new
A something beautiful and something true

A painful process and transformation
A magical and beautiful manifestation
From the dark of night into the morning light
From a dark dim light into shining bright

Peeling back the old and bringing in the new
To feeling fresh a being made new
To being transformed and fully renewed
To becoming into someone beautiful and someone
true

From the old way of thinking to a new set of mind
Not keeping track of what is left behind
Moving forward and into new life
Bringing the dead inside back to life

A Metamorphosis into something beautiful
Not suppressing whats within but being truthful
From Opaque and hidden to transparent and seen
Exposing the interwoven parts that are unseen

From death to life, revived and alive
Rebirthing new things inside
Renewing the old and bringing in the new
A something beautiful and something true

Growth

The seeds are planted and about to sprout
New things are coming about
The old is gone and has passed away
Bringing forth a bright and new day

All things are becoming new
From something old to something new
The new things have come and are ready
From unbalanced to becoming steady

A new self that is righteous and true
A new self that is being planted and made new
A flower that is being watered and nourished
A planted flower that is ready to flourish

The flower is nourished and ready to bloom
The flower has flourished into something new
The colors of the flower are beautiful and bright
The flower is overflowing with beauty and delight

The flower is planted and all grown
New things are becoming known
All things are new and the old is gone
For every new day and every dawn

Everything is new inside and out
New things are coming about
The old is gone and has passed away
Bringing forth a bright and new day

Metamorphosis

From a caterpillar to a beautiful butterfly
I'm growing my wings and learning to fly
I'm breaking out of my little cocoon
I'm fighting my way out so I'll fly to the moon

To grow my wings and be free
I cling to the thoughts of what might be
I spin with the thoughts that put me upside down
Spinning me from the inside out

Transforming my way of thinking by digesting my inner parts
I look inside to what lies within to bring out the good parts
The transformation and transition is particularly tricky
I see that what lies within is really pretty sticky

I work my way through my inner sticky parts
To get to what really lies within my heart
I break through to what was holding me back
I found that my heart was under attack

I learned that God; who holds the world, formed my inner parts
I learned to find the beauty that's within my heart

I learned that God my father healed all my broken
parts
I learned to love and cherish my broken inner parts

Upside down and inside out my inward parts changed
Upside down and inside out I broke free from the
chains
The chains that held me stuck inside and trapped in
the dark
I'm glad I'm free from the dark inside my broken
heart

From a caterpillar to a beautiful butterfly
My wings grew and I learned to fly
I broke out of from my little cocoon and to death did
I die
Then I began to rise and shine and spread my wings
and fly

From Darkness Into Light

I walked with darkness held inside
The darkness inside could not hide
The light began to shine in the darkness within
And ran the darkness out from deep within

I was brought out of the darkness in the dead of night
I was sitting in the dark and the light was shining
bright
I could see a glimmer of hope and was brought into
the light
The light shined in the darkness and I held on real
tight

For the fears and tears could not hide in the night
They fled and ran and left in a dreadful fright
For darkness cannot hide and must be ran out of sight
For darkness cannot co-exist with the light

For I was a child of darkness and now a child of the
light
I was called out of darkness and into marvelous light
For I will not walk in the darkness of the night
But I will follow the the light of the world for all of
my life

The light of the world

The light of the world is just an answer a way
The answer to a bright and beautiful day
The answer is Jesus, for He is the only one
He said "It is finished" and said it is done

For our Father up above, gave His one and only son
He died for our sins to makes us whole and one
He died for our transgressions with all of His might
He died for you and I, to give us a new life

Whoever follows Him, will not walk in the dark
But will have the light of life dwelling in their heart
Letting their light shine so that others can see the
Father
For the Father is light and shines bright like no other

He is the light of the world for all to see
He is the light in the dark for you and me
He is the stars at night twinkling in the sky
He made this whole world for you and I

He is a lamp to my feet and a light to my path
Lighting the way of the footsteps of my path
Guiding me along every step of the way
Guiding me through every night and day

For I once was in darkness, but now I am in the light of the lord
Shining bright in the darkness to shine His light in the world
For I no longer walk as a child in the night
For I only walk as a child of the light

The light of the world is just an answer a way
The answer is Jesus, for He is the only way
He is the truth, the life, the way, and the one
He said "It is finished" and said it is done

For our Father up above, gave His one and only son
He died for our sins to makes us whole and one
He died for our transgressions with all of His might
He died for you and I, to give us a new life

The light in the valley of shadows

The lord is my light in the valley of shadows
The lord is my shepherd in the meadows
For the lord guides me through the night
For the lord turns my darkness into light

The lord reveals my path and leads me through
The lord keeps my path straight and keeps me true
Though the darkness surrounds me, it will not over take me
Because the lord of hosts is with me, who can come against me?

The lord is a lamp onto my feet and light to my path
The lord lights the way and guides me on the map
I cannot see clearly in the darkness of the night
But I know my God is with me as He shines His light

The lord is my shepherd in the valley of the meadows
The lord guides me and protects me through the shadows
The lord shines his light for me to see
The lord shows me where to go and where I need to be

The lord is my light in the valley of shadows
The lord is my shepherd in the meadows
For the lord guides me through the night
For the lord turns my darkness into light

Victory

I have victory over the mornings and nights
I have victory through Jesus Christ, my knight
For I have been called out of darkness and into marvelous light
I have the victory over the darkness because of Jesus Christ

I have the victory over my todays and my tomorrows
I have the victory over my tears and my sorrows
I have the victory over my fears and my doubts
I have the victory, over and out

I have the victory for darkness has been swallowed up
I have the victory over my downs and my ups
I have the victory over my failures and mistakes
I have the victory, for goodness sake

Because Christ has overcome the world, I have the victory
For the Lord has fought my battles and has given me victory
For Christ goes behind me, beside me and before me
For God sent his son because he cares and loves for me

I have the victory over worries and stress
I have the victory over every single mess
I have the victory for all to believe
I have the victory through Christ in me

I have victory over the mornings and nights
I have victory through Jesus Christ, my knight
For I have been called out of darkness and into marvelous light
I have the victory over the darkness because of Jesus Christ

Free

I am free, free indeed
I am free for Christ is in me
For the son set me free
I am free, free indeed

I am no longer a slave, I am a child of God
I am called to be free, free of the chains fought off of me
I am free from the chains that were shackled to my feet
I am free from the weight that had a hold of me

I am free from the guilt and the shame
I am free from the suffering and the pain
I am free from the worries, stress and fears
I am free from the sorrows and the tears

I am free from depression and anxiety
I am free from the sadness inside of me
I am free from the Post Traumatic Stress
I am free from the chaos and the mess

I am free, free to be me
I am free, for Christ set me free
I am free because of Christ in me
I am finally free, free indeed

www.ingramcontent.com/pod-product-compliance
Lightning Source LLC
Chambersburg PA
CBHW051747130826
49812CB00033B/1036
9789395969444